Mansa Musa
Peregrino del desierto, el rey de Tombuctú

MIGUEL GUERRERO

Mansa Musa Peregrino del desierto, el rey de Tombuctú

ALMUZARA

© Miguel Guerrero Antequera 2018
© Editorial Almuzara, s.l., 2018

Primera edición: Mayo de 2018

Editorial Almuzara • Colección Novela
Edición al cuidado de: Rosa García Perea
Director editorial: Antonio Cuesta
www.editorialalmuzara.com
pedidos@editorialalmuzara.com — info@editorialalmuzara.com

Imprime: CPI Black Print
ISBN: 978-84-17418-06-9
Depósito Legal: CO-377-2018
Hecho e impreso en España—*Made and printed in Spain*

ÍNDICE

Escribir una novela no es tan difícil. Tampoco escribir una buena novela. No digo que sea fácil, pero, desde luego, no es algo imposible.

Haruki Murakami
De qué hablo cuando hablo de escribir

PROEMIO

El libro que el lector tiene en sus manos es una novela en el sentido que el Diccionario de la Real Academia de la Lengua Española otorga al término: *Una obra literaria en prosa en la que se narra la acción fingida, en todo o en parte, y cuya finalidad es causar un placer estético a los lectores con la descripción de sucesos o lances de caracteres, de pasiones y de costumbres.*

Como tal, es una novela histórica que cuenta los hechos de la vida de Mansa Musa, emperador de Mali, cuyo imperio, situado en el África occidental, se extendía por el territorio que hoy ocupan el sur de Mauritania, Senegal, Gambia, Guinea, Mali, Burkina Faso, Níger, sur de Argelia y Chad. Se trata de una recreación basada en informaciones históricas, geográficas y culturales, tomadas de autores contemporáneos y de otras eras. Ahora bien, y que me perdone el lector, aderezada por la imaginación del autor.

Mansa Musa, recientemente, ha sido considerado como la persona más rica del mundo en todos los tiempos, ajustada su fortuna a la inflación. Controlaba la totalidad de la producción y comercio del oro desde la jungla del África occidental hasta el Mediterráneo. También la sal y los esclavos.

Profundamente religioso, instituyó el islam como la religión de su país, respetando las creencias animistas y de brujería de sus súbditos. Acompañado de 10.000 personas y camellos atravesó el desierto del Sahara e hizo la peregrinación a La Meca, el *Hajj*, cumpliendo así con el quinto pilar de la creencia islámica, y a su paso por El Cairo el oro de su caravana, gastado sin límite, produjo la caída de su valor hasta un nivel insospechado que duró varias décadas, pero que hizo conocer al mundo las riquezas y el poder de Mansa Musa y el imperio de Mali.

Hizo de la ciudad de Tombuctú, en la actual República de Mali, el centro cultural y religioso del África de occidente. Elevó, en su país, palacios, madrasas y mezquitas, una de las cuales, la mezquita de Djingareber, puede aún hoy visitarse. Fue construida en barro y su diseño está suficientemente acreditado que corresponde al arquitecto Abu Ishaq es-Saheli, de Granada.

El lector debe situarse en el contexto de la época de esta historia, el siglo XIV, años 1312 a 1337 del reinado del soberano, y considerar que todas las referencias a la prostitución, homosexualidad, lesbianismo, libertad sexual de las mujeres y canibalismo, aquí contadas, no se producen de igual forma hoy, pues todos estos países han evolucionado en democracia, riqueza, cultura y educación, aunque en algunos de ellos todavía subsisten el machismo y la homofobia. De hecho, sus élites se han educado en universidades de prestigio internacional

Mansa Musa y su país eran de creencia musulmana, así como los Estados circundantes y los del paso de su caravana en el viaje a La Meca. Así, por tanto, es necesario durante el desarrollo de esta historia referirse a ritos y costumbres del islam, las obligaciones que conlleva y las menciones a las *azoras* del Sagrado Corán y a los *hadices*, dichos y hechos del Profeta Mahoma.

Aunque era costumbre de la época y aún hoy, acompañar el nombre del Profeta, con jaculatorias piadosas como *Dios esté satisfecho con él, La paz sea sobre él o Dios lo bendiga y salve* y otras, el autor, con el profundo respeto a dicha práctica que aparece en la bibliografía consultada, las ha obviado en la novela en beneficio del lector.

El autor también considera de utilidad para el lector el conocimiento de que, lejos del sistema métrico decimal, en aquella época la unidad en el comercio del oro era el *mitcal*, equivalente a 4,23 gramos; la distancia recorrida por los camellos de las caravanas se medía en *parasangas*, que corresponde a 6 kilómetros por unidad aproximadamente y que un *quintal* de la carga de los camellos era igual a 46 kilos.

Los musulmanes, según los cronistas árabes, pueden utilizar diversos calendarios para situar acontecimientos anteriores y posteriores a la Hégira y poner equivalencias del calendario juliano o de la era de Alejandro, solar, también llamada «de los coptos».

La existencia en territorios islámicos de judíos y cristianos y de otros grupos humanos con sus calendarios propios, ha producido históricamente, desde tiempos antiguos hasta la actualidad, algunas interferencias o referencias compartidas de calendarios y eras.

También en beneficio del lector, y para situar adecuadamente la temporalidad de esta novela, hemos tomado la licencia de usar el calendario cristiano —gregoriano— en las fechas de los acontecimientos descritos, aunque en algunos casos se refieren también junto al equivalente en el calendario musulmán.

La narración de la novela corresponde a los *griots* del emperador —cronistas— *naves de la palabra hablada, depositarios de secretos de muchos siglos que sin ellos el nombre de los reyes se desvanecerían en el olvido o memoria de la humanidad.*

Por último, esta historia ha sido escrita por dos personas, dos *griots*, con edades y creencias distintas, pero ambas tuvieron en común el respeto y admiración hacia los soberanos de Mali a quienes servían. Y es que la actitud de servicio no debe sólo entenderse como sinónimo de *servil* o de simple sometimiento, de forma peyorativa. Todo lo contrario, las páginas que siguen ponen de manifiesto su admiración hacia ellos, describiendo, sin tapujos, lo que vieron en primera persona y que, gracias a su colaboración, ha podido llegar a nuestros días. Por sus palabras, transcritas por el autor, el lector va a conocer la historia de Mali y de Mansa Musa.

CAPÍTULO I: EL OCÉANO

El que esto escribe en el año 1310, Mamadou Kouyate, *griot* del emperador Abubakar II de Mali, historiador de la corte, consejero regio y narrador de los hechos para el futuro, da cuenta de la gran epopeya de mi señor.

Los *griots* somos naves de la palabra y depositarios de secretos de muchos siglos de antigüedad. La historia no es misterio para nosotros. Enseñamos al pueblo, pero sólo en la medida en que queramos hacerlo, ya que guardamos las llaves de las doce puertas de Mali. Sin nosotros, los nombres de los reyes se desvanecerían en el olvido, pues somos la memoria de la humanidad. A través de la palabra hablada damos vida a sus hechos y hazañas para conocimiento de las jóvenes generaciones. A los actuales gobernantes les hacemos partícipes de las vidas de sus antepasados, para que les sirvan de ejemplo, pues el mundo es viejo, pero el futuro mana del pasado.

El océano, el mar envolvente y tenebroso, es la obsesión de mi señor el emperador, soberano de todos sus súbditos. Hay quien ve los desiertos y los océanos como una barrera que detiene nuestra marcha. Mi señor, el emperador Abubakar II, no lo ve así. Desiertos y mares son puentes que, atravesados, nos acercan a la otra orilla.

Abubakar II, nieto de la hija de Sundiata, el fundador del imperio, se encuentra solo en su palacio de Niani, capital de Mali, en la margen izquierda del río Sankarini. Lleva un tiempo sin poder dormir, pues se le agolpan en su mente todas las historias que ha escuchado sobre el océano. Siendo príncipe heredero, le gustaba reunirse con los comerciantes de las caravanas que llegaban de Tombuctú para cambiar sal, libros y objetos de arte por oro en polvo y esclavos.

Mali era, y es, el gran productor de oro del continente, y sirve a los tesoros de los países del norte de África y sur de Europa para fundir sus monedas. Un día muy próximo, la propia moneda de Mali, cuando se acuñe, habrá de invadir estos países.

De vez en cuando, un hombre culto llegaba en esas caravanas y él se aprovechaba para conocer todo lo posible del mundo exterior y, lo que para él era más importante, del océano.

—¿Cuéntame todo lo que sepas del océano?

—El mar de las tinieblas es el océano Atlántico. Conforme con la tradición de los geógrafos griegos, los árabes lo conciben como una especie de enorme río de forma circular. Por esta razón lo han llamado *al-Muhit*, que rodea, o *Uqiyanus*, océano. Envuelve el mundo habitado por todos sus lados o, al menos, por tres: norte, oeste y sur, el ecuador. La creencia general es que los mares principales están directamente unidos con él. Desde otro punto de vista, el Atlántico, contiguo a al-Ándalus o al norte de África, forma una parte del mar del Magreb.

Ahora bien, el océano Atlántico es conocido como el mar oscuro o mar de las tinieblas, *bahr al-zulumat*, que describe las tempestades y peligros de su vertiente norte. No se le conoce límite ni se sabe su extensión y en el cual no hay seres vivos. En él desemboca el Mediterráneo, *al-bahr al-rumí*, que es el mar de Siria, Egipto, el Magreb y al-Ándalus. Solamente se navega por el oeste y el norte. Es decir, desde los confines de vuestro país de los negros, *bilad al-sudán*, hasta Bretaña, que es una gran isla que se localiza en el extremo septentrional. Frente a vuestros territorios hay seis islas llamadas las eternas, *al-jalidat*, pero nadie sabe lo que hay más allá.

Por vuestra mirada, sospecho que sabéis tanto o más que yo de este océano. ¿No es cierto?, le inquiere el hombre culto.

—Los sabios me han hablado acerca de las distintas creencias sobre la tierra. En Europa piensan que es plana y los árabes aseguran que es esférica. Me inclino por esta última versión, ya que en ella no existe el infinito. También pienso que el mar y sus olas tienen que ser como el desierto con sus dunas. Si los camellos las han vencido, los camellos del mar, que son los barcos, harán lo propio con los peligros del océano.

Pese al tiempo transcurrido, esa conversación sigue presente en la mente del emperador. Le han hablado de un rey excepcional que conquistó el mundo, Alejandro Magno, y él quiere emularlo, extendiendo los confines del imperio. Mali limita al norte y este con el desierto, al sur con la selva y el ecuador. Y, como le han dicho que más abajo del ecuador no se puede pasar, pues lo mismo que hacia el norte aumenta el frío hasta hacer inhabitables las tierras, al sur aumenta el calor hasta el punto de llegarse al fuego eterno, sólo puede expandirse al oeste y en el oeste está el océano. Pero él lo vencerá. Lo mismo que se encontraron las islas eternas, él encontrará la nueva tierra que, forzosamente, debe existir al final del océano. Para ello ha de organizar una expedición con barcos, emulando los camellos en el desierto. Pero debe primero asegurarse de que la tierra es una esfera y esa información se encuentra en Tombuctú.

Esta ciudad es el centro cultural y comercial de África del oeste, eclipsando a todas las demás de su región y del Magreb. No solo ha llegado a ser un importante enclave comercial en la ruta transahariana, sino un centro universitario donde acuden los profesores y sabios de todo el mundo para enseñar a estudiantes, venidos de países distantes con el objeto de recibir educación en la Universidad de Sankoré.

En la ciudad se dan cita teólogos, poetas, profesores y artistas. Es la villa del desierto. Un foco de sabiduría, que atrae a eruditos, musulmanes y judíos, llegados de todos los rincones. Abubakar ha ordenado que una importante delegación de Mali se desplace allí, para traerlos ante su presencia, con el fin de que le confirmen la esfericidad del mundo, en la que él cree.

Abubakar acepta el islamismo, lo respeta, pero no se entrega de lleno a él. Considera que sus reglas restringen la libertad de los habitantes de su reino. Los musulmanes limitan los sentidos. Encierran a sus mujeres en una amplia túnica, mientras que, sus súbditos, se alegran de ver a sus hijas pasear completamente desnudas, temiendo, únicamente, al sol que las quema. Él acepta solamente las prohibiciones naturales: no matarás, no robarás, darás limosna al necesitado y respetarás a los mayores y al rey.

Los súbditos adoran a sus reyes en lugar de Dios, porque creen que son ellos, los reyes, los que les hacen vivir o morir. Y él es su rey. Alterna su corte islámica, presidida por el imam de la mezquita de Niani, la capital de Mali, con la tradición nativa sagrada de sus ancestros.

Ha aceptado que el islam se vaya extendiendo por Mali gradualmente a donde llegó por casualidad.

He avisado al emperador de que la delegación de Tombuctú por fin ha llegado a la ciudad. Viene presidida por Amadou Diabaté, rector de la Universidad, con los ulemas que saben de geografía, astronomía e historia. También les acompaña el imam de la mezquita de Tombuctú y el rabino judío. Se les ha dado alojamiento cómodo tras el largo viaje y alimento, conforme a lo instruido, y están en disposición de ser recibidos.

El rey ordena que se prepare todo lo necesario para celebrar la audiencia en el pabellón abovedado, de cierta altura, y cuya entrada se halla en el interior de su residencia. Allí pasa la mayor parte del tiempo. Tiene tres aberturas de madera, celadas por batientes de plata, y debajo otras tres con planchas de oro y de plata dorada. Por delante, hay cortinas de lana que, en los días de sesiones, se levantan y así se sabe que el monarca acudirá a despachar. Una vez se sienta, sacan, por una celosía de las ventanas, un cordón de seda atado con un pañuelo egipcio a rayas. La gente, al verlo, golpea los tambores y hace sonar los albogues hechos con colmillos de elefante.

A continuación, salen, por la puerta del palacio, unos trescientos esclavos, unos con arcos, otros con venablos y adargas. Los lanceros se plantan, a derecha e izquierda del pabellón, y los arqueros se sientan con la misma disposición. Luego se traen dos caballos enjaezados y embridados, así como dos carneros, pues aseguran que estos preservan del mal de ojo. Cuando el rey ya está en su sitio, salen presurosos tres esclavos y llaman al visir Qanya Masa. Acuden los *farariyya*, comandantes, y vienen el *jatib* y los alfaquíes, que se sientan ante los guerreros, a derecha e izquierda, en el salón de audiencias. Entonces se levanta Duga, el intérprete, junto a la puerta de la sala, vestido con ropas magníficas de *zardajana*, seda fina, entre otras, tocado con un turbante ribeteado que lo adorna maravillosamente y ciñendo, al hombro, una espada cuya vaina es de oro. En los pies calza botas y espuelas. Nadie más que él puede ir así calzado en tal día. En las manos porta sendas jabalinas, una de las cuales es de oro y la otra de plata, pero ambas con puntas de hierro.

Los guerreros, gobernadores y pajes se sientan fuera del salón, en una amplia calle arbolada. Cada comandante tiene, ante sí, a sus hombres, provistos de lanzas, arcos, atabales, albogues e instrumentos musicales de caña y calabaza que se golpean con varillas y producen un maravilloso sonido.

Los comandantes llevan una aljaba, colgada de los hombros, en tanto sostienen el arco en la mano y montan a caballo. Sus guerreros se reparten entre infantes y jinetes.

Dentro del salón bajo las ventanas, hay un hombre de pie, el heraldo. De forma que quien quiere hablar al rey se dirige a Duga, este último habla al heraldo y este al rey.

Existe una bancada, a la que denominan *bembé*, con tres escalones. Se recubre de seda y se colocan almohadones por encima y se alza la sombrilla, que se asemeja a una cúpula de seda coronada por un ave de oro del tamaño de un halcón. El rey sale por una puerta, que hay en la esquina del salón, con el arco en la mano y el carcaj a la espalda. En la cabeza lleva un bonete de oro sujeto por una banda, también del mismo metal, cuyas puntas están afiladas como cuchillos y que son de más de un palmo de largas. Generalmente, viste una aljuba roja afelpada, de esas telas de los cristianos que se llaman *mutanfas*. Por delante de él los cantores con instrumentos de oro y plata en las manos. Él camina lentamente, muy despacio, a veces se detiene incluso. Cuando ha llegado al *bembé* se para mirando a la gente, luego sube con parsimonia, tal como lo hace el predicador en el almimbar. En el momento de sentarse, se baten tambores y suenan albogues y añafiles. Tres esclavos rápidamente llaman al primer ministro y los comandantes que entran y toman asiento. Duga se sitúa a la entrada y los demás en la calle, bajo los árboles.

A los miembros de la delegación de Tombuctú se les ha colocado frente al *bembé*, sobre unos cojines grandes que abarcan todo su cuerpo. Su atavío es el de los marroquíes, es decir, la aljuba y la *durreia* o túnica larga, sin hendidura. Nada que cubra su cabeza. Ellos estaban ya de pie desde la llegada del monarca. Y sus criados están próximos, a un lado del salón.

Comienza la audiencia. El rey hace un signo con su mano al heraldo indicativo del comienzo de la sesión. El heraldo se dirige a los miembros de la delegación, les da la bienvenida y les pregunta, sin esperar respuesta, si han tenido buen viaje y si han sido recibidos en Niani con habitación y alimentos acordes con su categoría. Luego, con un gesto de la mano, concede la palabra al rector. Este se adelanta un paso, inclina la cabeza, en señal de respeto al soberano, y dice:

—Señor, venimos de Tombuctú que, como bien sabéis, es un lugar de mezcla de etnias y diferentes civilizaciones, donde se recibe, se acumula y se cultiva la cultura. Se nos ha traído aquí para reportar que la tierra es redonda.

Señor, las ideas sobre la esfericidad de la tierra son muy antiguas. Se remontan a los filósofos griegos y no se sabe muy bien cómo Europa y el pensamiento de los cristianos, que han recuperado la filosofía de Aristóteles y otros, han perdido esta noción, pues ellos piensan que la tierra es plana.

El primer griego, de reconocido prestigio que trabajó sobre la esfericidad de la tierra, fue Ptolomeo, que vivió entre 100 y 170 años después de *Yesú*, el Mesías de los cristianos. Lo sabía ya antes que él, el astrónomo Eratóstenes, quien, en el siglo III, antes de ese Mesías, había calculado la longitud del meridiano terrestre. E, igualmente, lo habían aceptado Parménides, Platón y Euclides. Un cristiano, Isidoro de Sevilla, en tiempos de nuestro Profeta, calculó la longitud del ecuador en ochenta mil estadios. Y quien habla del círculo ecuatorial evidentemente asume que la tierra es esférica.

Señor, hago mención de estos autores como soporte de la veracidad de mis palabras. Que la tierra fuera vista como un círculo plano en Europa es consecuencia de los mapas usados, ya que no es posible representarla en tres dimensiones sobre un plano. Los que creemos que la tierra es esférica también la representamos así.

Muchos sabios, como Ibn Hazm o Abu al-Faraj al-Jawzi, declararon una *ijma'*, o acuerdo mutuo, según la cual los cuerpos celestes son esféricos. Los matemáticos musulmanes desarrollaron la trigonometría esférica, que les permite calcular, tanto la distancia más corta entre cualquier punto de la tierra y La Meca, como la *alquibla*, es decir, la dirección hacia la que todo musulmán debe rezar.

El rey asentía al discurso con una mirada directa a los ojos y la voz del rector. Nadie se atrevería a distraerle, a romper el silencio de la audiencia, pues peligraría su vida.

Sin embargo, a Abubakar le quedaba alguna duda. Él no era practicante asiduo del islam, pero sí creyente. Le gustaría saber qué dice el Corán de la esfericidad de la tierra. La revelación de Alá al Profeta sólo puede contener verdad. El rector adivinó esta preocupación y añadió:

—Señor existe un verso en el Corán que, en una traducción libre, puede interpretarse *como hizo la tierra con forma de huevo de avestruz,* lo que sugiere que no es plana. Y otro versículo, señor, dice: *Él ha creado los cielos y la tierra en verdad. Él enrolla la noche en el día, y envuelve el día en la noche.*

Estas palabras son realmente notables. Enrollar significa hacer que una cosa sea envuelta por otra, plegándola como si fuera una tela extendida. Esta palabra es usada para la acción de enrollar una cosa alrededor de otra, en la forma en que se arma un turbante.

Pues bien, la descripción que da el versículo sobre el día y la noche, envolviéndose mutuamente, implica una información precisa sobre la forma del mundo. Esto sólo puede ser verdad si la tierra es esférica. Lo cual significa que, en el Corán revelado hace siete siglos, la esfericidad de la tierra se encontraba ya insinuada.

El rector movió su cabeza hacia uno de sus ayudantes y le indicó que se acercara. Así lo hizo, y le entregó una calabaza amarilla que mostraba el lugar de la conexión con su planta madre y el final del fruto, como los polos norte y sur de una tierra esférica. También tenía marcadas líneas de norte a sur como meridianos. Tomándola en sus dos manos la mostró al rey.

—Señor, la tierra es esférica como esta calabaza.

Poniendo el dedo índice de su mano derecha en un punto del ecuador, la rodeó, lentamente, hasta volver al punto inicial.

—Partiendo de esta afirmación y si un viajero va hacia el oeste, volverá al mismo punto después de rodear la esfera.

El ejemplo de la calabaza impacta al rey. Saltándose el protocolo y con un movimiento imperceptible de su mano, invita al rector a acercarse al trono. Éste sube descalzo los tres escalones del *bembé* y se arrodilla con un gesto de ofrecimiento de la esfera. El rey la toma entre sus manos, pone su dedo índice sobre un punto del ecuador y con el otro rodea la calabaza hasta alcanzar el punto inicial, como había hecho el rector anteriormente. Lo repite otra vez. Hay un silencio de palabra y de movimientos. El rey se apropia de la calabaza. El rector vuelve a su sitio fuera del *bembé*. El monarca se incorpora y, mirando a su gente, baja los tres escalones y se dirige a sus aposentos del palacio. Entonces vuelven a batir tambores y suenan albogues y añafiles. Los viajeros de Tombuctú reciben sacos llenos de *mitcales* de oro, camellos, provisiones, esclavos y esclavas bellísimas, así como un guía para su regreso.

El rey se encierra en sus habitaciones y el silencio oscurece el palacio y el imperio. El rey duerme. Sueña que su nombre quedará grabado en la historia como conquistador de los mares. Se siente como Alejandro Magno y como los faraones de Egipto que habían construido las pirámides, los monumentos más grandes del mundo, para que perduraran sus nombres. ¡Él será conocido como el vencedor del océano!

Al día siguiente, llama a palacio a su hermano menor Kankan Musa y le comunica su decisión. Va a organizar una expedición marítima que se adentrará en el océano tenebroso para descubrir nuevas tierras sobre las que reinar y, si no las hubiera, retornará al punto de partida después de haber rodeado la esfera de la tierra.

A partir de ese día, Kankan Musa se ocupará de los asuntos de Estado. Supervisará la organización política y la economía. Recibirá embajadores y delegaciones exteriores. Controlará el ejército. Él, por su parte, organizará la expedición marítima que hará de Mali y su emperador el faro del mundo.

Se ordena la presencia en palacio del *hi-key*, el almirante de la flota de canoas de guerra. Se le encomienda ser el comandante de la expedición, comenzando por la organización y construcción de doscientos barcos principales y otros auxiliares, en el mismo número, que transportarán las provisiones. Cada barco auxiliar será remolcado por el principal.

Hay dudas sobre la habilidad de los hombres del desierto o de la selva para orientarse en el océano tenebroso. Un comerciante de las caravanas cuenta que ha escuchado la historia del andalusí cordobés Jashjash que arriesgó su vida con un grupo de jóvenes, de la misma ciudad, al embarcar en unas naves que habían preparado. Penetraron en el océano, permaneciendo fuera durante algún tiempo. Más tarde volvieron con abundante botín y noticias que fueron difundidas. Pero sólo navegaron por el oeste y el norte, es decir, desde los confines del país de los negros hasta Bretaña. Nadie sabe lo que hay más allá de las islas eternas. Además, sólo el azar conduce a ellas, porque nunca se llega hasta allí voluntariamente, salvo que los vientos te conduzcan. Se conoce de su existencia, pues algunos de sus habitantes fueron llevados como esclavos a las costas del Magreb al-Aqsà, donde pasaron al servicio del sultán. Tras aprender árabe, dieron noticias de las islas.

Marcan un *finis terrae* en los textos árabes clásicos de geografía. Son el extremo del mundo conocido, el punto de partida elegido por Ptolomeo para contar las longitudes, y, de ese modo, aparecen citadas en gran número de fuentes. El cristiano Arnobio, hacia unos trescientos años de la era de los infieles, recoge, por primera y única vez en toda la Antigüedad, el plural Ínsulas Canarias. Arnobio señala los cuatro puntos cardinales del mundo de la época y, para el extremo occidental, sustituye las míticas Islas de los Bienaventurados de Ptolomeo por las reales Ínsulas Canarias.

Se ordena que se concentren en palacio todos los artesanos con oficio: leñadores, carpinteros, herreros y pescadores. Lo primero a decidir son los tipos de barcos que integrarán la expedición, ya que los de los pescadores están hechos de troncos de árbol vaciados y no resistirían una ola.

Se discute también sobre el número de hombres y mujeres que embarcarán en cada nave, así como la cantidad y el tipo de alimentos para la travesía. Además, se diseña el almacenamiento del agua en el fondo de las bodegas.

Se decide el tipo de tela para las velas y se ordena que sea traída por caravana desde Marruecos.

Una vez conocido todo lo anterior, los interesados se desplazan al lugar elegido para la construcción de los barcos y el trabajo concluye tras meses de arduo esfuerzo. Cuatrocientos barcos, doscientos principales y doscientos auxiliares, ya están llenos de víveres, carne seca, frutos secos y frutas en conserva, suficientes para un año de travesía. También oro. El comandante de la flota y los demás capitanes de cada navío se han presentado ante el rey para informarle de que los barcos están en el mar esperando la orden de partir.

El rey les ordena partir, y añade:

—No volváis hasta que hayáis conseguido llegar a la otra extremidad del océano o cuando se os acaben los víveres y el agua.

Pasan los días y los meses sin noticias de la expedición. La impaciencia y el malhumor de Abubakar se acrecientan con el paso del tiempo.

Por fin y al cabo de meses, se oye un bullicio de voces en el exterior de palacio. El rey, sobresaltado, inquiere qué está pasando. El heraldo entra y le comunica que el capitán de uno de los navíos de la expedición ha regresado y desea verle. Prescindiendo del protocolo, ordena que venga a su presencia.

Un hombre, con vestidos harapientos y bonete raído, se postra ante el monarca y dice:

—Príncipe, hemos navegado mucho hasta que encontramos en pleno mar una especie de río con corriente violenta. Mi navío iba el último. Los otros se adelantaron y, a medida que uno de ellos iba llegando a ese sitio, desaparecía para no volver a aparecer más y no hemos sabido lo que les pasó. Yo me di la vuelta y no entré para nada en esa corriente.

El rey no le cree y decide organizar una nueva expedición, pero comandada por él mismo. Ordena la construcción de mil barcos principales y otros tantos auxiliares. Se convoca, de nuevo, a todos los artesanos del país y se amplía el espacio para el astillero en la playa. Se ordenan más razias para traer los esclavos necesarios. Tienen que ser hombres fuertes y mujeres bellas, pues Abubakar establecerá un nuevo país con una nueva raza en los confines del océano.

Son llamados, de nuevo, los sabios y expertos de Tombuctú. Estos le recomiendan traer constructores navales de Egipto y de Almería, que es el primer puerto de los países musulmanes de al-Ándalus, expertos estos últimos en la manufactura de barcos corsarios que hacen la guerra al enemigo.

Por sorpresa, ha acudido ante el rey un comerciante caravanero, de aspecto egipcio y acompañado de otros tres. Se presenta, dice su nombre y el objeto de su visita:

—Señor, soy un asiduo visitante de vuestro imperio pues, disponiendo de caravana propia, realizo el comercio con productos de mi país en intercambio con el oro del Sudán. Desde hace mucho tiempo hago dos visitas cada año y estoy muy unido a vuestro pueblo y autoridad. El pasado año tuve noticias de vuestro proyecto de partir por el océano para descubrir nuevas tierras. Conocí la construcción de la flota de canoas y consideré que el rey, por su seguridad, debería utilizar un barco mayor, pues también realizo, por mis negocios, la travesía de Alejandría, en Egipto, a Venecia, y puedo asegurar la existencia de múltiples peligros en el mar, que se agrandan cuanto más pequeños son los barcos. No me refiero a la inutilidad de las canoas, pues también los pequeños arbustos producen a veces frutos que no son inútiles y aún de las zarzas salvajes pueden cortarse rosas perfumadas.

La travesía que he mencionado, la realizamos, normalmente, en un navío que llamamos *galeaza*, robusto y seguro. Estando en Venecia, me acerqué a los astilleros para ver cómo se construye y la forma de gobernarla. Me informaron que es una especie de birreme, de la que no se diferencia sino en el tamaño. Es la embarcación mayor que usa remos y velas, con tres mástiles. Los constructores allí son innumerables y los forman con ejercicio constante.

Es hermoso, Señor, ver los astilleros venecianos. Quien entra en ellos cree haber penetrado en una ciudad fortificada, custodiada como si cerca hubiese enemigos, a fin de que no llegue algún malintencionado y prenda fuego a las maderas allí almacenadas y a los barcos, tal y como ha sucedido alguna vez. Además de los barcos, se fabrican allí toda clase de herramientas e instrumentos. También hay una gran muchedumbre de mujeres que hilan, tejen y preparan toda clase de tejidos, incluidas las velas, y adornos para los barcos. Me dijeron que cualquiera de las *galeazas* transporta un peso de 500.000 libras a cubierto y otro tanto al aire libre.

Para gobernarlas se hace menester contar con doscientos hombres. De ellos, ciento cincuenta se destinan a la dirección de las velas y los remos, pues tanto son estos en todas las *galeazas*, aunque se utilizan poco a causa del tamaño del navío. Solamente en tiempo de bonanza, a fin de entrar en algún puerto próximo o salir de él o para cambiar de rumbo.

Estos hombres, al utilizar los remos, toman el nombre de remeros, a los cuales se les asignan doce jóvenes, de más categoría y agilísimos que, cuando es necesario, suben y bajan por los mástiles, escotas y cabos de las antenas, aunque ruja la tempestad. Cuando ello ocurre, sobre sus hombros recae todo el peso de la actividad y del trabajo.

Hay, además, dos jefes que deciden la tarea que alternativamente incumbe a los doce de manejar el timón. Y, sobre ellos, hay un timonel general que tiene como adjunto un consejero. A todos los manda el capitán de la *galeaza*. Por último, se encuentran obreros seleccionados de todos los oficios necesarios para la vida en el mar.

El rey ha atendido, con mucho interés, lo expuesto por el comerciante extranjero, pero espera curioso que pronto diga su propuesta, si tiene alguna.

—Señor, sin ningún interés comercial y solo con la intención de ayudaros en vuestro proyecto de ir a los confines del océano, he convencido a estos tres hombres, expertos en la construcción de *galeazas*, para venir a Mali y dirigir la construcción de una de ellas, que sería la nao capitana.

La expresión inquisidora de Abubakar se transforma en sonrisa de aceptación inmediata y ordena el comienzo de esa construcción, que debe llevar en la popa el *bembé*, similar al de palacio. También ordena que se les premie, adecuadamente, por este servicio desinteresado.

Ya está preparada la flota y botada al mar. Destaca majestuosa la nave capitana, donde se acomodará el rey en el *bembé*. A bordo han subido los dos caballos enjaezados para montarlos en las nuevas tierras por descubrir y los dos carneros para ahuyentar el mal de ojo.

La tarde anterior a la partida, los capitanes de los barcos, ya descansados de los ajetreos y esfuerzos de la construcción, miran al horizonte y ven la puesta del sol en el océano. Un estremecimiento recorre sus mentes y sus cuerpos. ¿Serían sus barcos engullidos por el mar como este lo hace ahora con el sol?

Al día siguiente, aparece el rey acompañado de todo su ejército. Se acerca a la orilla de la playa y llama a su hermano Kankan Musa, a quien le ordena:

—En mi ausencia, quedarás como regente y, si en un año no he vuelto, tú serás el emperador, el Mansa del imperio de Mali.

Un impresionante silencio se acomoda bajo el sol de mediodía, roto únicamente por el cantar cansino de las olas en la playa.

El rey ya está a bordo de la nave capitana, sentado majestuosamente en el *bembé*. Da la orden de partir y los tambores inician el ritmo que deben cumplir los remeros.

Con el rey también ha embarcado su *griot* —el que esto escribe—, que continuará la historia de Abubakar II, emperador de Mali, si es que vuelve. Ante la incertidumbre, dejo mis recuerdos, hechos y hazañas de mi señor, a buen recaudo en la memoria de otro *griot* de mi familia, por si la divina providencia tiene a bien engullirnos en el mar.

CAPÍTULO II: EL IMPERIO

El que esto escribe, en el año 1312, Balla Kouyaté, *griot* de mi señor Mansa Musa de Mali, escogido por el emperador de entre los *Kouyatés*, familia de los *griots* que han estado al servicio de los príncipes de Mali desde tiempo inmemorial, lo hace para guardar la memoria de su reinado, transmitir sus hechos y hazañas a las generaciones venideras, de forma que sirvan de ejemplo en el futuro.

Han de saber que este reino está al sur de la región extrema del país del oeste y toca el océano cercano. En el mismo el calor es extremo. Sus habitantes son tan negros como es posible y de pelos encrespados. La gran altura de la gente proviene, sobre todo, del largo de sus piernas y, en ningún modo, de la estructura de su talle.

El soberano tiene, bajo su mano, toda la región del país de los negros que sus antepasados han reunido por conquista. El reino se compone de doce territorios, cada uno al mando de un *farba*, que le guardan respeto y obediencia. Nadie lleva el título de rey salvo el soberano de Ghana, que, sin embargo, no es más que el teniente de nuestro emperador, a pesar de su título de rey.

Los árabes, las gentes de *Misr*, lo reconocen bajo el nombre de rey de Tekrur; pero cuando se oye llamar así, se enfada, pues el Tekrur no es más que una de las regiones de su imperio. El título que prefiere es el de soberano de Mali, por ser la región más extensa de sus Estados y es el nombre por el cual es más conocido. También es sultán, emperador y mansa, como corresponde a su estirpe.

La región de Mali es donde se encuentra la residencia del rey, en la ciudad de Niani. La ciudad es vasta tan en largo como en ancho. No está envuelta por murallas, y sus habitaciones son, por lo general, solitarias, construidas en capas de barro. El río Sankarini, afluente del Níger, circunda la ciudad por sus cuatro lados y, en uno de ellos, hay un vado que se puede pasar a pie.

El soberano tiene un conjunto de palacios rodeados por un muro circular. Los habitantes beben el agua del río y de los pozos que han excavado. Toda la región está cubierta de verdor y es montañosa, donde hay árboles salvajes muy apretujados que mezclan sus ramas tan estrechamente como se puede. Sus troncos son extremadamente gruesos, de forma que uno solo de ellos puede resguardar quinientos jinetes bajo su sombra.

El país es cuadrado, con un largo y ancho de, al menos, cuatro meses. Está situado al sur de Marrakech y de la zona de influencia del Marruecos meridional, vecino también del océano. Tiene, bajo su obediencia, el país del *desierto del oro nativo*.

Al norte viven tribus de bereberes blancos, donde gobiernan dinastías indígenas bajo el señorío feudal del soberano de Mali. También comanda poblaciones paganas, algunas de ellas antropófagas, unas se han convertido al islam y otras han perseverado en sus costumbres.

El soberano es el más importante de los reyes negros. Su país es el más extenso y su ejército el más numeroso. Es el más poderoso, el más rico, el más afortunado, el más temido por sus enemigos y el más capaz de repartir buenas obras a su alrededor.

Hace varios días, Mansa Musa ha ordenado la presencia en su palacio de todas las autoridades del país y de los jefes militares, que se han presentado en el día de hoy. Preside la escena sobre una gran tarima y sentado en un gran banco de ébano, que se llama *bembé*, similar a un trono del tamaño de un personaje grande y gordo. Se encuentra instalado bajo el enorme árbol de algodón rojo que domina el patio del palacio, que era utilizado por el anterior emperador, Abubakar, su hermano mayor, antes de partir hacia lo desconocido en el inmenso océano.

Frente al árbol, la gran piedra de oro de veinte *quintales*, que pertenecía a la familia real de Ghana que se trajo a Niani cuando se sometió a la autoridad de Mali. Junto a la piedra, dos caballos enjaezados, listos para ser montados, si él lo desea. A cada lado del *bembé*, unas defensas de elefante, situadas una frente a la otra. Tiene cerca sus armas, todas de oro, sable, lanza, carcaj, arco y flechas. Viste pantalones grandes, que se componen de veinte piezas, siendo el único que los lleva.

Detrás del rey y de pie, una treintena de pajes turcos comprados para su servicio. El de su izquierda tiene en su mano, una sombrilla, coronada por una cúpula terminada con un pájaro de oro y en forma de halcón. Delante, los once *farbas*, gobernadores de las regiones, y el rey de Ghana como un súbdito más, sentados sobre las alfombras. Los oficiales de su ejército, también sentados en círculo en dos filas, una a la derecha y la otra a la izquierda.

En pie, sobre la tarima y a su derecha, se ha colocado el heraldo, que sirve de intermediario entre el soberano y sus súbditos, pues nunca se dirige a nadie para escuchar o para hablar si no es a través del mismo.

Las vestimentas blancas sin hendiduras, similares a las de los marroquíes —la aljuba y la *durrea*—, están hechas del algodón que se cultiva aquí, con el que se tejen telas, muy buenas y finas, llamadas *kamisia*. Todos llevan turbantes que atan bajo el mentón como los árabes.

Hay gentes, tanto que aporrean tambores, como que bailan frente al soberano, cosa que le agrada y le hace reír. Una vez sentado sobre los cojines del *bembé*, y hecho el silencio, el emperador inicia su discurso:

—Ha pasado ya más de un año desde que Abubakar, dejándome como regente, se embarcó en una expedición marítima para descubrir el final del océano y nunca más se ha sabido de él. El emperador me ordenó que, si en un año no volvía, yo ocuparía su puesto.

En cumplimiento de lo ordenado, yo, Kankan Musa, soy el nuevo rey, el nuevo sultán, el nuevo emperador y el nuevo mansa: Mansa Musa del imperio de Mali. Abubakar quería su expansión por el mar, buscando tierras nuevas que creía existían al final del océano. Sin embargo, yo lo expandiré hasta el fin del mundo, por conquistas terrestres, dando a conocer nuestra cultura y nuestras riquezas sin límite.

El collar del imperio de Mali tiene engarzadas doce perlas que son los doce reinos de nuestro territorio. Quedan por engastar las dos últimas, Gao y Tombuctú, que un día estuvieron prendidas en este collar, y cuya obediencia será conquistada por nuestro ejército en un futuro próximo.

Acto seguido el rey de Ghana se acerca a la tarima y le reitera su acatamiento y el de los otros *farbas* de las regiones. Lo mismo hacen el jefe del ejército y los generales, que le juran obediencia y entrega al servicio del país y del emperador.

Finalmente, el imam, *jatib*, de la mezquita de Niani también se aproxima a la tarima, se sube en ella y, frente a Mansa Musa, le dedica, en nombre suyo y en el de los alfaquíes allí presentes, un panegírico de su vida pasada y le ofrece sus rezos a Dios por el éxito futuro como emperador del imperio de Mali.

En el exterior del palacio, las gentes se arremolinan abigarradas para ver y homenajear al nuevo emperador, que aparece montado en uno de los caballos enjaezados dispuestos para ello, rodeado y protegido por los pajes turcos. Uno de ellos, también a caballo, porta, sobre la cabeza del emperador, la sombrilla con el emblema del halcón real en oro.

También se hacen flotar los estandartes reales y que son unas banderas muy grandes. Comienzan a sonar tambores y añafiles y las fanfarrias se extienden por toda la ciudad, mientras la gente tremola ramas verdes de los árboles gritando *¡Salve, Mansa Musa, emperador de Mali!*

La caravana imperial se dirige hacia los acuartelamientos del ejército. En ellos hay una explanada inmensa, campo de desfiles arenoso que sirve de entrenamiento, en donde se va a presentar la parada de las fuerzas militares y las de los civiles para agasajar al nuevo emperador, al nuevo mansa.

Se ha preparado una carpa, en la que se ha instalado el *bembé*, desde donde el soberano presidirá la ceremonia. Los dignatarios, gobernadores y jefes militares se colocan junto al mismo esperando su llegada. Los civiles vestidos con lujosas chilabas, de distintos colores, y tocados con magníficos turbantes, con una orejera o dos resaltadas. Los militares con sus uniformes de gala.

Mientras tanto, los ritmos de los tambores tradicionales llenan el aire, junto con la estridencia de trompetistas y flautistas. La gente y los vendedores de comida y agua empiezan a reunirse, abriéndose paso a empujones y en busca de la primera fila.

Los acróbatas dan volteretas y saltos mortales y se agarran unos a otros, y los guerreros que cabalgan caballos, brillantemente enjaezados, se abren camino para reunirse en los terrenos del desfile. Ya hay cientos de jinetes. Las multitudes se comprimen contra las vallas y penden de las ramas de los árboles para seguir el espectáculo.

Por fin llega el emperador, se dirige al *bembé* y es saludado por los gritos entusiastas de la multitud. Ya hay casi dos mil hombres y sus caballos, que pasan desfilando ante él. Primero, los militares, la caballería imperial y, luego, grupos de caballos cabalgados por nobles y jefes de distrito de las regiones, con sus grupos de soldados y civiles, también montados, que, en caso de guerra, se unen al ejército para la defensa del país. Llevan diferentes vestidos y turbantes de índigo, que brillan con tonos metálicos, y sus armas relucen al sol.

Terminado el desfile comienzan las cabalgadas. Los jinetes blanden sus espadas y cargan, a todo galope, para parar a solo unos palmos de distancia del emperador. Finalmente, las multitudes vitorean y se precipitan a los terrenos del desfile, los tambores y la música vuelven a inundar el ambiente, mientras la luz de la tarde se va desvaneciendo.

El imperio de Mali ha sido, nominalmente, musulmán con sus predecesores, pero Mansa Musa ha establecido, en la corte, el islam como religión del Estado. Ha instaurado la oración del viernes, la oración en asamblea y la llamada a la oración, así como atraído a los sabios a la doctrina de Malek. Pese a ello, no es un fanático y acepta las otras religiones de sus súbditos. En muchas ocasiones admite ritos y ceremonias de la fe *mandinga* y, en otras, participa en casos de brujería.

Desde joven siempre ha tenido la ilusión de hacer la peregrinación a la Meca para cumplir uno de los cinco pilares de su religión. Ahora que es emperador, realizará ese sueño, como ya hicieron otros antepasados suyos y mostrará, al mundo, las riquezas de su imperio. Pero hay un desierto inmenso que tiene que atravesar con una caravana infinita.

Tiene por costumbre ocuparse directamente de los asuntos de Estado, así como examinar las quejas y las peticiones de justicia. En general, no escribe nada. Escucha y habla a través del heraldo y sus órdenes son, la mayoría de las veces, dadas de viva voz y las ejecutan los cadíes y secretarios. En estas audiencias están presentes el visir de Palacio, el visir del Tesoro, el heraldo y su *griot*. Cuando el asunto lo requiere, son llamados el imam de la mezquita o un general del ejército.

En el interior del palacio se ha acomodado un salón grande, como ya lo hizo su hermano Abubakar, donde recibe las visitas y resuelve todos estos asuntos. Cuenta con una tarima y un *bembé*, similares a los colocados en el jardín bajo el gran árbol de algodón rojo donde se celebran las ceremonias multitudinarias.

Nadie puede acceder al palacio si no va descalzo, cualquiera sea su rango. Quien contraviene esa prohibición es mandado a la muerte sin remisión.

Al presentarse uno de los grandes oficiales o cualquier otra persona delante del emperador, éste le deja en pie ante él durante cierto tiempo. Luego el recién llegado hace un gesto para batir el tambor de homenaje. Levanta la mano derecha, a la altura de la oreja, y la baja mientras está extendida. Entonces la deposita sobre la izquierda, con la palma abierta y los dedos juntos, uno al lado del otro, formando como un peine y se toca el lóbulo de la oreja.

Cuando el emperador hace un regalo a alguien, le otorga un favor o le felicita por una bella acción, el que es objeto de esta gracia rueda por el suelo delante de él, de un lado al otro del salón. Cuando llega al extremo, los sirvientes del personaje o uno de sus amigos, coge ceniza, que se encuentra siempre preparada para este uso al fondo del salón, y la echan por encima de la cabeza del agraciado. Entonces este vuelve rampando hasta el emperador y hace, con su mano, una nueva batería de homenaje como previamente, tras lo cual se levanta.

Es también costumbre que, cuando retorna un personaje al que se le ha encargado un trabajo, una misión o un negocio importante, el emperador le interrogue sobre todo lo que le ha sucedido desde su partida con profusos detalles.

Recientemente, un hombre de Tlemcen, llamado Ibn Shayj al-Laban, que había favorecido al emperador con siete *mitcales* y un tercio de oro, cuando, por entonces, era un muchacho sin rango, ha comparecido ante él por una querella. El soberano le ha reconocido, llamado y hecho sentarse consigo, junto al *bembé*, pidiéndole que relatara su buena acción para con él. Después nos ha dicho a los allí presentes:

—¿Cuál es la recompensa de quien realiza una buena obra?

—Un premio diez veces mayor. Dale setenta *mitcales* —contesta el visir del Tesoro, apoyado por el visir de Palacio.

—Que sean setecientos —ordena el rey—. Además, entregadle ropaje de honor, habitación, esclavos y sirvientes, y que no se separe nunca de mí, como mi consejero.

Han pasado ya algunos años desde que Mansa Musa se coronó como emperador del imperio de Mali. La gente tiene razón para ser feliz. Son brillantes, inteligentes y creativos. Trabajan duro y no son pobres. El pueblo recibe bienes necesarios y lujosos. A los mayores se les provee de todo para vivir. Mansa Musa extiende la riqueza para todos. El país se engrandece y la gente trabaja en paz. El agricultor consigue sus cosechas, los ganaderos crían sus animales, los pescadores capturan sus peces, los tejedores producen finas telas, los artesanos y los trabajadores de los oficios se dedican a sus labores con la industria. Las caravanas llegan y parten de Niani trayendo sus mercancías y llevándose el oro, en un continuo fluir. Los *griots*, los cantores y contadores de historias han vuelto a hacer sonar la canción del creador del imperio, Sundiata, que decía:

Si quieres oro, ve a Niani; si quieres sal, ve a Niani; si quieres pescados, ve a Niani; si quieres carne, ve a Niani. Si quieres vestidos y tejidos bonitos, ve a Niani. Es la meca de las caravanas y los caminos a La Meca pasan por Niani. Si quieres ver a una armada disciplinada y obediente querida por su pueblo, ve a Niani y si quieres ver a un gran rey, ve a Niani.

Recientemente, el general Sumangaru, jefe de la caballería, se ha presentado en palacio y ha avisado al visir de que una escuadra de su regimiento, volviendo de patrullar la selva de las poblaciones paganas, algunas antropófagas, han encontrado tres personas de raza blanca perdidas en la espesura, de aspecto harapiento y andando penosamente por el bosque. Las han recogido y están en el cuartel de la caballería. El general quiere saber qué hacer con esa gente.

El visir lo ha comunicado al emperador y este ha ordenado que vengan a su presencia. Los recibe, ya aseados y alimentados, en el salón del palacio, en presencia de la corte de siempre, y, una vez acomodado en el *bembé*, se dispone a escuchar:

—Señor, soy el visir Abu Abd Allah Mohammed ben Ragano, originario de Almería en al-Ándalus. Me embarqué con mercancías que me pertenecían, en compañía de un grupo de mercaderes, en un barco, en la boca del Atlántico, que es la entrada del mar circundante, para llegar a una ciudad del litoral africano. Pero fuimos el juguete del viento y de las olas contrarias. Pasamos el punto al que pensábamos llegar, y el mal tiempo duró tanto que desesperábamos llegar jamás a tierra firme. Seguimos así, corriendo sobre el océano, en dirección sur, y pronto nos hundimos en espesas nieblas, tales que, si un pasajero extendía la mano, tenía dificultad para verla.

Pensamos que, una vez caídos en la oscuridad, íbamos a perecer en ella. Pero Allah nos hizo la gracia de apaciguar el viento. Nuestro navío viró de bordo, lo enderezamos y nos dirigimos hacia el continente, donde llegamos pronto y echamos el ancla.

Salimos enseguida del barco para ponernos a salvo y reconocimos las señales de las cercanías de una ciudad. Nos dirigimos hacia ella y encontramos una población de negros que, viendo que éramos blancos, mostraron gran desconcierto. Convencidos de que teníamos el cuerpo teñido de blanco, nos frotaron con borra de palmera y, cuando comprendieron que era nuestro color natural, cada uno manifestó su sorpresa y se entretuvieron con este asunto largamente los unos con los otros.

Después de algún tiempo de estancia entre esos negros, nos dimos cuenta de que el fondo de su sustento es la carne de las serpientes, grandes y pequeñas, que pululan por ahí y a las cuales dan caza para comérselas. No se encuentra, en su país, ni plantas ni pastos. Nos quedamos con ellos algunos meses y, entonces, unos mercaderes, que decían conocer el lugar, se pusieron en ruta a pie hacia un país vecino donde tenían negocios y nosotros, nuevos en ese sitio, tomamos la decisión de acompañarlos, pero nos perdimos en la selva. Hemos sobrevivido gracias a Allah que nos ha auxiliado en el camino.

El emperador, sorprendido con la historia, le pregunta:

—¿Cuál era el valor de las mercancías que os pertenecían?

—El valor equivalente a 10.000 *mitcales* de oro, señor.

—¿Y en cuánto esperabais venderlas? —requiere el emperador.

—El doble, Señor.

—Entregadle 20.000 *mitcales* de oro —ordena el emperador al visir del Tesoro—. Además, dadles vestidos, camellos y provisiones, y que se unan a una caravana que vaya al norte, para que lleguen a su destino.

Ahora los sorprendidos son el visitante Abu Abd Allah y sus acompañantes, que ni siquiera se atreven a agradecer el favor recibido. También lo está, además de enojado, el visir del Tesoro, que ve cómo la magnanimidad del soberano reduce la fortuna del erario del país.

Se cuentan muchas historias sobre estos países paganos y antropófagos. 'Isà el-Zawawi me dijo que le habían contado que un hombre, dedicado a la importación de sal, llegó a una de esas ciudades habitadas por los negros paganos, siendo su historia la siguiente.

—Hice donación al rey de una cierta cantidad de sal que aceptó gustoso y me envió dos mujeres jóvenes de entre las más bellas que se hayan visto donde los negros. Algunos días después, como me presenté ante él, me dijo:

—Si te hemos enviado esas dos jóvenes mujeres, es para que les cortes el cuello y te las comas, pues su carne es de lo mejor que se puede comer aquí. ¿Por qué no les has cortado aún el cuello?

—Pero eso no está permitido en ninguna forma entre nosotros.

—Entonces, ¿qué coméis?

—Carne de buey y de carnero.

Tras lo cual, el rey le hizo entrega de ambos tipos de carne.

También me han contado, hago mención a causa de su extrañeza y como una añadidura útil relacionada con el país de los negros antropófagos, que entre ellos hay los que son zeny. El-Yahiz, en su libro *La explicación de la evidencia*, dice:

> *Ya hemos hablado de los zeny y dijimos que se arrancaban los incisivos. Le pregunté a Mubarek el-Zenyi el-Askar la razón por la cual los zeny se arrancaban los incisivos. Me he informado sobre ello, me contestó, y también por qué algunos de ellos se tallan los dientes en punta. De los que tallan sus dientes en punta, me dicen que es para atacar y para morder, y porque son antropófagos. Cuando un rey hace la guerra a un rey y lo prende vivo o muerto, se lo come. Igual que cuando una de esas gentes se pelea con otro, el vencedor se come al vencido. En cuanto a los que se sacan los incisivos, han mirado la boca de los carneros y no han querido que, por delante, su boca se parezca a la de un carnero.*

El pasado año, Mansa Musa decidió establecer buenas relaciones con los países vecinos y, muy especialmente con Marruecos, por ser la única potencia cercana. Envió una embajada encabezada por un alto jefe militar, acompañado de tropas de seguridad, servicios y un intérprete escogido de entre los *mulathamun*, vecinos de los Estados benimerines de los Sanhaya.

El embajador llevaba para el sultán diversos regalos típicos de Mali, unas pepitas de oro del tesoro imperial y una jirafa. Según reportó a su retorno, tras tres meses de camino de ida y otros tres de vuelta y unos cuatro meses de estadía en el país, el sultán de Fez los acogió con honor, organizando lo mejor para su estancia hasta su salida del país, albergándolos en su palacio.

El enviado se presentó ante el sultán y entregó el mensaje de Mansa Musa, asegurándole las buenas intenciones de amistad y respeto. El sultán convocó enseguida una asamblea pública. La noticia se esparció por todos los rincones hasta el desierto y llegaron gentes de todos los sitios. El lugar se llenó de curiosos apretujándose e, inclusive, montándose sobre las espaldas los unos sobre los otros, para ver la jirafa, un animal de forma tan extraña. Los poetas celebraron el acontecimiento en sus cantos, ensalzando al soberano.

Este último se sentó en el quiosco de oro que usa para los desfiles, y, mientras el intérprete traducía, se hacían vibrar las cuerdas de los arcos en signo de aprobación y el embajador se rociaba tierra en la cabeza, siguiendo la tradición nuestra. El sultán prometió enviar una embajada ante Mansa Musa, para devolverle la cortesía. Enseguida se retiró a caballo y la concentración se disolvió. El recuerdo de este acontecimiento se expandió rápidamente por todo el país.

Debido a que la casualidad es siempre la aliada de las grandes decisiones, se ha conocido, en palacio, la llegada a Niani de una embajada del sultán de Marruecos con su séquito. Mansa Musa me ha ordenado que se les dé hospitalidad y servicios adecuados y se fije la audiencia después del merecido descanso tras la larga travesía. He ido al encuentro de la delegación y les he acomodado en una villa, junto al palacio, que tiene también las habitaciones para el servicio.

He conocido al embajador, que es secretario del consejo del sultán y a su ayudante, el eunuco andalusí liberado, Anbar, con el que he establecido una buena amistad, al que le he contado una historia verdadera, ocurrida en palacio, y, a modo de chanza, le he advertido:

—Además del servicio de la casa os vamos a enviar una joven muy bella para que os cuide durante vuestra estancia. Tratadla bien y no hagáis como un grupo de caníbales que, en cierta ocasión, vinieron a Mansa Musa, y con ellos, su jefe. Acostumbran a ponerse en las orejas enormes zarcillos, cuya abertura es de medio palmo, se envuelven en mantos de seda y en su país hay una mina de oro.

El emperador les dispensó honores y, como signo de hospitalidad, les entregó una sierva bellísima que degollaron y comieron rebozándose caras y manos en su sangre para, después, presentarse ante el soberano a darle las gracias. Contaron que así obran habitualmente cuando van de embajada. Y también refirieron que, según su opinión, lo más sabroso de las carnes femeninas son las manos y las tetas.

Anbar, el eunuco, me contestó:

—No te preocupes. En Marruecos no somos antropófagos y la cuidaremos.

Días más tarde, respetando el periodo de descanso, antes de la audiencia con el emperador, me he acercado a la villa a visitar a Anbar para asegurarme de que todo estaba en orden y la hospitalidad cumplía su función de bienvenida a la delegación.

Me ha recibido el eunuco y nos hemos acomodado en su aposento, extensión de su dormitorio, pues el salón principal está reservado para el embajador. Una joven del país, de presencia *fulani*, es decir, alta y guapa, nos ha ofrecido un refrigerio mientras hablábamos. Anbar ha aprovechado la ocasión para responder a mi chanza sobre la historia de los caníbales que visitaron al emperador y se comieron a la sirvienta enviada para atenderlos:

—Como has podido ver, hemos respetado a esta bella joven, que nos habéis enviado para el servicio, y no nos la hemos comido. Pero lo que sí quiero decirte es que lo que más nos gusta de ella son las manos y las tetas.

Luego me pregunta:

—Cuéntame cosas de tu país para que yo pueda transmitirlas a mis gentes en Marruecos.

—La extensión y la organización del imperio será mejor relatada por el emperador a vuestro embajador cuando se produzca la audiencia.

Yo te puedo adelantar cosas triviales y de uso de la gente común. Los principales alimentos son el arroz y el *funi*. Este último es una especie de altramuz peludo. Se bate sobre la era, obteniéndose una cosa que se parece a un grano de mostaza, pero más pequeño y blanco. Una vez lavado y tras molerlo, se hace una pasta que se come. El trigo candeal es raro. Y el sorgo sirve de alimento, tanto para los humanos, como sus bestias de carga, así como forraje para los caballos.

Aquí se cultiva el *qafi*. Se trata de unas raíces blandas que se meten en la tierra hasta que se endurecen y cuyo sabor es parecido a la colocasia, pero más agradable. Si el emperador se entera de que han sido robadas, hace cortar la cabeza al ladrón y la suspende en el lugar de lo que cortó. Es una costumbre contra la que no hay perdón posible y ante lo cual toda intercesión es inútil.

Se plantan la judía, la calabaza, el nabo, la cebolla, el ajo, la berenjena y la col, aunque las dos últimas son raras. La *moluhia* crece de forma natural. En los jardines se encuentran higueras y sicomoros, de forma abundante.

Los árboles crecen en estado salvaje, dando excelentes frutos comestibles, notablemente el llamado *tadmut*, que los tiene en forma de campanillas. Cuando envejecen, se encuentra en su interior una sustancia que se parece a la harina de trigo candeal, de un blanco perfecto y un gusto exquisito. También se emplea en la henna.

Otro de los árboles es el *zhizur*, que da frutos parecidos a las vainas de algarrobo, de donde se obtiene una harina similar a la de altramuz, dulce y agradable al paladar. También el *qumi*; parecido al membrillo, pero con gusto a banana. Tiene hueso de cartílago y algunos lo comen.

Un árbol, llamado *harité*, de fruto similar al limón y cuyo sabor recuerda a la pera, tiene, en su interior, un hueso carnoso que se muele y del que sale una especie de manteca comestible. Esta se pone sobre fuego suave y se deja hasta que hierva muy fuerte. Hay que vigilar la cocción muy atentamente y mezclarla, varias veces, con un poco de agua. Una vez que alcance el grado de consistencia necesario, se deja enfriar y se emplea en la alimentación como la mantequilla. Ahora bien, únicamente puede conservarse en vasijas hechas con calabazas, pues se estropea rápidamente.

En un país vecino independiente, llamado *Furuwiyyin*, se encuentran, en estanques colectores, plantas cuyas raíces son afrodisíacas de gran potencia. Su rey ha prohibido su uso, pues se las reserva en exclusividad para él. Tiene un número considerable de mujeres y, cuando quiere visitarlas, después de haberlas avisado el día anterior, hace uso de esta medicina. Por eso puede visitar a todas sin ninguna fatiga.

El rey de otro país vecino musulmán le ofreció un magnífico regalo a cambio de un poco de esa planta y recibió de vuelta otro regalo con una nota que decía:

> *No está permitido a los musulmanes nada más que un número pequeño de esposas. Me temo que, si te envío esta medicina, no vas a poder controlarte y te librarás a excesos que prohíben tu religión. Sin embargo, te envío otra planta que genera impotencia en el hombre que la toma. Nosotros no hemos conseguido esa planta afrodisíaca, pero tenemos otra, de igual efecto, como la nuez de cola.*

—¿Y animales? —me pregunta.

—Los caballos son una variedad de híbridos tártaros. Se usan sillas árabes, pero la gente monta por la pierna izquierda, al contrario de todo el mundo. Las mulas, así como todos los animales domésticos, vacas, corderos y asnos, son de complexión escuchimizada y de pequeño tamaño.

En el desierto se encuentran búfalos salvajes, que son cazados con una treta, y, también, hay diversas especies de animales como el onagro, el antílope, la gacela y el avestruz. Por su parte y en la selva, el elefante, el león, la pantera y la jirafa. Todos estos son inofensivos salvo que se les ataque o irrite.

Los corderos y las cabras, que llegan a tener de siete a ocho pequeños, no tienen pastos, sino que vagan entre los estercoleros y las basuras, al igual que los gansos, palomos y gallinas.

Tenemos un animal salvaje, llamado *turumma*, que es hermafrodita, pues tiene los órganos masculino y femenino, que desciende del chacal y de la hiena, y es del tamaño del primero. Por la noche, cuando se encuentra con un ser humano, niño o adolescente, lo coge y se lo come. Durante el día es inofensivo. Nunca ataca a un hombre adulto. Muge como el toro que quiere cornear. Sus dientes son como los de los cocodrilos, todos planos, entrando el uno en el otro, como espiga y muesca.

En los ríos hay grandes cocodrilos de tamaño terrorífico. Algunos tienen diez codos de largo y hasta más aún. Su hiel es veneno contra el que no hay antídoto, por lo que se lleva al tesoro del emperador. También, tortugas gigantescas que, a veces, se confunden con las rocas.

—Por lo que conozco, en estos territorios se siguen practicando tradiciones paganas—. Me inquiere Anbar.

—Muchos practican la magia y los venenos, dos artes en que demuestran buen gusto y habilidad. Tienen plantas y animales que les suministran los productos con los que preparar estas pócimas mortales.

Es costumbre no enterrar a los muertos, salvo cuando tienen un rango o una dignidad. Los pobres y los extranjeros son tirados en los matorrales, tal y como les ocurre a las otras bestias. Como la temperatura es muy elevada, hace que la descomposición sea rápida.

Anbar ha seguido con atención todo lo que le he contado, pero dudo que se acuerde para referirlo en su país a su vuelta. La joven *fulani*, que nos sirvió el refrigerio, ha vuelto, por si queríamos algo más de comida o bebida, y, entonces, he apreciado su belleza y comprendido que el eunuco haya confirmado que *lo que más le gusta son las manos y las tetas.*

Ya han pasado tres semanas desde la llegada de la delegación de Marruecos y el emperador ha ordenado que se organice la recepción para recibir al embajador, que tendrá lugar en el salón del palacio, con el *bembé* y desde donde él la presidirá.

Estamos presentes, por parte del imperio, el visir de Palacio, el visir del Tesoro, el general Saghamandja, jefe del ejército, el heraldo, que transmitirá las palabras de Mansa Musa, y yo, su *griot*, como memoria de los acontecimientos del imperio.

El embajador marroquí también ha llegado ya, acompañado del eunuco. El primero viste chilaba blanca, bordada en oro, y babuchas del mismo color, y su ayudante, de igual modo, pero sin reflejos dorados. Todos en pie, esperando la entrada del soberano, que lo hace en este momento. Se dirige al *bembé*. Sube, se acomoda sobre los cojines, e inicia la audiencia intercambiando, con el embajador, los saludos protocolarios de alabanzas a Dios y al Profeta, haciendo el legado, también, alabanzas a su señor, el sultán de Fez, *Príncipe de los Creyentes, defensor de la Religión, que se apoya en el Señor de los mundos*. Todo ello a través del heraldo que transmite las palabras dirigidas a cada uno.

Comienza el embajador:

—Señor, mi nombre es Abu Talib b. Muhammad b. Abi Madian y doy mis servicios a mi soberano, como secretario del consejo de gobierno, y este es mi ayudante Anbar. He sido designado para venir a vuestro país y transmitiros el respeto y el aprecio de mí señor, Abu Sa'id Otmán, sultán benimerín del reino de Marruecos. También en agradecimiento por los valiosos regalos enviados con vuestra embajada a nuestro país, en especial una jirafa viva que fue, y es, la atracción de todo el pueblo.

El sultán me ha encargado que os entregue, como regalos, objetos curiosos de entre los fabricados en Marruecos, así como piezas relevantes, por lo que las hemos depositado en vuestro tesoro. Hemos evitado los productos de oro, pues no podemos competir con quien lo produce.

Toda esta parrafada ha sido transmitida por el heraldo, con continuas interrupciones y esperas, necesarias en este tipo de intercambios, y que, según expresión de su semblante, no han sido del agrado del embajador, que continúa:

—Señor, he recorrido el mundo conocido y he realizado cuatro veces la peregrinación a los Santos Lugares de La Meca. Me he encontrado, en múltiples ocasiones, con príncipes, sultanes, reyes y autoridades religiosas, como embajador de mi señor el sultán, y jamás a través de un intérprete que, a veces, puede limitar la transmisión de un secreto de Estado, solo accesible a la más alta autoridad del país.

Un embajador es el representante del rey y, en ausencia de éste, es el rey. No puedo imaginar que, si mi señor estuviera ante vuestra presencia, os comunicaríais con él a través de un intermediario.

Todos los presentes esperamos la reacción del emperador a estas palabras. En principio, la referencia a las cuatro peregrinaciones a La Meca debe haber sido acogida con interés, considerando que esa experiencia puede servir de base a la expedición que tiene en la mente organizar próximamente. Tras un largo silencio, ordena la salida de todos los asistentes a la audiencia, excepto su *griot*, que debe ser la memoria de su reinado.

A continuación, invita al embajador a acomodarse junto a él en el *bembé*, y, sin más espera, le espeta:

—Háblame de tu país.

El embajador, sorprendido, tarda un tiempo en reaccionar y, al final, se decide a obedecer el requerimiento de nuestro soberano:

—Como queráis, Señor. Procuraré no extenderme mucho, pues Marruecos tiene una larga historia. Hoy contiene tres Estados: Fez, Ceuta y Tlemcen, pero este último, desgraciadamente, no está ahora bajo nuestra autoridad. Sus límites se extienden desde el sur de la mar Syriana, desde el extremo de la salida del estrecho en el océano hasta la región de Argel y hasta el sur del gran desierto.

En al-Ándalus posee Algeciras, Ronda y Marbella. Tiene treinta días de ancho, y de largo, desde el estrecho y Ceuta hasta el extremo del país de los bereberes, que confina al gran desierto que separa la región costera marroquí y *Bilad al-Sudan*, el país de los negros.

Las capitales del reino son Fez y después Marrakech, que, en el tiempo de los Beni 'Abd el-Mu'min, era su gran capital. Cuando el poder pasó a los benimerines y el ejército tuvo que someterse a ellos, por juramento, lo fue con la condición de que Fez sería la capital. Así pues, se instalaron allí y edificaron, además del antiguo emplazamiento, tres ciudades que le hacen frente a lo largo de las orillas del curso de agua llamado *Wadi-l-Yawhar*, río de la joya.

La primera es la Ciudad Blanca, llamada también la Ciudad Nueva, construida por Abu Yusef Ya'qub ben 'Abd el-Haqq, el primer benimerín que fue soberano independiente tras los almohades.

El país y el sultán son profundamente religiosos y él es muy respetado. Mi soberano se ha elevado por encima de los caballeros de su tiempo y de los guerreros de su siglo, aunque estén instruidos en la religión y llenos de piedad. Ninguno de ellos se atreve a beber una copa o a retrasar una oración, pues son faltas castigadas severamente. Estando en marcha y en cuanto el muecín llama a la oración, descienden de sus monturas, al mismo tiempo que él, hacen la *iqama*, segunda llamada a la oración, y rezan todos juntos.

Su ejército cuenta con unos mil quinientos caballeros guzz y, al menos, cuatro mil caballeros francos, convertidos al islam, que cabalgan, tras mi señor. De ellos, quinientos son arqueros a caballo. Comprende, asimismo, dos mil arqueros andaluces, de a pie y armados con ballesta. Todos ellos gente intrépida, una élite irresistible por el furor de su bravura y el ataque de sus armas.

Un cuerpo considerable es el de los *wustan*, guardia particular del sultán. Se alojan junto a él y, en los desplazamientos, acampan cerca de sus tiendas, formando un círculo alrededor de ellas, por lo que son llamados *gente del círculo, ahl al-dawar.*

La residencia del soberano está en Fez, llamada *el castillo.* Está en una posición elevada sobre una colina y con balcones dominantes de grandes vistas. Tiene salas reales y un salón con cúpula, *el pabellón de la satisfacción,* de una extraordinaria largura. Delante se extiende una alberca que es tan grande y profunda que puede recibir una barca, al igual que la que se encuentra detrás.

En el jardín se mezclan todas las especies de árboles y flores. El agua corriente se trae desde una localidad situada a media jornada, por canales sobre arcadas. Los establos están en las dependencias. Únicamente lo habita el sultán, que no recibe a nadie en el mismo, su harem y los esclavos eunucos.

En el exterior hay un cuerpo de mercenarios *gazwiyín.* Llamados *las gentes de las razias,* que hacen las funciones de guardia y porteros.

Las construcciones de la ciudad son de ladrillo y rodeadas de murallas de barro en molde. Los techos de madera, algunos adornados con pinturas. Las casas están pavimentadas de *zellich,* una especie de ladrillo que puede ser de todos los colores: blanco, negro, azul, amarillo y verde, aunque el dominante es el azul oscuro, empleado, también, para pintar sus muros. Igualmente se emplea otro ladrillo, llamado el *mazhari,* no esmerilado, y que, tras una segunda cocción, deviene el *zellich.*

El carácter de la población, su ardor por la fe y el firme apego a su causa, hacen mantener madrasas, para que las ciencias religiosas se desarrollen y el estudiante tenga una existencia asegurada, su espíritu no sea en nada distraído y su conocimiento frágil.

Conociendo al emperador, puedo creer que lo que ha sido de su interés, de lo hasta ahora expuesto, es la descripción del palacio, especialmente *el pabellón de la satisfacción,* que le servirá de ejemplo para construir uno, en sustitución del actual; así como la política de construcción de madrasas, para acoger y enseñar a los estudiantes.

—Por último, debo exponeros que la familia del sultán, los Banu Marín, es la más noble y principal entre los descendientes de los cenetes, tribu bereber cuyos miembros se distinguen por su grandeza de espíritu y sus muchas virtudes. De costumbres civilizadas, valientes guerreros y profundamente religiosos, siempre cumplen su palabra. Poderosos e innumerables, defienden a sus vecinos y dan socorro y refugio a los necesitados. La llama de su hospitalidad jamás se apaga y son incapaces de cobardía o traición; modestos y caritativos, siempre acuden en ayuda de los sabios y de los hombres santos. Jamás se apartan de la *sunna*, las enseñanzas del Profeta Mahoma.

Terminada la exposición del embajador, el emperador hace sus comentarios:

—Embajador, agradezco la información sobre tu país, Marruecos, y sobre el sultán Abu Said Otmán, que preside en Fez. Ha sido muy instructivo, pues yo pienso aplicar en Mali la misma política de bienestar para el pueblo, las construcciones de madrasas y mezquitas y quiero hacer de Tombuctú el centro religioso y cultural del Sudán. Desgraciadamente, Tombuctú y Gao, como vosotros en la actualidad con Tlemcen, están separadas de nuestra autoridad, pero seguro que muy pronto volverán a la disciplina del imperio.

—Señor —replica el embajador—, a mi vuelta a Fez, estoy seguro de que mi señor, el sultán, tendrá interés en conocer la historia y la situación actual del imperio de Mali.

—Así lo entiendo. Procuraré, como tú, no extenderme mucho, pues Mali también tiene una larga historia, pero no escrita sino a través de la palabra de los *griots* y los poetas *djeli*, que se transmite de uno a otro, de generación en generación, para que el futuro sepa las glorias pasadas.

El imperio de Mali creció sobre un área llamada *Manden'ka, la gente de Manden*, como una federación de tribus *mandinga*, llegando a gobernar sobre unos 50 millones de personas de diferentes grupos étnicos. Existía varios siglos antes de la unificación realizada por el fundador de mi dinastía, Sundiata.

Sus habitantes eran cazadores en una zona de montañas, sabanas y bosques que proporcionaban protección y recursos. También había seminómadas, como los *fulani*, en las fronteras occidentales, meridionales y orientales.

La dinastía Keita, de la que descienden los emperadores de Mali, tuvo su origen en Bilali Bounama, originario de Keita, que fue el primer muecín y el compañero del Profeta Mahoma.

La historia del fundador, Sundiata, es muy curiosa y está recogida y transmitida por los *griots*. Un rey *mandinga*, Naré Kon, recibió un día la visita de un cazador, que le predijo que una mujer fea le daría un hijo que se convertiría en un gran rey.

Naré Kon estaba casado con Sassouma Berté y tenían un hijo llamado Dankaran Touman. Años más tarde, dos cazadores le presentaron a una mujer fea y jorobada, de nombre Sogolon Kédjou. Acordándose de la predicción, se casó con ella y le dio un hijo, Sundiata Keita. Éste, tullido durante toda su infancia, era incapaz de mantenerse en pie.

En 1218 murió el padre y su primer hijo tomó el poder, a pesar de que el difunto había designado a Sundiata como heredero para cumplir con la predicción del cazador. Sundiata y su madre, junto a sus dos hijas, hermanas del primero, y un hijo adoptado de la tercera mujer del rey, eran despreciados por el nuevo soberano y su madre, obligándoles al exilio.

Sundiata, a los siete años, recobró, milagrosamente, el uso de las piernas tras tocar el bastón real. El rey *sosso*, Soumaoro Kanté, atacó el reino Manden y masacró a toda la familia real, salvo a los exiliados y a Dankaran, que pudo huir. Los manden buscaron a Sundiata para que acabara con los invasores *sossos*, alcanzando una popularidad que inquietó a Sumaoro, pues sus brujos habían predicho: *Tu vencedor nacerá en Mali.*

Cuando Sundiata recibió la noticia de la revuelta de los manden contra los *sossos*, reunió guerreros y lanzó el ataque contra Soumaoro. Los magos al servicio de Sundiata le avisaron de que *sólo una flecha llevando el espolón de un gallo blanco podrá matar al rey sosso*. Reagrupó los ejércitos de los diferentes pequeños reinos en lucha contra los *sossos* y venció al ejército de Soumaoro en la batalla de Kirina en el año 1235. Todos los reinos reunidos constituyen el imperio de Mali y proclamaron a Sundiata como Mansa, que significa *Rey de reyes*. Inmediatamente proclamó el *Kouroukan Fouga*, una constitución no escrita, que incluía reformas sociales y económicas, tales como la prohibición del mal trato a presos y esclavos, el nombramiento de mujeres en puestos de gobierno y la organización de un reglamento entre clanes que indicaba, claramente, lo que se podía decir, cómo y cuándo. En caso de cometer algún delito, el acusado era juzgado según su religión, animista o islámica. Después, en 1240, conquista el reino de Ghana y lo une al imperio.

El *Kouroukan Fouga* representó la supremacía de Manden sobre todos los reinos controlados o asociados a la federación. Todos los Mansas tendrían que ser elegidos del clan Keita y la ciudad-estado de Niani se convirtió en la capital.

Sundiata fue un gran administrador, que desarrolló el comercio y la explotación del oro e, incluso, introdujo el cultivo del algodón. También llevó a cabo una nueva organización política y administrativa, así como un ordenamiento militar. Murió en 1255 ahogado en las aguas del río Sankarini, por una flecha traicionera. A su muerte, el imperio de Mali se extendía desde el océano hasta el río Níger y desde la selva hasta el desierto.

Posteriormente, mis antepasados conquistarían y anexarían a los pueblos peul, wólof, server, bamana, songhai y *tuareg*, hasta crear un inmenso imperio.

—Muy curiosa y muy interesante señor, la historia del fundador del imperio —interviene el embajador—. ¿Entonces, vos sois descendiente de Sundiata?

—Sí.

—¿Y cómo os ha llegado el poder a vuestras manos?

—Tal y como os he comentado, somos de una casa donde se transmite el poder por herencia. Mi hermano, que me precedió, no quería creer que no se podía llegar a la extremidad del mar circundante. Por ello, quiso llegar y se empeñó, con ímpetu, en conseguirlo. Hizo equipar 200 navíos llenos de hombres, y otros, en igual cantidad, con oro, agua y víveres, en cantidad suficiente para varios años.

Les dijo a los que los comandaban: *No volváis hasta que hayáis conseguido llegar a la otra extremidad del océano, o cuando se acaben los víveres y el agua.* Tras estas palabras, partieron.

Al final, solo uno de los capitanes reapareció y nos dijo:

Príncipe, respondió, hemos navegado mucho hasta que encontramos en pleno mar como un río con corriente violenta. Mi navío iba el último. Los otros se adelantaron y a medida que uno de ellos iba llegando a ese sitio, desaparecía para no volver a aparecer más, y no hemos sabido lo que les pasó. Yo me di la vuelta y no entré para nada en esa corriente.

—Pero mi hermano no quiso creerle. Equipó dos mil barcos, la mitad para él y los hombres que le acompañarían, y, la otra, para el agua y los víveres. Me otorgó el poder y partió con sus compañeros por el océano. Fue la última vez que le vimos, a él y a los otros, por lo que quedé como amo absoluto del imperio.

Es el momento en que debemos dar por concluida esta audiencia, ya que me reclaman asuntos importantes.

Así termina el primer encuentro del emperador con el embajador del sultán de Marruecos. No existen asuntos urgentes que atender, sino una simple excusa, por lo que conozco de Mansa Musa.

Pasados varios días me he acercado de nuevo a visitar a Anbar, quien se queja del tedio que soporta sin ninguna actividad que realizar. Le he propuesto unos días de caza en un lugar a una jornada de distancia a caballo, a orillas del río Sankarini. También he invitado al embajador, pero éste ha rehusado. Tres días después nos hemos puesto en marcha, no sin antes haber desplazado a unos mensajeros para anunciar a los cazadores de nuestra llegada.

Ambos cabalgamos con caballos del palacio, manejados por los mozos de cuerda, así como seis esclavos de servicio y una protección de una escuadra de otros tantos soldados, al mando de un oficial de la guardia imperial. La protección no es necesaria, pues el emperador ha garantizado la seguridad en todos los caminos del país, pero el visir de palacio me ha obligado a tomarla para nuestros invitados. El camino es plano y los árboles de la algaba lo cubren de sombra, lo que limita el calor del sol y aligera el cansancio.

Por fin a media tarde, hemos llegado al poblado, donde nos recibe el *farba* de los cazadores y nos acomoda en una choza, cuyo único mobiliario son esteras extendidas en el suelo. Anbar se preocupa por su seguridad contra los mosquitos, pues estos se muestran insolentes ante nuestra presencia, desobedeciendo todas las órdenes que damos con nuestras manos en un vaivén permanente. También se intranquiliza por la posibilidad de una visita nocturna de serpientes venenosas a la choza, que, según él, y yo también creo, existen en las selvas.

—Nosotros hemos venido —me comenta Anbar— junto a una caravana a la que nos unimos en Siyilmasa. Había con nosotros un comerciante de Tlemcen que acostumbraba a atrapar culebras y entretenerse con ellas. Yo le había indicado que cesara en tal hábito, pero hizo caso omiso. Cierto día metió la mano en la madriguera de un lagarto para sacarlo y en su lugar encontró una serpiente, la cogió y, al ir a montar en el camello, le picó en el dedo índice de la mano derecha, produciéndolo un fuerte dolor. Se le cauterizó, pero las punzadas iban en aumento a la tarde. Entonces el hombre degolló un camello e introdujo su mano en el vientre, manteniéndola en tal lugar a lo largo de toda la noche. El dedo se fue descarnando y se lo cortó de raíz. Los bereberes *massufa* nos contaron que la culebra habría bebido agua antes de morderle, pues de no ser así le habría matado.

Posteriormente y después de haber descansado, lo cual es un decir, nos trajeron comida, consistente en mijo molido y mezclado con un poco de miel y leche cuajada. Venía en una media calabaza a la que habían dado apariencia de escudilla. Anbar, que estaba hambriento, protestó en silencio.

—¿Esta es la comida de bienvenida?

—Sí —le contesto—, es la mejor muestra de hospitalidad entre ellos. Mañana, después de la caza, tendrás un buen asado.

El cansancio nos hace olvidar nuestros temores y precauciones y nos fuerza a un sueño reparador sobre las esteras. Con la salida del sol, siguiendo a los cazadores, nos adentramos en el bosque, mientras Anbar me pregunta qué clase de caza vamos a buscar.

—Búfalos salvajes que son cobrados como caza mayor. Los cazadores llevan congéneres pequeños, para que los vean, se acerquen y familiaricen con ellos, pues la unidad de la especie es una causa de fraternidad. En ese momento, les lanzan una flecha envenenada, cortan las partes que hayan sido emponzoñadas, es decir, el punto tocado y su alrededor, para comer el resto.

El rostro del eunuco muestra expresiones de asco respecto a la carne cazada de esta forma. Por la noche se nos ofrece como un suculento asado, de forma que el hambre nos hace olvidar su origen y, satisfechos, nos vamos a la choza a esperar el nuevo día con otra jornada de caza. Pero Anbar está dicharachero y se enrolla con la historia de su venida a Niani.

—Veo que las mujeres de estos cazadores andan desnudas sin ningún pudor. Lo entiendo porque son indígenas de la selva y no se les ha inculcado ningún principio moral. Sin embargo, los *massufa* que habitan en Iwalatan, donde paramos con la caravana, que son musulmanes y cuidadosos de practicar las oraciones, aprender la ley religiosa y estudiar el Corán, nunca tienen celos de sus mujeres, a pesar de que ellas no guardan recato alguno ante los hombres, también se desnudan y no se velan pese a cumplir fielmente con los rezos.

Tienen compañeros extraños y, del mismo modo, los varones mantienen relaciones con mujeres ajenas a la familia, hasta el punto que, si un hombre entra en su casa y encuentra a su esposa en compañía de un amigo, no desaprueba tal conducta.

Cierto día, el embajador y yo entramos a casa del cadí de Iwalatan, tras habernos autorizado para ello, y le encontramos en compañía de una mujer muy joven y de belleza maravillosa. Al verla quedamos dudando y quisimos volver. Ella se río de nosotros, sin que le afectara rubor alguno.

El juez nos dijo:

—¿Por qué os vais a ir? Es amiga mía.

Tal comportamiento nos dejó perplejos, porque este hombre es un alfaquí y ha peregrinado a La Meca.

Otro día fui yo solo a ver a Abu M. Yandakan al-Massufi, con el que habíamos llegado a la ciudad y le hallé acuclillado en una alfombra. En el medio de la casa había una cama con dosel en la que una mujer descansaba con un hombre sentado a su vera charlando entre sí.

Pregunté al dueño de la casa:

—¿Quién es esta mujer?

A lo que me respondió:

—Es mi esposa.

—¿Y qué relación tiene con ella el hombre que la acompaña?

—Es un amigo.

—¿Y estás satisfecho con tal cosa, tú que has vivido en nuestros países y que conoces la ley de Dios?

—La amistad de hombres y de mujeres entre nosotros está bien vista y no tiene nada de sospechoso. Además, nuestras mujeres no son como las vuestras.

Quedé espantado de su necedad, salí de la casa y me negué a volver más, aunque me invitó varias veces.

Pero no solo eso. También una parte de estos habitantes tienen otras costumbres detestables. Son hospitalarios con los viajeros y les procuran víveres, pero también se entregan ellos mismos a sus huéspedes a manera de ofrenda, sin tener por ello ninguna vergüenza.

Los de clase más alta y los más distinguidos se comportan como los más humildes en su prostitución con los visitantes. Incluso llegan a insistir. Para testimoniar al máximo su afecto, ordenan a los muchachos de familia noble y de ilustre linaje, compartir la cama de los invitados para hacer que se entreguen a estas vilezas y se sumerjan en el pecado, viendo, en esto, un gesto honorable y glorioso, juzgando incluso que la abstención sería una señal de desprecio.

Es un tema que me atrae, lo sigo con atención y participo con mi opinión:

—Las caravanas están integradas mayoritariamente por hombres y muchos caravaneros deben soportar abstinencia sexual durante largas travesías. Siyilmasa, como Tadmakka y otros destinos, son centros de estas expediciones que van y vienen, de sur a norte, y de norte a sur. Por ello, son los lugares ideales para desahogar impulsos largamente contenidos.

Pero no todo es malo en ellos. Por ejemplo, he oído que Siyilmasa desarrolla un comercio ininterrumpido con el Sudán y otras comarcas, lo que asegura unas ganancias abundantes, con la ayuda de las caravanas comerciales continuas, con la maestría de las actividades y una inquietud y gusto de perfección en los métodos y asuntos. Tratan con corrección y su celo por realizar buenas obras es corriente.

Cada ciudad, cada país y cada etnia pueden tener costumbres diferentes de las nuestras y pueden ser objeto de interpretaciones erróneas. Por ejemplo, los *tuareg* del desierto permiten a sus mujeres libertad sexual que sorprende y escandaliza, según me ha dicho uno de mis amigos caravaneros que atraviesan continuamente el Sahara. Los hombres cubren su rostro y las mujeres van totalmente cubiertas con su *melhfa*, un vestido amplio de tela que se enrolla alrededor del cuerpo, de la cabeza a los pies, a excepción de la cara, un hombro y las manos.

Los hombres lo aceptan porque *las mujeres son hermosas y nos gusta ver sus caras.* Éstas pueden tener amantes fuera del matrimonio, a pesar de que su religión es el islam y esa práctica no es aceptada en el mundo musulmán.

También, aquí en Mali, las mujeres van a veces desnudas en público, sobre todo las jóvenes antes del casamiento. Lo mismo ocurre con las siervas, esclavas y niñas, nada recatadas al mostrar sus vergüenzas. Ello ocurre hasta en presencia del emperador, incluidas sus propias hijas. Éste respeta y hace respetar todas las tradiciones, pues la tradición alimenta el espíritu de los pueblos.

Yo frecuento los mercaderes de las caravanas que llegan a Niani, donde tengo bastantes amigos. Debido a que las mujeres del Sudán, las negras, suelen ser descaradas, me contaron que, en Iwalatan, una de ellas se acercó a un mercader que tenía una hermosa barba y estaba orgulloso de ella. La mujer le habló, pero el hombre no entendió nada y se hizo traducir. La mujer le había dicho:

—Me gustaría tener mi sexo tan poblado como tu barba.

El caravanero se enfureció y la hizo huir.

Llegado a este punto, el cansancio nos vence y no estoy seguro de si Anbar ha escuchado la historia del caravanero de la hermosa barba. A la mañana siguiente nos unimos a los cazadores y enfilamos hacia el río. Contemplamos un grupo de bestias, de naturaleza enorme, que nos dejan asombrados. Anbar se asusta y pregunta:

—¿Qué animales son estos? ¿Elefantes?

—No —responde un cazador—, son hipopótamos, a los que nosotros llamamos *caballos de río.* Han salido a tierra a pacer. Más gruesos que los caballos, comparten con ellos crines, cola y cabeza, mientras que sus patas son como las de un elefante.

Nadan en el agua, levantan las cabezas y resoplan, lo que aumenta nuestro miedo. Se usa una treta ingeniosa para cazarlos. Por los huecos de grandes garrochas agujereadas, se pasan sólidas cuerdas y, con ellas, golpean al hipopótamo. Si el golpe coincide con la pata o el cuello, lo enlazan y arrastran, tirando de la soga hasta que llega a tierra, donde lo matan y lo despiezan para llevar la carne al poblado. En esta ocasión han cobrado hasta tres de estos animales.

La cena es suculenta y sin las prevenciones de la noche anterior con la carne del búfalo, que podía haber sido contaminada con el veneno de las flechas. Antes de dormir, y como, de nuevo, Anbar no tiene sueño, se empeña en contarme historias de su país, quizás como venganza por la larga parrafada sobre Mali, que yo le había contado el primer día de mi visita a su residencia.

—Marruecos es una tierra fértil —comienza Anbar—, con abundantes cultivos, ganadería y frutales. Produce todo tipo de granos: trigo, cebada, habas, garbanzos, lentejas y mijo. El arroz es raro, aunque se cultiva en ciertas regiones, pero se trae del país de los francos, aunque no tenemos ni gusto ni placer en comerlo. Por su parte, el sésamo no es nada abundante y no se suele extraerse de él aceite, pues únicamente se bebe si es prescrito por el médico. Está reemplazado por el aceite de oliva con el que también se hace confitura con miel de abeja de un gusto exquisito.

Se encuentran toda suerte de frutos excelentes y deliciosos de especies variadas: la palma; la viña; la higuera; el granado; las aceitunas; el membrillo; diversos tipos de manzanas y de peras, llamadas *elanyas*; el albaricoque; la serba; la ciruela; la cereza; la nuez; la almendra y diversas variedades de melocotón. La mora es rara, al igual que la banana, y no se encuentran ni el pistacho ni la avellana.

También me hace un repaso de todos los animales de carga y de sacrificio, así como de las bestias salvajes: ¡hasta hay leones!

Al día siguiente, antes de partir hacia la capital, Anbar me avisa que se va a ausentar hacia el bosque, camino de la orilla, para satisfacer un apuro de su vientre y me pide cuidar de que nadie le siga.

—En el camino de venida —me dice—, en un lugar cercano al río Níger, vi un cocodrilo que era como una barquichuela. Tuve que cumplir una necesidad semejante y, he aquí, que un negro vino y se plantó entre el cauce y yo. Quedé espantado de su mala educación y desvergüenza y referí el asunto a algunas personas que me dijeron:

—Hizo eso porque temía por ti, para protegerte del cocodrilo se situó entre tú y él.

—Aquí también hay cocodrilos, aunque no hemos visto ninguno— le contesto.

Tras lo cual le convenzo de dejarse acompañar por uno de nuestros guardias de seguridad. Finalmente, hemos emprendido el camino de vuelta a Niani y llegado sin incidentes.

En nuestra ausencia, el embajador, a través del visir de Palacio, solicitó, y le fue concedida, una nueva audiencia con el emperador, que ha sido fijada para mañana.

Ya se encuentran ambos en el salón de audiencias, acomodados en el *bembé* y en la misma forma que en su última entrevista. De nuevo las salutaciones protocolarias de jaculatorias, con mención a Dios, al Profeta y al sultán de Fez, príncipe de los creyentes, defensor de la religión que se apoya en el Señor, como parece ser la referencia obligatoria del embajador al mencionar a su señor. Tras un breve silencio, y ante la expresión física del emperador, que parece decir: te escucho, el embajador comienza su discurso:

—Señor, quiero agradecer, muy sinceramente, la información sobre vuestro imperio, recibida en la anterior audiencia. Sin embargo y a la vuelta a mi país, tengo la seguridad de que me preguntarán por *el oro del Sudán*, que solo se encuentra aquí.

En mi juventud me interesé por la incidencia del comercio del preciado metal en la economía de los países y aprendí que, desde una época primitiva, los cartagineses habían abierto la ruta del comercio del oro sudanés. Hace más de cuatrocientos años, se subdividió entre la del oeste, controlada por el califato de Córdoba en al-Ándalus, y la del este, dominada por el califato de El Cairo. Cuando la conquista de África del norte por los árabes, algunos misioneros, convertidos en comerciantes, penetraron en la parte occidental del país de los negros y descubrieron que no había rey más poderoso que el de Ghana. Este comercio facilitó la creación de la ciudad de Siyilmasa, luego Estado independiente, centro neurálgico de las caravanas que conectaban el Mediterráneo con los países del Sudán occidental, atravesando el desierto del Sahara.

La ruta del este, que comenzaba en Zawila, fue prohibida por el sultán de Egipto, por su peligrosidad y porque no enlazaba con las fuentes del oro, por lo que quedó, básicamente, para el comercio de los esclavos.

Con la introducción del camello en África del norte, las tribus bereberes progresaron hacia el sur, entrando en contacto con los pueblos del Sudán, y promocionando el comercio del oro. Los almorávides conquistaron Siyilmasa y lo desarrollaron de forma extraordinaria, aunque hay quien defiende que fueron los misioneros *ibadíes*. Las gentes creían que el oro crecía como un matojo y he oído contar historias sobre el origen vegetal del oro.

El soberano, con una expresión de aburrimiento en el rostro, corta el discurso:

—Embajador, me abrumas con la cultura que has acumulado y que yo no he podido aprender cuando era un joven como tú. Como emperador, solo me he preocupado de la felicidad de mi pueblo, del control de la producción del oro, del pago de las tasas por su comercio y de la seguridad de las caravanas que llegan y salen de nuestro país.

Efectivamente y en el mundo conocido, el imperio de Mali es el más importante productor de oro. En especial, el reino de Ghana y, dentro de éste, el país de los *wankara*, célebre por la pureza y la abundancia de este metal. Es una isla muy grande, circundada todo el año por el río Níger. En el mes más caluroso, el rio se desborda, inundando la isla en su mayor parte durante todo el tiempo de la crecida. Cuando comienza a decrecer y a retirarse, la gente acude a la búsqueda de oro y cada uno encuentra lo que Dios quiere darle, pero ninguno queda decepcionado.

El oro que han recogido se trafica entre ellos y, la mayor parte, es comprado por las gentes de Siyilmasa y de Tuat. Todas las caravanas pasan por Niani y, aquí, se controla la cantidad del metal y se le aplican los impuestos del gobierno. Los bereberes del Sahara y los judíos del oasis de Tuat tienen una participación activa en este comercio.

Yo no te puedo decir si, como se cuenta entre los comerciantes árabes, el oro crece como una planta vegetal, como una zanahoria, pues las leyendas de su cultivo están rodeadas de prácticas mágicas prohibidas por el islam.

En el sur, en los países paganos, también se encuentra el oro, excavando en zanjas de la profundidad de un hombre. Los comerciantes que pasan por Niani se desplazan a esos lugares, en algunos de los cuales se practica el canibalismo, y ofrecen sus mercancías a cambio del oro.

—¿Y cómo se entienden? —pregunta curioso el embajador.

—Practican lo que se conoce como *comercio mudo*. Los comerciantes, cuando llegan a la orilla de los ríos, despliegan su oferta sobre la arena y se retiran a un punto cercano y señalan su presencia con una columna de humo. Los indígenas que ven el humo, van a la orilla, dejan sobre la arena oro para pagar las mercancías y se retiran.

Entonces, los comerciantes bajan para examinar la oferta y, si consideran su carga bien pagada, recogen el oro y se van. En caso contrario, regresan a su sitio a esperar. Los indígenas vuelven y añaden oro a la cantidad que dejaron hasta que los primeros estén satisfechos. De no ser así se retiran con sus mercancías, pero es difícil que no se lleve a cabo la venta.

Todo transcurre con honradez, pues los comerciantes no tocan el oro mientras encuentran la cantidad insuficiente y los indígenas no tocan las mercancías mientras los comerciantes no hayan recogido el oro.

Hay otra modalidad. El comerciante cava en la arena un agujero del tamaño que le parece bueno. Hecho esto se aleja a una buena distancia y entonces llega el indígena que, si está de acuerdo, llena de oro la excavación y si no la tapa con arena y hace otra más pequeña y se aleja a su vez. Entonces el comerciante vuelve a ver el nuevo tamaño del agujero, y si está contento, se aleja de nuevo o recoge su mercancía. Si se retira, el indígena vuelve y llena de oro la nueva excavación y guarda la mercancía.

Ha habido pocos casos en que los comerciantes han huido con el oro y las mercancías, pero los indígenas, que conocen mejor la selva, los han perseguido y les han dado caza y muerte.

—¿Los comerciantes no tienen miedo de esos caníbales? —se interesa el embajador.

—No. Los caravaneros creen que los caníbales no se comen al hombre blanco por causa del color de su piel. Los indígenas dicen que comer al blanco es perjudicial porque no está maduro. Solo comen carne negra, que sí lo está.

—Señor, tengo que repetir mi gratitud por el tratamiento excepcional que me dispensáis y la magnanimidad del tiempo que usáis en mi persona contestando las cuestiones de mi interés. Ahora es mi obligación preguntar cómo vuestro imperio recibe sus ingresos y controla que el valor del oro no decaiga por la sobreexplotación.

—El polvo de oro es el único que se permite comercializar, tanto en el interior del país como para la exportación —contesta el emperador—. La unidad de medida es el *mitcal*. Cuando Ghana era independiente y estaba en su apogeo, antes de que fuera invadida y destruida por los almorávides y, posteriormente, incorporada al imperio de Mali, las pepitas de oro encontradas eran propiedad del soberano y no podían salir del país.

Nosotros hemos mantenido esa medida para controlar el precio del oro, limitando la cantidad disponible en el mercado, pues las pepitas pueden valer más o menos, según su peso y rareza, y por tanto alterar el valor del metal. Sin esta precaución, en efecto, el oro sería de un uso muy común y perdería casi todo su valor.

La diferencia con la Ghana antigua es que nosotros recibimos las pepitas en el tesoro y pagamos su valor con polvo de oro y así se evitan los robos y escondites de las pepitas.

También debes saber que nuestra actividad comercial y económica no se limita, únicamente, al oro. La sal es otro producto del máximo interés para las caravanas. Como tú, cuando yo era joven estudié que la sangre humana tiene, aproximadamente, un diez por ciento de sal y que el cuerpo, sin una cantidad suficiente, no puede desarrollar actividad física.

Los países negros del Sudán, por su alimentación desde tiempo inmemorial, no disponían de ese producto y con la llegada del camello, grandes caravanas comenzaron a atravesar el Sahara, desde el norte de África, cargadas de sal para cambiarla por oro y esclavos, y esto, en la época de los romanos, desde una ciudad llamada *Leptis Magna*. Posteriormente, ha sido Marruecos el que la ha suministrado desde Taodemi y Taghaza, en la costa atlántica.

También se usa también como unidad de intercambio, cortada en trozos. Mientras que equivale al oro en el norte, su valor es mayor en el sur ya que la gente la necesita, tal y como te he comentado, para su dieta. Todo lo contrario de la región del norte, donde no hay escasez.

Los comerciantes *tuareg* entran cada año en Mali, vía Iwalatan, con sus caravanas de camellos cargados de sal para vender en Niani.

Otros productos de intercambio son el cobre y el alumbre. En las afueras de Takadda hay una mina de cobre. Cavan en el suelo y lo traen a la población para fundirlo en las casas. Cuando ya han obtenido el cobre rojo hacen barras, de un palmo y medio de largo, unas delgadas y otras gruesas, cambiándose, las primeras, a razón de cuatrocientas por un *mitcal* de oro y, las segundas, entre seiscientas y setecientas. Mali tiene establecidos, también, impuestos sobre ese comercio. El cobre se lleva a la ciudad de Kubar, cuyas gentes son musulmanas. De esa tierra se traen hermosas esclavas, eunucos y telas teñidas con azafrán.

El alumbre, de una pureza excepcional, se produce en la región de Kaouar y es muy abundante. Disponemos, cada año, de enormes cantidades incalculables que se exportan hacia todos los países. Las minas nunca se agotan. Las gentes de la región dicen de él lo mismo que del oro: que crece como una planta vegetal, pero con más fuerza a medida que se extrae. Si no fuera así ya se habría agotado.

Me queda, por último, explicarte el mercado de esclavos. Mali no los recluta, pero grava su trata. Los dedicados a esta última se adentran en los países paganos del sur, donde, a través de razias, se les da caza, siendo vendidos por oro que luego les sirve para comprar otros productos, mediante el comercio mudo.

También para la venta de los esclavos se usa el mismo sistema. Atan al esclavo a un árbol y esperan que el comerciante deposite la oferta de oro por él, con el mismo procedimiento que para otras mercancías. Luego el esclavo pasa por Niani con las caravanas y aquí se grava su valor.

El emperador, con gesto claro de cansancio, utiliza el mismo argumento de la primera audiencia —asuntos urgentes de gobierno— para terminar esta conversación, no sin antes hacer al embajador una propuesta y una invitación:

—Dentro de siete días comenzará el mes de Ramadán. Me gustaría que te quedaras en nuestro país en ese tiempo y, al terminar, asistieras conmigo a la fiesta de su final, *Eid al-Fitr*, que aquí celebramos con alegría y espectáculos.

—Lo tenía previsto, señor. Aunque el viajero, en nuestra religión, está dispensado del cumplimiento del ayuno durante el tiempo del viaje, atravesar el desierto en verano es penoso, pues el calor extremo aumenta el sufrimiento.

Como en la primera audiencia, el emperador se ausenta hacia sus habitaciones, mientras yo acompaño al embajador a su residencia.

Es costumbre en Niani que, después de la oración del mediodía, con asistencia del soberano, como todos los viernes del mes de Ramadán, el último de ellos reciba, en el palacio, a una representación de cada uno de los estamentos de la ciudad, botón de muestra de todas las clases sociales, para presentarle respeto y obediencia.

El emperador ya está preparado para la ceremonia, acomodado en los cojines del *bembé*. Empiezan a pasar las delegaciones con sus patronos y el mismo relato preparado y repetitivo de pleitesía. Una de estas delegaciones, que atrae la atención del soberano, es la de la madrasa de Niani, con un grupo muy numeroso de alumnos de distintas edades, comandada por un ulema que inicia su discurso:

—Señor, cuenta la historia que el profeta Mahoma, junto a su esposa Aicha, ayunaba tres días de cada mes antes de la Revelación. En todas las tradiciones religiosas, se ayuna para purificar el cuerpo y el alma, hacer penitencia y educar los deseos. Se trata de moderar los apetitos y las pasiones abandonando el apego terrestre para conectar con el celestial. Se ayuna para mejor nutrirse espiritualmente, alimentar la fe y acercarse a Dios, pero esta proximidad no se puede realizar sin humildad y sin el sentimiento de identificarse con el prójimo.

Señor, la madrasa de Niani os presenta sus respetos, que son los nuestros y los de estos alumnos aquí presentes, alumnos aventajados de los cursos de *Hafiz*, memorización del Corán, que declaman de memoria, como lo hacen ahora recitando la *azora* segunda, *La vaca, versículos del ayuno.*

Como una función de concierto, previamente preparada, se adelantan cinco mozalbetes, de no más de ocho años, comenzando la recitación el primero:

—*¡Oh, los que creéis! Se os prescribe el ayuno, de idéntica manera como se prescribió a quienes os precedieron —¡tal vez seáis piadosos!— durante días contados.*

Sigue el segundo:

—*Aquel de vosotros que esté enfermo o de viaje, ayunará un número igual de otros días. Quienes pudiendo ayunar no lo hiciesen, darán en rescate la comida de un pobre. Quien voluntariamente dé más, eso será un bien para él.*

Y, el siguiente:

—*Que ayunéis es un bien, si vosotros sabéis. En el mes de Ramadán se hizo descender el Corán como guía para los hombres y pruebas de la Guía y de la Distinción.*

Otro:

—*Quien de vosotros vea el creciente del mes, pues ayune; quien esté enfermo o de viaje, ayunará un número igual de otros días.*

Finalmente, el último:

—*Dios quiere para vosotros lo fácil y no os quiere lo difícil. ¡Terminad el periodo del ayuno! ¡Ensalzad a Dios por lo que os ha dirigido! Tal vez seáis agradecidos.*

Se retiran los niños y avanzan cuatro jóvenes, ya mayores, por encima de los quince años.

El ulema los presenta:

—Señor, estos son los alumnos de los cursos de *Conocimientos Seculares*, que estudian el *Tafsir*, interpretación coránica, la *Sharía*, ley islámica, y los *Hadices*, dichos y hechos relevantes de la vida del Profeta. Darán respuesta a una pregunta que le hemos formulado: *¿Qué os aporta el mes del Ramadán?*

Interviene el primero:

—El Ramadán, para mí, es la ocasión de hacer una cura, tanto física como espiritual. Presto mucha atención a mi ritmo de vida, pero también a mis acciones cotidianas. Naturalmente, voy a tener mayor tendencia a cuidar de los míos y querer hacer buenas acciones.

Ahora, el segundo:

—Es el mes durante el cual tengo el sentimiento de tener que hacer un balance. Tenemos tanto tiempo para pensar que la puesta en cuestión es inevitable. Reiniciamos contadores, hacemos una selección de entre las buenas y las malas costumbres y tomamos resoluciones. La privación que se siente, presenta, como efecto, el empuje hacia la relativización, a darse cuenta de lo que, realmente, es esencial y de vital importancia en la vida.

Se retira con cara de suficiencia, complementada con la del ulema, que muestra, en su interior, la satisfacción de lo que *saben sus alumnos*. Sigue el tercero:

—Ramadán es mucho más que una historia de ayuno y creo que esto es una perspectiva común, ya que este mes sagrado une a todos los musulmanes y hace brotar, en ellos, un sentimiento de solidaridad, generosidad, complicidad y amor fraternal. Es un estado de espíritu, en el cual nos sumergimos para encontrarnos todos en el mismo pedestal, repensando la vida y las cosas esenciales que tendemos a olvidar durante nuestro ajetreado y agotador quehacer cotidiano. Todos necesitamos de esa serenidad de espíritu.

Y, por fin, el último, un muchachete gordinflón, con mofletes que evidencian su golosa afición a la comida:

—El Ramadán me aporta un peso de más en mi cuerpo —explotan las risas de los presentes, excepto el ulema que querría fulminarlo con la mirada—. Aún tengo cierta dificultad para resistir la mesa del *ftour*, el desayuno con el que se rompe el ayuno, y aún me cuesta más practicar mi deporte favorito.

Esta respuesta, cargada de sinceridad, ha dejado atónitos a todos los presentes y, en especial, al ulema, pero no al emperador que, con una sonrisa, ordena que ese alumno no sea castigado a su vuelta a la madrasa.

Ayer por la noche, cuando el imam de la mezquita de Niani no pudo distinguir *el hilo blanco del negro*, se asomó en busca de la luna, desaparecida durante los últimos días del mes, y comprobó, con alegría, que una tenue luminosidad aparecía en el lugar donde esta debería encontrarse. Era el comienzo del nuevo mes. Lo comunicó al emperador y este decretó el final del Ramadán y el comienzo de la fiesta de *Eid al-Fitr*.

La población despierta y comienzan las charangas, los cantos, los tambores y los bailes, que durarán tres días. En definitiva, la fiesta a la que el soberano había invitado al embajador de Marruecos.

Las gentes salen hacia el oratorio que se ha montado cerca del palacio, bien vestidas de blanco. El soberano va a caballo, tocado con una caperuza que solo se usa en los días señalados, excepto el cadí, el predicador y los alfaquíes, que la llevan siempre. Le rodean los pajes turcos de su servicio, A su lado, a caballo también, un oficial portando la sombrilla amarilla coronada por una cúpula terminada en pájaro de oro en forma de halcón, que muestra su estirpe imperial y, además, le protege de los ardores de los rayos del sol.

Detrás y por este orden, el embajador; los visires y generales del ejército; Anbar, el eunuco ayudante del primero y yo; todos a caballo. Por delante, el cadí, el predicador y los alfaquíes diciendo *No hay más dios que Dios y Dios es el todopoderoso*. Precedidos todos por enseñas rojas de seda, hemos entrado en el oratorio y el predicador toma asiento, frente al emperador, y habla largamente.

Un hombre, con una lanza en la mano, aclara a la gente, en su lengua, lo que el predicador dice y que son advertencias, admoniciones y alabanzas para Mansa Musa y exhorta a obedecerle y respetarle, como es obligado.

Terminado ese acto, el soberano se dirige a una carpa, colocada frente al oratorio, en la que entra con su corte y se sienta en el *bembé*, tras la oración de *al-'asr*. Los escuderos aparecen con armas magníficas como aljabas de oro y plata, espadas y vainas con damasquinados de oro, lanzas del mismo material y mazas de cristal.

Junto al emperador, espantándole las moscas, permanecen cuatro jefes, que portan, en las manos, una joya de plata parecida al estribo de la silla de montar. Los acompañantes, el cadí y el *jatib*, tomamos asiento como es costumbre. Se presenta Duga, el responsable de las ceremonias, con sus cuatro mujeres y sus esclavas, que son unas cien, vestidas con bellas ropas y ceñidas sus cabezas por diademas adornadas con manzanas, todo ello de oro y plata.

Para Duga se dispone un elevado sitial en el que se acomoda y comienza a tocar un instrumento hecho de cañas y con cascabeles por debajo. Canta poemas de panegírico al emperador, mencionando sus hazañas y expediciones guerreras. Sus mujeres y esclavas le acompañan en el canto y juegan con arcos. También participan unos treinta de sus jóvenes esclavos, vestidos con túnicas de bandas rojas y tocados con bonetes blancos. Todos ellos llevan, colgado al cuello, un tambor que golpean.

Después vienen los pequeños pupilos. Hacen juegos y acrobacias en el aire. En todo esto muestran una gran elegancia y agilidad asombrosa. También en la esgrima de la espada alcanzan suma belleza.

Duga maneja el sable de un modo admirable. En ese momento el emperador ordena que se traiga a su presencia, y como regalo, una bolsa con doscientos *mitcales* de oro en polvo, cuyo contenido se proclama entre las gentes. Los jefes se levantan y tensan sus arcos en señal de agradecimiento.

Tras haber concluido Duga sus juegos, comparecen los poetas, los *djeli*. Cada uno de ellos se presenta dentro de una figura hecha con plumas semejantes a las del gorrión y con una cabeza de madera provista de un pico rojo, a manera del mismo pájaro. Se plantan ante el emperador de esta guisa tan risible y recitan sus composiciones. Los poemas son una especie de exhorto hacia el soberano:

—Ese *bembé*, en que te sientas, tuvo encima a un rey del cual se cuentan numerosas hazañas. También a otros muchos. Por lo tanto, haz el bien para que se recuerde por tu posteridad.

A continuación, el principal de los poetas toma los escalones del *bembé* y, según costumbre muy antigua, coloca su cabeza en el regazo de emperador. Luego sube a lo más alto del estrado y pone su cabeza en su hombro derecho, para pasar, más tarde, al izquierdo, mientras habla en su lengua y, por último, baja.

Y, entonces, mientras el soberano y sus acompañantes se retiran, comienza la fiesta popular en la que se sirven asados y bebidas, en todos los puntos de la ciudad y por cuenta del erario imperial, así como sigue la música, los cánticos y las charangas durante tres días.

Pasada la semana de las fiestas, el embajador solicita audiencia al emperador, para despedirse, volver a su país y agradecer todas las mercedes recibidas. Esta vez se presenta con su ayudante Anbar y en presencia de los visires, los jefes militares y yo. Después de su discurso de despedida y gratitud, el legado le plantea una cuestión final:

—Señor, ¿cómo llegó el islam al Sudán, el país de los negros?

El emperador, relajado y sonriente, le contesta:

—La tradición cuenta uno de los prodigios del jeque Alí b.Yakhlaf que lo han hecho célebre, tanto entre sus partidarios como entre sus detractores. al-Bakri lo contó en sus *Masâlik wa-mamâlik*, esto es, en su tratado de Geografía, aunque sin nombrar al jeque, pues lo atribuye a otro.

Ali había viajado al interior del reino de Ghana para comerciar cuando estaba siendo azotado por una gran sequía. Tuvo, incluso, acceso a su soberano, que tenía a su disposición doce minas de oro. La población se quejó al rey por la sequía. Se ofrecieron a los ídolos sacrificios, pidiéndoles ayuda, pero no llegó. El jeque Ali se dispuso a partir. En ese momento el rey le dijo:

—Invoca tú a tu Dios. ¡Tal vez Él nos ayude!

—No está permitido que adoréis a otro distinto de Él. —Le contesto Ali.

Todos contuvieron el aliento. Entonces, Ali proclamó la verdad. Salió con el rey hacia la colina. Allí se puso a rezar y el rey imitó sus gestos, respondiendo *amén* a las invocaciones del jeque. A la mañana siguiente, la lluvia llegó en abundancia, formando torrentes entre ellos y la ciudad, hasta el punto de que tuvieron que regresar en barco por el río. Aquello duró siete días y siete noches.

Cuando el rey vio el prodigio, convocó a su corte, con sus ministros, la gente de la ciudad y la de los alrededores. Todos acudieron. Pero los que estaban lejos se negaron.

—Somos tus siervos, pero no cambies nuestra religión.

Él les impuso la siguiente prohibición: ningún infiel debería penetrar en la ciudad bajo pena de muerte. Aquello se observó estrictamente. Y el jeque se puso a enseñarles la oración, las obligaciones religiosas y el Corán.

Ali presentó al rey la carta de su padre en la que le presionaba para regresar y no le autorizaba a prolongar su estancia ni un día más. Aquel le dijo:

—Imposible! No puedes dejarnos. Regresaremos a la ceguera después de haber visto la recta vía.

—La obediencia al padre es un deber de la religión. Y él me prohíbe permanecer aquí. No me queda otro remedio.

—Así es como el islam penetró en el país de los negros. Pero, aunque yo respeto las tradiciones de mi pueblo, creo más en la realidad. Cuando yo era joven me relacionaba con las gentes de las caravanas que nos visitaban, que eran de todas las clases sociales: ricos, pobres, educados o incultos, incluso algunos clérigos del islam, y aprendí que la existencia del comercio entre distintas zonas facilitó que muchos individuos viajasen no sólo como mercaderes y caravaneros, sino como cautivos, peregrinos, estudiantes y como artesanos especializados de todo tipo. Muchos de estos viajeros se establecieron, de forma permanente, en sus diversos destinos.

Durante los primeros siglos del islam, los ejércitos de los Estados del norte de África, así como los harenes de sus más prósperos ciudadanos, se nutrieron, ampliamente, de los cautivos negros traídos a través del Sahara, cuyos descendientes se mezclaron con las poblaciones locales de cada gama de estratos sociales y profesionales. De igual forma, las poblaciones de los cinturones del Sahel, la zona de transición entre el desierto del Sahara y la sabana sudanesa de los negros al sur, fueron profundamente penetradas por la migración, hacia el oeste, de pastores árabes a lo largo de los siglos, desde el alto Egipto y el Sudán del Nilo hasta las orillas del océano. La mayoría de sus descendientes se convirtieron en ganaderos semisedentarios, como era costumbre.

Los pastores de camellos saharianos, que explotaban la sal y la transportaban por el desierto en ambos sentidos, norte/sur, se contaron entre los primeros negros convertidos al islam. Al sur, los primeros en seguir su ejemplo fueron los comerciantes sudánidos negros, llamados *yula*, que se encontraban con ellos en las terminales de las pistas del desierto en sus embarcaciones fluviales y sus caravanas de burros y porteadores, y dirigían el comercio desde allí hacia el sur, hasta los confines de las regiones forestales.

De este modo y en línea con este comercio interregional, el cinturón negro del África occidental se incorporó a la más amplia nación del islam. Apenas un puñado de clérigos sabían en realidad leer los textos sagrados, escritos en árabe clásico, pero muchos indígenas podían escuchar a ese pequeño núcleo, y así adquirían un conocimiento rudimentario de un mundo con unos horizontes mucho más extensos que los de sus poblaciones de origen. Veían que los musulmanes vestían ropajes decentes de algodón, se lavaban antes de comer y se abstenían de tomar bebidas alcohólicas. Y eso significaba que África empezaba a evolucionar.

Desde el principio de mi reinado he establecido el islam como la religión oficial del imperio, aunque respetando las otras creencias animistas e, incluso, la brujería. Todo ello porque al entrar en la *Umma*, la nación islámica, ganábamos un sentimiento de integración y de pertenencia espiritual a un gran pueblo.

Las tribus paganas de religión animista, las que realizan el comercio mudo al sur de Mali, pertenecen a nuestro imperio, pero no les hemos impuesto todavía el islam porque, en ocasiones, lo hemos intentado y la producción de oro se redujo considerablemente, por las obligaciones que conlleva la práctica de sus ritos. Por ello, preferimos que produzcan y recen a sus ídolos, manteniéndolos, lo más posible lejos del *dar al-islam*, aunque represente una concesión al culto animista, por otro lado guardián y garante de la fecundidad aurífera de las minas, asegurando su prosperidad. El imperio ha declarado esas tierras exentas de impuestos, que se aplican a los caravaneros en la exportación, y protegidas de las razias y la guerra santa.

Ha habido un largo silencio como descanso del discurso del emperador. Finalmente, el embajador reacciona:

—Señor, en una ocasión me habéis dicho que *mi cultura os abrumaba* y, ahora, compruebo que, comparada con la vuestra, tiene la diferencia que puede haber entre el tamaño de una hormiga y el de un elefante. Además, veo que vuestra erudición es tan grande como el imperio de Mali del que sois emperador. Ahora, señor, el abrumado, y mucho, soy yo.

Vengo hoy aquí, a vuestra presencia, para comunicaros mi decisión de partir de vuelta a mi país y agradeceros, de nuevo, todas las atenciones recibidas durante mi estancia en Niani. Será un recuerdo que nunca podré olvidar.

El emperador hace una señal al visir del Tesoro. Éste se acerca y sube al *bembé*, con una caja de madera, lujosamente decorada, que contiene una pepita grande de oro de una rareza excepcional. El emperador se la entrega al embajador.

—En Mali todavía no tenemos artesanos que produzcan regalos dignos de la majestad de vuestro sultán, pero podemos ofrecer algo como esta pepita de oro que nos ofrece la tierra. Pienso que estarás contento de llevar este regalo y no una jirafa como en la anterior embajada de Mali.

Además, he ordenado que se te entreguen mil *mitcales* de oro, como regalo para ti, y cien para tu ayudante. También que se os provea de todo lo necesario para el viaje que deberás hacer acompañando a la primera caravana con destino a Tuat y desde allí podrás llegar a Fez. Aunque no es necesario, por vuestra seguridad, una escuadra de la guardia imperial os acompañará hasta los límites del imperio.

La audiencia ha terminado de manera simple con el embajador diciendo:

—¡Gracias, señor!

El emperador se retira a sus dependencias y, en su mirada, se puede leer: *Tengo la seguridad de que este inteli-*

gente embajador sabrá explicar al sultán de Marruecos en Fez la grandeza del imperio de Mali.

CAPÍTULO III: EL DESIERTO

El que esto escribe en el año 1323, es Balla Kuyaté, *griot* del emperador Kankan Musa, mi señor Mansa Musa, su consejero y narrador de los hechos del imperio de Mali para el futuro.

Han pasado diez años desde que, tras la desaparición del emperador Abubakar en una expedición marítima a los confines del océano, mi señor se proclamó emperador, rey y mansa.

Mansa Musa ha dedicado su tiempo a asegurar la estabilidad y desarrollo del imperio. Ha establecido paz y orden, promovido el comercio y la educación y, por encima de todo, conseguido que el nombre de Mali sea conocido en todo el mundo e impresione a los árabes, sus grandes aliados y rivales, con su gran riqueza y poder.

El imperio de Mali es rico. El ejército guarda las minas de oro y los trechos de la ruta comercial transahariana que pasa por él. Normalmente cuenta con 90.000 guerreros a pie, 10.000 a camello y un pequeño contingente sobre caballos árabes. Todos ellos colaboran para mantener la ruta comercial segura para los viajeros. Los comerciantes siempre se detienen en Mali. Saben que aquí encontrarán seguridad, cultura, y un fructífero comercio.

Muchos aldeanos son incapaces de leer o escribir, por lo que reciben educación y formación oral. Son libres de escoger su religión, así como sus ocupaciones. La mayoría de las aldeas practican las religiones tradicionales de África. El pueblo cree en muchos dioses, curanderos y encantamientos mágicos. Se fomenta la educación y la elección religiosa es libre.

Aunque Mansa Musa tolera la libertad religiosa, él es un musulmán devoto. Adora a un solo Dios: Alá. Quiere que los eruditos de su religión vengan a Mali y así lo hacen. Todos ellos se quedan un tanto asombrados por la apariencia de la gente que se llama, a sí misma, musulmana. El clima es muy cálido. Antes que ir fuertemente veladas en hábitos negros, las mujeres visten ropas frescas y coloridas. No es, de ninguna manera, el aspecto al que ellos están acostumbrados. Pero Mansa Musa es tan buen anfitrión y devoto, que los eruditos, que llegan a nuestras latitudes, no sólo traen con ellos la ciencia, sino también comprensión.

Como no ha salido nunca de Mali, Mansa Musa no es plenamente consciente de que el aspecto de su pueblo se sale de lo normal en el mundo islámico.

Hace las cosas que el pueblo espera de un rey riquísimo. Cuando sale de palacio, siempre le acompañan trescientos guardias y sus músicos especiales, que interpretan sus piezas allí donde vayan. Los habitantes se reúnen a lo largo del camino y proclaman: *Salve, Mansa Musa, rey de Mali*. Todo parece indicar que el pueblo está feliz.

Y tiene todas las razones para estar así. Son gente brillante y creativa. Trabajan duro, y no son pobres. A la gente común se le da algunos artículos de lujo. Se reparten bienes entre sus mayores de la forma que se cree más conveniente. Mansa Musa comparte, firmemente, las bondades de repartir bienestar.

El imperio conserva gran parte del sistema de gobierno establecido para el antiguo Manden Kurufa, pero se han realizado cambios para satisfacer las necesidades de las diversas tierras adquiridas. En la cumbre del gobierno está el Mansa, seguido por su visir. Los gobernadores de BaGhana, Wagadou, y de Mema son los siguientes en importancia y categoría.

Cubre un área mayor que cualquier otro Estado del oeste africano. Lo que hace esto posible es la naturaleza descentralizada de la Administración del Estado. Cuanto más alejado se está de Niani, más descentralizada está la autoridad del Mansa, pero mantiene el control de los impuestos y el poder nominal sobre todo el territorio, impidiendo rebeliones.

En el nivel local, aldea, pueblo o ciudad, los *kun-tiguis* eligen un *dougou-tigui*, amo de la aldea, de un linaje que descienda del fundador del lugar, manteniendo una apariencia de autonomía. Los marabutos son los jefes religiosos, con un gran ascendiente, sobre nobles y plebeyos, y forman un grupo aparte.

El cargo de gobernador de cada zona, *kafo-tigui*, amo del condado, es nombrado, dentro de ella, según sus propias costumbres, por elección o herencia. Solamente, al llegar a los cargos provinciales, comienzan las interferencias del poder central. Los *dyamani-tiguis*, gobernadores de las provincias, tienen que ser aprobados por el Mansa y están sujetos a su control. Si cree que alguno es incapaz o indigno de confianza, nombra un *farba* para supervisar la provincia, o incluso para administrarla efectivamente.

Salvo dificultades, el *dyamani-tigui* rige la provincia por sí mismo, recaudando impuestos y realizando la leva de ejércitos de las tribus bajo su mando, como delegado del Mansa. Sin embargo, los territorios que son difíciles de gobernar o proclives a la rebelión, reciben como gobernador un *farba*. Es escogido por el Mansa entre los *farines*, los miembros de su familia o entre sus esclavos. El único requisito, en realidad, es que pueda confiar en ese individuo para salvaguardar los intereses imperiales.

Los deberes del *farba* incluyen informar sobre las actividades en el territorio, recaudar los impuestos y asegurar que la administración nativa no contraríe las órdenes de Niani. Tiene autoridad sobre la Administración local para levantar un ejército en defensa de su área o la represión de rebeliones. El cargo de *farba* es muy prestigioso y sus descendientes pueden heredarlo con la aprobación del Mansa. Éste puede también sustituirlo si escapa a su control.

Niani, la capital del imperio, puede ser descrita como un lugar de seis mil hogares y sus habitantes como los más civilizados, inteligentes y respetados de todos los pueblos del Sudán occidental. La expansión del islam trajo consigo nuevos métodos de gobierno. Mansa Musa ha inaugurado tribunales para los musulmanes, junto con los anteriores para los que no lo son.

También ha establecido un único sistema legal y de orden en gran parte de sus territorios. Y lo ha hecho con tanto éxito que los viajeros encuentran, en los mismos, una seguridad absoluta. Esto es un gran triunfo político y ha hecho de él uno de los mayores estadistas de África.

Los mercaderes *yula*, wangara, se han beneficiado muchísimo de esta situación. Sus compañías comerciales recorren grandes áreas del África occidental. Los *yula* son gente hábil y enérgica. Pero también se han fortalecido por ser musulmanes. Pertenecer al islam les ha dado unidad. Se han mantenido juntos, aun cuando los miembros de sus compañías proceden de clanes y territorios diferentes.

Como las cosas van tan bien en el país, el emperador ha decidido que ahora es el momento de visitar la sagrada ciudad de La Meca y cumplir con el quinto pilar de su religión, el *Hajj*, la peregrinación.

Hoy es un día muy especial para el imperio. Mansa Musa ordena que vengan, a su presencia, todas las autoridades, civiles y militares, para comunicarles un asunto importante. Estamos en el salón de audiencias, presidido por el *bembé*. A cada lado, las defensas de elefante y las armas de oro del emperador: sable, lanza, carcaj, arco y flechas. Detrás, de pie, treinta pajes turcos esclavos. Uno de ellos, a la izquierda, tiene, en su mano, una sombrilla coronada por una cúpula con un halcón de oro.

Los oficiales están sentados en círculo, a derecha e izquierda, en dos filas. Tras ellos los jefes de caballería. Han traído, como siempre, dos caballos enjaezados, listos para ser montados.

Están presentes los *dyamani-tiguis* y los *farbas*. También asisten los imanes de las mezquitas principales y los marabutos.

En el exterior, el pueblo, con tambores y albogues, cuyos sonidos llenan el ambiente.

Aparece Mansa Musa y toma asiento en el *bembé*. Se hace el silencio, dentro y fuera de palacio. A su lado se sitúa el heraldo, que transmitirá sus palabras, ya que él no se dirige directamente nunca a nadie. Se levanta y dice el primero:

—En el nombre de Dios, el Misericordioso, el Apiadable.

Bendiga Dios a nuestro Señor y Dueño Muhammad, que llenó de claridad la conducta del humano y proporcionó la luz refulgente de su magisterio. Enviado por Dios el Altísimo y elegido como último de los profetas.

Una vez sentado el emperador, el heraldo continúa transmitiendo sus palabras.

—Este reino goza de un poderío cuya corona está en la raya de Orión. Una gloria, que arrastra la cola de su vestido por la vía láctea. Una felicidad, que ha rejuvenecido a los tiempos. Una justicia, que despliega las estacas de su jaima sobre las gentes piadosas. Una largueza, cuyas nubes riegan tanto el árbol como sus hojas caídas. Un valor, que, semejante al aguacero, inunda con oleadas de sangre. Unos escuadrones, cuyas victorias permiten sacudir a la misma muerte.

Tiene el socorro de Dios, del cual son botín los Estados. Un ardor, cuyo acero se adelanta a las críticas. Una paciencia inagotable. Una entereza, que cierra a los enemigos el camino a los pastos. Una decisión, que hace huir a los escuadrones contrarios, antes incluso de producirse el choque. Una bondad, que recolecta el perdón en el mismo fruto de los pecados. Una dulzura, que se gana todos los corazones. Una sabiduría, cuya luz disipa las tinieblas de las dificultades, así como actos acordes con la sinceridad y con sus propias intenciones.

Este reino ha sembrado la fe islámica que en él florece, y esta fe se sostiene en cinco pilares y que son mandamientos de Alá escritos en el sagrado Corán.

El primer pilar es la *shahada*, el testimonio de que no hay más Dios que Alá y que Mahoma es su mensajero. El emperador, cuando, pasada la noche, abre sus ojos al sol, recita esta oración y también lo hace su pueblo.

El segundo pilar es la *assalat*, la oración. Cada día el emperador y su pueblo, rezan al amanecer, a la mitad del día, al caer la tarde, al crepúsculo y cuando la oscuridad ha extendido su manto sobre la tierra.

El tercer pilar es la *zakat* o mandamiento de la limosna. En este país la riqueza se distribuye a todo el pueblo y los adinerados pagan una cuota al Estado y distribuyen su limosna entre los necesitados, a semejanza de lo que hace el propio emperador.

El cuarto pilar es el *sawm*, el ayuno mientras luce el sol en cada día del mes del Ramadán. El emperador y su pueblo lo cumplen.

Y el quinto pilar es el *hajj Baytallah*, la obligación de peregrinar a los Santos Lugares de La Meca y Medina al menos una vez en la vida.

Este mandamiento del Sagrado Corán no ha sido cumplido por el emperador ni por sus súbditos y lo vamos a cumplir ahora. Así ordeno una movilización general, para organizar la mayor caravana que haya existido jamás, al objeto de cruzar el desierto del Sahara y llegar a la Kaaba, como lo hicieron los israelitas en su éxodo de Egipto a la tierra prometida.

Tras las palabras del heraldo, Mansa Musa sale del salón, mientras suenan tambores y albogues.

Ha ordenado que, en su ausencia, su hijo Maghan quede como regente y el general Saghamandja —comandante del ejército, llamado *vayimi-key* o *balama*—, como jefe supremo de las fuerzas armadas y de la policía del país. Es la persona en quien tiene puesta toda su confianza. El *tara-farma*, el general Sumangaru, comandante de la caballería, será el responsable de la caravana. Las personas convocadas para oír el discurso en el que informó sobre la peregrinación, todas con influencia en la vida social, militar o religiosa del país, deberán acompañarle.

La gente murmura que Mansa Musa es tan inteligente que esto lo hace para evitar un posible golpe de Estado y la pérdida de su poder.

Se ha hecho una estimación del número de componentes humanos que formarán la expedición. Junto a Mansa Musa, estarán treinta invitados, que viajarán a lomos de camello, el barco del océano del desierto. El resto lo hará a pie, como los caravaneros que lo atraviesan. Soldados y servidores sumarán diez mil, incluidos esclavos porteadores y obreros. Habrá que contar con el número necesario de camellos: treinta para los invitados, cien para la carga de oro ordenada por el emperador, cien para diversas cargas, así como los que se destinen al sacrificio para alimentación de las personas.

El *tara-farma* se encuentra abrumado por el peso de la responsabilidad que le ha sido asignada. Sin embargo, su asistente Hamet ha acudido en su ayuda y se apresta a ofrecerle algunos consejos.

—Señor, si hacen falta miles de esclavos, envíe a la caballería al sur para conseguirlos.

El *tara-farma* asiente de inmediato y ordena que se realicen razias hasta conseguir los necesarios.

—Señor, la caravana partirá de la capital Niani, donde habrá que concentrar soldados, esclavos y camellos. También crear campamentos para recibirlos y mantenerlos hasta el día de la partida.

Se ordena prepararlos. Uno para los soldados que vigilarán el de los esclavos, siendo estos los que cuiden y atiendan a las bestias en el suyo. Esto se hará a las afueras de la ciudad, en la margen izquierda del río Sankarini.

—Señor, Mali es un país tropical, que abarca grandes extensiones de desierto, pero no tenemos experiencia en atravesarlo. Se necesitarán guías que dirijan la caravana.

Y no sólo eso, tampoco tenemos experiencia en cómo vestir, cuándo andar y descansar, qué comidas tomar y cómo racionar el agua. Igualmente, el desierto tiene peligros que desconocemos.

Niani es el destino final de la mayoría de las caravanas que vienen desde el norte para buscar nuestro oro. No sólo de Tombuctú o Siyilmasa, también del Tuat adonde deberíamos dirigirnos, en una primera etapa, para alcanzar el Mediterráneo camino de El Cairo en Egipto y La Meca. Tuat es el origen de las más importantes caravanas de los árabes, egipcios e incluso de judíos y mallorquines, como yo he tenido conocimiento aquí en mis conversaciones con sus guías. Si se me autoriza, yo los puedo traer a su presencia para que nos relaten sus experiencias.

El general asiente, y pronto, como si ya lo tuviese preparado, Hamet se presenta con un guía, de nombre Kamal, y un comerciante caravanero que recientemente han llegado a Niani. Ambos están ataviados con su larga *darraa*, el traje tradicional masculino, de color azul y bellas filigranas bordadas en color blanco, y el *haouli*, turbante negro. Proceden de Tuat y han tardado tres meses en llegar a la capital con sesenta camellos y cien hombres.

El *tara-farma* les informa de la intención de Mansa Musa de hacer la peregrinación a La Meca, aunque ya lo saben.

—Queremos vuestra ayuda —dice el general—para que, inicialmente, nos deis consejos para atravesar el desierto.

El guía, Kamal, toma la palabra.

—Señor, los caravaneros solemos decir: *quien entre en el desierto, dese por muerto, y quien de él salga, téngase por nacido*. El desierto es un lugar inhóspito y hostil con la vida humana. Un dicho árabe reza: *el desierto es la tierra calurosa donde hace mucho frío*. Se siente más el frío de la noche que el calor de mediodía. Además, hay vientos secos, abrasadores y despiadados, que forman constantes tormentas de arena.

El general le interrumpe.

—Me gustaría saber qué época del año es la mejor para atravesar el desierto y cómo lo hacéis vosotros.

—Se atraviesa en otoño. Para ello los camellos son cargados al despuntar el día, se marcha hasta el momento en que el sol se ha elevado en el cielo, en que la luz llena la atmósfera y que el calor recrudece. Entonces se depositan los equipajes, se traban los camellos, se bajan las mercancías y se plantan las tiendas para buscar la sombra y ponerse al abrigo del calor del mediodía o del *simún* durante la siesta. Y, asimismo, cuando llega la hora del *'asr* y el sol empieza a declinar hacia poniente, se vuelve a marchar lo que queda de día hasta el primer tercio de la noche, *'alama*. Entonces se hace alto, sea cual sea el lugar a donde se haya llegado, y se pasa el resto de la oscuridad hasta la aurora, para iniciar una nueva etapa.

Nunca debe apartarse uno de este ritmo, pues el sol sería mortal para quien quiera exponerse a marchar durante la siesta, en el momento del calor más fuerte del sol y de la tierra. La costumbre ha establecido esta manera de viajar, tal como la hemos descrito.

—¿El camello es el animal más adecuado para atravesar el desierto?

—Resiste condiciones climáticas extremas y puede sobrevivir diez días sin beber agua y treinta sin comer, gracias a la reserva de grasa de su giba. Cuando se llega a un oasis, se descansa durante varios días y se sacrifican algunos de estos animales para comer su carne asada y reponer fuerzas.

—¿Qué distancia se recorre en un día? —inquiere el general.

—Seis *parasangas* es lo más que resiste el caminante del desierto, menos que lo que resisten los camellos. Además, se está limitado por el tiempo solar que obliga a parar y a protegerse.

—¿Y cuál es la alimentación?

—A lo largo del camino, los hombres comen sin detenerse, tomando puñados de mijo mezclados con agua de un caldero que circula por turnos. También durante el día se toman dátiles según la disponibilidad.

—¿Y el agua?

—Señor, hay en este desierto soledades sin agua. No se encuentra más que después de diez o doce días de marcha. El agua se transporta en botas hechas de piel de cabra, mal curtida y luego cosida, de tal manera que conservan la forma del animal. Una de sus patas sirve de pico para beber. Un intento de hacerlas con la piel de otro animal mayor fracasaría, por la imposibilidad de cargarlas o descargarlas en el camello. El agua es el capítulo más importante de la expedición. Sin ella, en el desierto se puede sobrevivir, a lo sumo, dos días, difícilmente y no siempre. En estas condiciones, el hombre puede perder, a lo largo de un día, litros y litros de sudor y, para vivir, tiene que beber una cantidad de agua semejante. Privado de ella, enseguida lo invadirá la sed.

La sed verdadera y prolongada, en los trópicos secos y ardientes, es una sensación mortificante y destructiva, más difícil de dominar que el hambre. Tras varias horas de experimentarla, la persona se siente entumecida y deslavazada, empieza a debilitarse y a perder la orientación. En lugar de hablar, balbucea y, cada vez, de forma más incoherente.

Una solución para casos de emergencia y cuando los vientos del *simún* resecan el agua de las botas, consiste en tomar camellos sin cargas. Se les hace pasar sed primeramente, luego se les hace beber una vez y una segunda, hasta que se les llene la panza. Cuando la necesidad de agua se hace sentir, entonces se degüella al animal y se sacia la sed con el agua de su vientre. Y ya no hay más que apresurarse hasta el siguiente punto de agua para llenar las botas.

En otras ocasiones, los habitantes del desierto retiran la panza del rumiante, meten en ella rodetes de paja, para que refluyan hacia las paredes del recipiente las materias masticadas, pero no digeridas, formando un pequeño sumidero en el que el líquido se concentra. Hacen entonces un agujero en la pared de la panza, debajo del centro, pasando el líquido a una bota de piel. Los moros llaman *therth* al producto de esta decantación.

—¿Hay además otros peligros?

—Sí. En los oasis, hay gran cantidad de serpientes que se esconden en la arena. Cuando los camellos pasan al lado, los ofidios brincan de la arena y se lanzan hasta caer en las literas. Allí, muerden a quienes encuentran, siendo la muerte instantánea.

Hay que prevenir, también, los riesgos de encuentros no deseados, por lo que se recomienda no caminar con los pies descalzos durante la noche, especialmente cerca de los arbustos, ya que uno puede toparse con víboras o escorpiones.

Nunca ha de ponerse jamás el calzado por la mañana sin verificar que no ha sido *ocupado* por algún animal. Sin embargo y en invierno, no hace falta porque hibernan.

El general impone un silencio largo para colocar, en su memoria, cada una de las enseñanzas de Kamal. De pronto, comenta:

—Necesitaremos un guía experto que dirija la caravana.

Otro silencio, y una mirada inquisidora se dirige a los ojos de Kamal.

—Puedes ser tú, si quieres.

Hay un juego de silencios y cuyo diálogo se acomoda en las expresiones de los rostros.

—Yo trabajo por dinero —dice Kamal—. ¿Cuánto me pagarán?

—Nuestro emperador, Mansa Musa, es un hombre magnánimo. Diez veces más de lo que recibes de este hombre que viene contigo.

Esto lo dice el general refiriéndose al jefe de la caravana que acompaña al guía. Sin esperar la reacción de Kamal, le indica al otro que puede quedarse, pues en toda caravana hay siempre dos guías. Así, en caso de perderse uno de ellos, el otro tomaría la dirección para evitar una muerte segura.

El silencio es la respuesta positiva de Kamal. Salen los tres y, desde ese momento, Kamal queda integrado en el equipo de la dirección de la expedición, como guía principal.

A Hamet y a Kamal se les asigna residencia y despacho en el cuartel general de la caballería, puesto de mando del general Sumangaru.

—Aparte del agua, hay que organizar el medio de transporte, el camello —dice Kamal-. Hay que calcular el número de estos animales para transportar las personas, la carga y los que se sacrificarán como alimento. Hay que asignarles los porteadores, uno fijo por cada animal. Puede y debe ser un esclavo. El camello se familiariza con su jefe y le obedece y, además, le previene de un peligro o un ataque inminentes. Considerado pacífico, fiel y servicial, este compañero del nómada tiene, también, fama de ser rencoroso con las personas que lo maltratan. Igualmente, protestan por sistema, cuando se les carga, paran, se levantan o se les alimenta. Tienen una esperanza de vida de unos veinticinco años y su peso varía entre las treinta y cinco y noventa y cinco arrobas.

Presta numerosos servicios a los hogares que tienen la oportunidad de poseerlos. Su leche es tan benéfica como su carne, apreciada por sus virtudes nutricionales. Se puede sobrevivir hasta un mes en el desierto únicamente con esta bebida, mientras se recorren grandes distancias. Su pelo y su cuero, por su parte, son utilizados para la confección de tiendas, sacos y otros accesorios. Y los huesos sirven de piquetes para las tiendas. Los excrementos, por último, mezclados con arena, constituyen un combustible eficaz.

Hasta aquí, la lección sobre los camellos que Hamet recibe con paciencia.

Hamet le plantea a Kamal una nueva pregunta. ¿Cuál va a ser la ruta de la caravana? Deciden volver al general Sumangaru para que él apruebe lo que Kamal propondrá.

—Señor —comienza Kamal—, el desierto ofrece múltiples y variadas rutas para alcanzar el norte. Una de las más conocidas es la del este y en la que, saliendo de Niani, se llega a Tombuctú, luego Gao, Agadez, Dilma, el oasis de Kofra, en el Tibesti y, finalmente, Alejandría y El Cairo. En esta ruta hay grandes distancias sin aguada. Por ello, yo recomiendo la del oeste, que es la que más conozco. Saliendo de Niani llegaremos a Iwalatan, en el límite del imperio, dejando a la derecha Tombuctú, que no está sometida al emperador. Desde allí iremos a Teghazza y, finalmente, Tuat, lugar de donde parten todas las caravanas que vienen al sur.

Carezco de experiencia en el recorrido de la costa del Mediterráneo y, por tanto, en Tuat, habría que buscar un guía para esa zona que, partiendo de esta última ciudad, pasa por El Golea, Ouargla, Trípoli, Alejandría y El Cairo.

—Está bien —dice el general—, iremos por la ruta oeste que tú propones.

—Señor —todavía insiste Kamal-, dado el importante volumen de la caravana, habrá que preparar suministros de aguada, alimentos y espacios de acampada en el camino. Debemos despachar, por delante de nuestra caravana y por lo menos tres meses antes de la salida, un grupo que vaya avisando y haciendo estos preparativos en las distintas ciudades y oasis previstos de acampada y que yo les indicaré.

Al general le parece una idea interesante y comienza a dar las órdenes para su cumplimiento. Las acampadas se harán sobre el terreno y también en los oasis, como gotas de agua en la inmensidad de la arena. Hay varios millones de oasis repartidos por el desierto y con distinta variedad y tamaño.

El general ha convocado al arquitecto de la corte para diseñar el vivac, que protegerá al emperador durante las acampadas del recorrido. El arquitecto propone importar desde Marruecos una jaima de lujo, amplia y resistente, que se hará desmontable rápidamente para ser transportada por los camellos. Se acomodará el interior con alfombras, cojines y almohadas al estilo del país de origen. Ésta se usará en las ciudades y oasis del camino donde la acampada sea de varios días.

Para las paradas diarias en el desierto, se usará una tienda militar ligera, debidamente distinguida del resto de la expedición. También se diseñará una montura especial y cómoda para los camellos que use el emperador.

Mientras tanto, el visir del Tesoro ha ido preparando pequeños saquitos de tela que contienen uno, dos o diez *mitcales* de oro y que se usarán en el camino y en el destino como pago de los servicios suministrados, regalos y compra. En total serán ochenta cargas de tres *quintales* cada una.

Considerando que todas las previsiones están organizadas, el general se presenta ante el emperador y, a través del heraldo, le va comunicando el programa. Mansa Musa se da por satisfecho y ordena la salida de la caravana para el comienzo del invierno de este año de 1323.

Ha llegado el momento. Estamos ya en la fecha prevista y toda la caravana preparada para iniciar la aventura.

El emperador ha convocado a su hijo y al general Saghamandja, sin intermediario, y a los que hace la última encomienda:

—En mi ausencia, tú Maghan, serás el regente del imperio, con toda la autoridad de mi representación. Y tú, general Saghamandja, el jefe máximo del ejército, sometido a la autoridad de mi hijo.

El imperio no habría podido convertirse en lo que es sin unas fuerzas armadas eficaces y leales a un gobierno estable. Se mantiene un ejército profesional y a tiempo completo para defender las fronteras. La nación entera está movilizada, con cada tribu obligada a proporcionar un contingente de hombres en edad de luchar. Consta de cien mil infantes y diez mil jinetes. Con la ayuda de las tribus del río, este ejército puede ser desplegado a todos los territorios sometidos en un corto período de tiempo.

Las unidades de caballería, formadas por *mandekalu*, caballeros, son el elemento más importante del ejército. Los caballos son costosos y solamente los nobles los usan en batalla.

Mali cubre casi toda el área entre el desierto del Sahara y los bosques costeros. Se extiende desde las orillas del océano Atlántico hasta el desierto. Alcanza una población entre cuarenta y cincuenta millones de personas, repartidas en cuatrocientas ciudades, pueblos y aldeas, de varias religiones y etnias.

Mali ha llegado al imperio por la vía de la conquista o la anexión. Durante la época de la conquista, los *farins*, representantes del soberano, toman el control del área hasta que se pueda encontrar un regente nativo. Después de que la lealtad o, por lo menos, la capitulación de una zona esté asegurada se permite a sus habitantes seleccionar su propio *dyamani-tigui*. Este proceso es esencial para mantener a los no *mandinga*s leales a las élites que los gobiernan.

Mansa Musa está orgulloso de haber unido, en el collar del imperio, las doce regiones-reinos que lo forman. Sin embargo, se va al peregrinaje a los Santos Lugares con una aflicción. A ese collar le faltan dos perlas: Gao y Tombuctú, que todavía están fuera de su obediencia. Él quisiera hacer, de esta última ciudad, el centro de la cultura de África. A la vuelta de este viaje traerá consigo eruditos, ulemas, imanes y poetas que sembrarán la semilla de la cultura y la religión en el imperio de Mali. Que Alá Todopoderoso y el Profeta guíen sus pasos.

La caravana ha iniciado su marcha, encabezada por los quinientos soldados que componen la guardia imperial. La siguen el emperador y los esclavos de su servicio, así como la comitiva de personas influyentes que, forzadamente, le acompañan, también con sus esclavos. Detrás, el visir del Tesoro con su carga de oro, vigilada por cien soldados. A continuación, los camellos de carga y de reserva como alimento y, finalmente, los esclavos que serán mercancía de venta en el destino, vigilados por el resto de la tropa.

El camino hasta Iwalatan es fácil y agradable. Se atraviesan varios ríos, donde se encuentran pozos para la aguada e, inclusive, el baño. Hay árboles y pastos para los camellos y se pueden comprar caballos, corderos y cabras para la comida.

La ruta es muy frondosa, con árboles centenarios y enormes, pues uno solo de ellos puede dar sombra a una caravana entera. Y otros, aun sin hojas ni ramas, dar cobijo a un hombre, sólo con el tronco. Incluso los carcomidos, recogen el agua de lluvia, a modo de estanque, y los caminantes la beben. En otros anidan abejas, cuya miel se recolecta.

En los árboles de la algaba de Iwalatan se encuentran frutos semejantes a las peras, manzanas, melocotones y albaricoques, pero distintos. Algunos dan una fruta parecida a un pepino alargado, pero, al entrar en sazón, se hiende y segrega algo como harina que se guisa y come.

También se extraen de la tierra unas pepitas, similares a las habas, que se fríen, siendo su sabor como el del garbanzo frito. A veces se muelen para hacer una especie de pastel esponjoso, frito con *garti*, que es una fruta comparable a la pera, dulcísima y de cuyos güitos machacados se obtiene un aceite de varios usos. Por ejemplo, cocinar, prender lámparas, freír, servir como ungüento o mezclarlo con una tierra que allí existe, para enjalbegar las casas como si fuera cal. Este fruto es muy abundante en la región, transportándose, de poblado a poblado, en enormes calabazas y cuya capacidad alcanza la de los cántaros en nuestras tierras.

Las calabazas en Sudán son inmensas; con ellas se fabrican cuencos, cortándolas en dos y así sale, de cada mitad, una escudilla que se decora muy bellamente.

Hay mijo, leche agria, gallinas, harina de loto y *funi*, arroz. Éste es parecido a los granos de mostaza con el que se preparan el alcuzcuz y la asida, una especie de gachas con manteca, así como con harina de alubia.

En Iwalatan el calor es tórrido. Hay algunas palmeras a cuya sombra cultivan melones. El agua la extraen de bolsas que hay bajo la arena. La carne de cordero abunda y la gente viste buenas ropas egipcias. La mayor parte de los habitantes son *massufa*, sus mujeres muy hermosas y más consideradas que los hombres con el viajero.

Después de veinticuatro jornadas desde nuestra salida de Niani, hemos llegado a Iwalatan y acampado en las afueras. Pronto el *farba*, el delegado de la ciudad, con su escolta y acompañado del intendente, se ha personado ante el emperador para presentarle respeto y obediencia. Para los principales trae comida, consistente en mijo molido y mezclado con un poco de miel y leche cuajada. Es la mejor muestra de hospitalidad entre ellos.

A las personas y a las bestias se les ha hecho comer y beber hasta la saciedad. Los esclavos comienzan a segar las hierbas, que comerán los camellos en el camino; enrollarlas con cuerdas en haces y cargarlas en las monturas. También llenan los odres de agua al límite de su capacidad.

La caravana se ha despedido de Iwalatan y nos dirigimos a la próxima etapa, Teghazza, con paradas intermitentes en el camino de arena, sin saber cuántas jornadas nos esperan. Hemos salido en el crepúsculo, y ya las estrellas nos guiñan y bendicen nuestro esfuerzo. La luna llena nos alumbra, como un sol en la noche.

Es casi medianoche y el jefe de la caravana, el general Sumangaru, a petición del guía Kamal, ordena la acampada para el descanso nocturno.

Un día más, una noche más, arenas y silencio abrumador y monótono. Se han descargado las bestias, levantada la tienda del emperador, así como repartidos agua y alimento magro. Tras lo cual solo resta hablar con las estrellas, esperando la caricia de los rayos del sol de la alborada para, después, otra caminata y protegerse del abrasador mediodía.

Desde el inicio del viaje, acompañamos a Mansa Musa, junto a su guardia personal y servicio, solo su *griot* y el heraldo. Un heraldo nuevo, joven y bello, diferente del oficial en Niani, ya entrado en años. Los dos hemos estado en silencio desde la salida de la capital, pero hoy, esta noche, he decidido romper con esa liturgia.

—Tú no eres el heraldo de Niani —me dirijo a él.

—Correcto —contesta—. El heraldo oficial es una persona mayor, incapaz de soportar la travesía del desierto. Yo soy su ayudante y me ha propuesto al emperador como sustituto suyo para esta peregrinación, y así ha sido aceptado.

—Tú no eres de Mali. ¿Cómo has llegado aquí?

—Nací en Fez, hace veinte años. Mi nombre es Hicham. Mi padre es un alto oficial de la corte de Marruecos. Me envió a la madrasa de Fez para estudiar el Corán. El profesor, hombre muy culto, además de enseñarnos el libro sagrado nos iniciaba, a los jóvenes, en la vida real y el sexo. Nos entregó, subrepticiamente, una copia del libro *Las mil y una noches*, con historias de contenido erótico y homosexual. Mi padre se enteró y me desplazó a Tombuctú, a casa de una familia amiga, para continuar mi educación. Allí ocurrió un hecho similar. El profesor se enamoró de mí, y mi familia me recomendó al heraldo de Niani, también amigo de mi padre, quien aceptó tomarme a su servicio como ayudante.

Según los textos sagrados, el islam prohíbe la homosexualidad y la considera un vicio y una torpeza. Nuestra religión tiene una visión de la pareja fundada sobre la armonía preestablecida de los sexos. Lo que supone una complementariedad de lo masculino y lo femenino. El objeto de esta última es el gozo y el placer, pero, también y sobre todo, la procreación y la perpetuación de la raza humana.

En este sentido, la homosexualidad sería una violación de la armonía natural y una amenaza de anarquía y desequilibrio. Una de las mejores cosas que puede hacer el hombre en sus amores es guardar castidad.

—Yo también he estudiado el Corán y asistido a la madrasa de Tombuctú —le contesto y trato de modificar su visión sobre la homosexualidad—. Hay una historia que explica, bajo otro ángulo, la evolución de las sociedades musulmanas y sus relaciones con la sexualidad y el placer. El Corán no precisa ningún castigo específico que sancione el acto homosexual, lo que abre la puerta a todo un debate teológico sobre cuál debe ser éste.

Según un hadiz del Profeta, la sanción es la pena de muerte, reproduciendo el castigo divino que se abatió sobre el pueblo de Lot. Sin embargo, la similitud con la *zina*, la fornicación, es evocada por ciertos ulemas musulmanes para establecer variaciones en la sanción: la lapidación hasta la muerte para el musulmán casado, y latigazos para el soltero.

La homosexualidad femenina se trata con una indulgencia relativa. No se la asimila ni a la fornicación ni a la homosexualidad masculina. Las *sihakyat*, lesbianas, son objeto de una simple reprimenda dejada a la discreción del juez. La ausencia de penetración anal, que define la homosexualidad a los ojos de los teólogos musulmanes, explica, probablemente, esta indulgencia.

En la teología musulmana, la práctica de la homosexualidad, para poder ser demostrada como hecho probado, requiere los mismos elementos que en el caso de la fornicación: el testimonio de cuatro personas que atestigüen haber visto y discernido una penetración total, o bien una confesión sin retractación de las personas concernidas. Exigencias draconianas que hacen casi inaplicable cualquier sanción.

La expansión del imperio musulmán, sobre todo bajo la dinastía abbasí, ha engendrado un cambio de valores y normas, así como la aparición de nuevos hábitos. Los amores masculinos ya no son disimulados, escondidos ni reprimidos, sino públicos, proclamados y tolerados, amores no solamente carnales y sexuales, sino también filosóficos y místicos.

En su *Historia de los Califas*, el teólogo e historiador egipcio Jalaloudine Assayouti, hace la siguiente descripción del califa abbasí al-Amín:

*Compraba, sin cuenta, eunucos que reservaba para su
placer, renunciando así a sus mujeres y concubinas.*

Al-Amín, hijo y sucesor del gran califa Harún al-Ras-
hid, profesó un amor desmesurado a algunos de sus esclavos, y compuso, para ellos, poemas en los que manifestaba
su pasión. El soberano, cuyo imperio se extendía desde el
Magreb hasta la China, describe así a su sirviente Kawthar
en uno de ellos:

*Kawthar es mi religión y mi vida, mi enfermedad y
mi medicina. Bien injusto es aquel que culpa a un
corazón por su amor.*

Otros califas abasíes, como al-Mu'tasim y al-Wathiq,
escribían poemas de amor dedicados a jóvenes muchachos
y efebos. Assayuti, gran teólogo malikí, nos informa que
el califa al-Mu'tasim tenía *un mancebo de una belleza excepcional que se llamaba Ayib, del que estaba locamente enamorado.*

Estos ejemplos dan cuenta de los cambios que han afectado a la sociedad musulmana desde que ha pasado de ser
un pequeño estado desértico a un imperio que domina el
mundo. Las relaciones con la homosexualidad han cambiado igualmente. La bajeza, que era necesario callar y
ocultar, llega a ser una práctica corriente y consagrada,
incluso por los califas, que ostentan el poder político, el
espiritual y religioso.

Este cambio mental y cultural se explica por la influencia que han ejercido las culturas y civilizaciones anexadas
por las conquistas militares; en especial, la griega, persa
e hindú.

Sin embargo, el heraldo parece estar en desacuerdo con
mis palabras, aunque tengo la certeza de que, en el fondo,
opina todo lo contrario de lo que dice. Una cosa es lo que
le han enseñado y otra lo que desea su fuero interno.

—El pecado de los sodomitas es hediondo y repug-
nante. Dios Altísimo dice: *¿Cometeréis una torpeza que nadie*

en el universo cometió primero que vosotros? Dios lanzó contra los que lo cometen piedras de arcilla marcadas.

Malik es del parecer que hay que lapidar al agente y al paciente, sean casados o no, y alguno de sus seguidores aduce, como prueba de esta decisión, lo que Dios, Honrado y Poderoso, dice sobre la lapidación de los sodomitas con piedras: *que no están lejos de los malvados*, concluyendo que es de necesidad —si alguien comete hoy igual maldad que el pueblo de Lot— que las piedras estén cerca de él.

Abu Ishaq Ibrahim ibn al-Sari cuenta que Abu Bakr quemó a un sodomita. Abu 'Ubayda Ma'mar ibn al-Mutannà nos da el nombre del quemado, diciendo:

> *Fue Sucha' ibn al-Warqá' al-Asadi, a quien quemó Abu Bakr al-Siddiq porque se daba por detrás, como una mujer.*

En una sentencia de Abu Bakr al-Siddiq, el primer califa sucesor de Mahoma, se recoge que, porque un hombre estrechó contra sí a un muchacho hasta eyacular, le mandó dar tales golpes que le ocasionaron la muerte.

Interrumpo al heraldo y disiento de él:

—Todo lo que dices no lo comparten muchos doctores, que siguen gentes muy sabias. En el hadiz que nos transmitió Abu Burda al-Ansarí se afirma:

> *Yo oí decir al Profeta de Dios: Nadie sea flagelado con más de diez azotes, si no se trata de una de las penas a la letra señaladas por Dios Honrado y Poderoso.*

El heraldo continúa:

—¡El hombre de entendimiento halla anchos caminos por los que apartarse del libertinaje! De otra parte, Dios nada ha vedado sin dar a sus siervos, a cambio, cosas lícitas mejores y de mayor excelencia que las vedadas. ¡No hay más Dios que Él!

El diálogo ha subido de tono en la defensa de nuestras posiciones en este asunto. Mi convicción de que el heraldo no cree en lo que dice es cada vez más fuerte. El juego me seduce y me veo obligado a continuar con mis argumentos:

—El amor de las mujeres evoca, sin duda, las palabras del Profeta que rinden homenaje a sus méritos. Otros defienden su preferencia por los muchachos citando dos versículos del Corán, que describen los placeres del Paraíso y que van a degustar los creyentes. Entre esas delicias, prometen bellos muchachos *como perlas guardadas*, según la expresión coránica, destinadas al servicio de los felices elegidos.

Este argumento puede sorprender, pero se utiliza frecuentemente en los relatos históricos y literarios para justificar el amor hacia los efebos. Yahya ibn Aktham, juez supremo en tiempos del califa al-Mamún, recurría, igualmente, al mismo para justificar sus gustos sexuales. En tono de ocurrencia, ese genio de la teología musulmana, como se le describe en los libros de historia, argumentaba:

¿Por qué no desear en la tierra lo que Dios reserva a sus fieles en el paraíso?

Los escribas musulmanes, a menudo ulemas y hombres de religión, no sienten ninguna vergüenza o embarazo a la hora de citar historias y poemas que celebran la homosexualidad. Para muchos de ellos, es una simple manifestación de conocimiento y erudición.

Celebrar la belleza masculina y declarar su amor a un joven efebo, no siempre tiene una connotación sexual y no abriga, necesariamente, un deseo de gozo. En ciertos casos, se trata, simplemente, de un juego literario, de una demostración de la maestría del verbo y su manejo en diferentes situaciones. Este tipo de pasiones se parecen, más bien, a un amor platónico y están muy presentes en la literatura mística musulmana.

Por su parte al lesbianismo, se le relaciona con historias de hammam y harén. Entre sus ventajas y virtudes se cita que queda descartado el riesgo de embarazo.

Esta última reflexión la comparte el heraldo. A partir de este momento constato que estaba en lo cierto: no sólo no rechaza las relaciones con otros hombres, sino que, incluso, no descarta practicarlas.

Pasa a contarme una historia que describe las tradiciones de un tipo particular de videntes de Fez. Amantes del placer sáfico, recurren a subterfugios para seducir y atraer a otras mujeres, que sucumben a su llamada por ingenuidad o por consentimiento.

—Una categoría de adivinas —comienza el heraldo— comprende a mujeres que hacen creer que están vinculadas, por amistad, con ciertos demonios de especies diferentes: rojos, blancos y negros. Las personas que unen a la integridad una cierta instrucción, así como la experiencia de las cosas, las llaman *sahacat*. Cuando encuentran una bella mujer, entre las que vienen a consultarlas, se apasionan por ella, tal y como un joven hombre se apasiona por una joven muchacha. Y, como si el demonio hablara en persona, ellas le piden, en pago, abrazos amorosos. La que cree deber complacer al espíritu, consiente las más de las veces.

Muchas féminas a las que les gusta este juego, piden, a las adivinas, entrar en su gremio, para lo que fingen estar enfermas. A menudo, es el imbécil del marido quien hace el recado. La adivina le dice que un demonio ha entrado en el cuerpo de su mujer por lo que, si estima en algo su salud, es preciso que autorice su integración en el gremio, para trabajar libremente con ellas. El cornudo se lo cree, consiente y, en el colmo de la estupidez, ofrece un suntuoso banquete a todas. Tras la comida, cada una de las mujeres danza y festeja al son de una orquesta de negros. Entonces el marido deja a su mujer partir a la aventura. Pero los hay que hacen salir los espíritus del cuerpo de su mujer al son de una vigorosa paliza. Otros aparentan estar, ellos mismos, poseídos por un demonio y atrapan a las adivinas como ellas han atrapado a su mujer.

Hemos usado el tiempo de descanso en esta discusión, y empieza a notarse el frío. Bajo la silenciosa inmensidad de la noche, el heraldo y yo decidimos cumplir la obligación del descanso.

Sobre la arena extendemos y juntamos nuestras esteras, nuestras manos y nuestros cuerpos.

Y yo soñé que el fuego, encerrado en el pedernal, no sale afuera, a pesar de la fuerza que le impulsa a reunirse y a llamar, para ello, a todas sus partes dondequiera que estén. Es, después del golpe del eslabón, cuando ambos cuerpos se han unido con presión y fricción. Mientras tanto, el fuego está oculto en la piedra sin manifestarse ni aparecer.

Las estrellas y la luna se despiden y aparece el alba. Estamos ya en marcha. Nuestro próximo destino, al final de interminables paradas, será Teghazza. Los comerciantes de las caravanas que llegan a Niani me han contado que esta ciudad es una mina de sal donde todo está hecho de la misma. Desde la muralla a los muros, techos y puertas, aunque recubiertos de cuero para que los bordes no se desmoronen.

Según un alfaquí, los alrededores de la villa son una *sabja*, hondonada de sal, con también minas de alumbre. Si se arroja a este desierto algún animal muerto, se transforma en sal. Esta última es muy apreciada en el Sudán. Los mercaderes la exportan de Teghazza a todos los países.

Lo asombroso es que esta villa cuenta con pozos de agua potable, aunque algo salobre, que se utiliza para hacer aguada y llenar los odres para seguir en el desierto. Sus habitantes son esclavos *massufa*, una tribu importante de bereberes. Su trabajo consiste en extraer la sal en todo momento. Las caravanas llegan una vez al año, la venden, retienen lo justo para cubrir sus necesidades y dan el resto a las mujeres. De allí el producto es llevado a Tombuctú, que tiene gran necesidad del mismo. Cada camello lleva cuatro barras y su carga asciende a cien dinares.

No hay ningún cultivo, absolutamente ninguno, en Teghazza. El único medio de subsistencia es la extracción de la sal, de aquí que los víveres sean traídos de Tombuctú y de la región del Draa, situados a veinte días de marcha. A veces sucede que se encuentra a los mineros muertos de hambre en sus cabañas, faltos de víveres, porque la caravana no ha venido. Además, sopla un viento siroco que les estropea los ojos y les hace perder la vista a muchos de ellos.

Me gustaría no parar en este destino, pero estamos obligados para repostar el agua.

La única satisfacción, de los tres días en Teghazza, ha sido comer carne de camello asada y beber agua sin limitación, a pesar de su desagradable sabor. Estamos otra vez en camino y pasar al desierto, aunque inhóspito, me ha parecido como entrar en el paraíso.

Llevamos ya quince jornadas en pleno desierto. Hemos aprovechado la marcha de las últimas horas del atardecer. Ya entra la noche y el guía Kamal ordena el descanso nocturno, frente a pozos de agua que él conoce.

En la alborada descubrimos que, también junto a los pozos, se encuentra acampada una familia de *tuaregs*. El emperador ordena suspender la marcha y requiere al guía que se presente ante él. Éste acude ante Mansa Musa, con todo el protocolo conocido, con la intermediación del heraldo, que transmite sus palabras y las del guía a aquél.

El emperador desea conocer a esos habitantes del desierto, su origen, sus costumbres y su futuro. El guía le informa:

—Señor, son *tuareg*. Son nómadas. Nunca se establecen en un lugar y sus tiendas tienen un aspecto peregrino: plantan varales de madera y, sobre ellos, disponen esteras por encima de las cuales colocan un entramado de palos entrelazados y aún cubren esto con pieles o lienzos de algodón.

Sus mujeres son las más hermosas y con el más bello rostro que puede imaginarse, además de su blancura sin mezcla y buenas carnes. En ningún sitio he visto otras que las igualen en grasas. Se alimentan de leche de vaca y mijo molido, mezclado con agua sin hervir y que beben mañana y tarde.

Son muy independientes y los hombres las tratan con respeto. A diferencia de estos últimos, no llevan velo, pues no tienen nada que ocultar. Se ocupan de las labores domésticas, el mantenimiento de las tiendas y la educación de los hijos, pero, también, tienen un activo papel en cuestiones de la comunidad.

En cuanto a los hombres, son bravos y temerarios, así como excelentes jinetes sobre sus camellos. Conocen, al dedillo, las formas y los aspectos del suelo y encuentran los pozos de agua con apenas una breve indicación, por muy lejos que se encuentren. Este sentido de la orientación en el desierto es, en ellos, proverbial.

Tanto mujeres como hombres tienen un físico perfecto y una resistencia capaz de afrontar las mayores durezas del desierto. Crían grandes rebaños de animales, con los que se desplazan en grandes unidades familiares.

El hombre es el encargado de buscar el sustento, hasta el punto de ordeñar cebúes y camellos. Por su parte, los niños hacen lo propio con las ovejas y cabras. Si se ve a las mujeres ordeñando un camello, es porque no tienen a un hombre a su lado. Buscan el agua, cocinan y hacen los honores al visitante, porque, con frecuencia, el marido está ausente.

Son llamados *hombres del velo* por los árabes y, también, *los abandonados por Dios*. A sí mismos se apelan *Kel Tamasheq*, los que hablan *tuareg*, porque, y a pesar de las distancias, es la lengua que los une, ya tengan una fisonomía más pura, con nariz aguileña o piel clara; o la nariz chata y la piel más oscura, por ser hijos de esclavas negras. Participan de una misma forma de vida sin fronteras y de un conjunto de valores.

Uno de estos últimos es el heroísmo y la fortaleza de carácter, que les llena de orgullo. Dominan un territorio de arena y rocas, donde sobreviven admirablemente. En él se sienten libres.

El emperador expresa su deseo de conocer personalmente a esa familia de *tuaregs*. El guía asiente, pero advierte:

—Señor, un *tamasheq*, el que habla la lengua de los *tuareg*, no puede mostrar su estado de ánimo, de ahí su rostro oculto. No se ha visto jamás, entre ellos, que descubran, de sus caras, otra cosa que los ojos, pues lo hacen desde niños y crecen así. Piensan que la boca es una cosa innoble que es preciso esconder como el sexo, a causa de que lo que sale de ella es tan maloliente como las excreciones de las partes vergonzosas.

Por ello, señor, con el debido respeto, le solicito que permita al *tuareg* presentarse sin la obligación de descubrir su cabeza.

El emperador lo acepta y el guía se marcha en busca del *tuareg*.

—Señor —traduce el guía al heraldo y éste transmite las palabras del *tuareg* al emperador—. Mi nombre es Aman Iman y estos son mis dos hijos que me ayudan a ofrecerte un regalo: un odre con agua, pues, como sabes, es lo más preciado del desierto.

Aman Iman se ha presentado ataviado con su larga darraa, el traje tradicional masculino, de color azul y bellas filigranas bordadas en color blanco, y el *haouli*, turbante negro.

—¿De dónde venís y adónde vais? —pregunta el emperador.

—Señor, venimos del desierto y vamos al desierto. Éste no es un espacio muerto. Para los *tuareg*, es un hogar, un refugio, un cazadero, una farmacia y, sobre todo, una forma de vida. Sabemos qué plantas pueden curar o matar al ganado y orientarnos por el color, la textura y el sabor de la arena.

Es nuestra escuela de paciencia y humildad. Nos enseña el sentido del esfuerzo y una cierta insensibilidad a nuestras heridas del alma y de la piel, así como que pocas cosas son suficientes para nuestro bienestar. El desierto no admite fronteras, pues no se pueden trazar líneas de división entre las dunas que se mueven a merced del viento.

—¿A quién obedecéis? —pregunta el soberano.

—Señor, los mayores de nuestros mayores nos han hecho guiarnos por el proverbio *Besa la mano que no puedas cortar.*

Un silencio de aprobación inunda la jaima del emperador. Finalmente, este dice:

—En agradecimiento de tu regalo de un odre de agua, voy a ordenar que te entreguen doscientos *mitcales* de oro.

—Señor, el agua la puedes beber. El polvo de oro en el desierto vale tanto como los granos de arena. Para un *tuareg* los animales lo son todo: nos dan leche, carne y pieles, y podemos cambiarlos en trueque. Si mueren los animales, mueren los *tuareg*. Cuando la naturaleza es hostil, al hombre no le queda más remedio que ser paciente, humilde, meditar y encontrarse con Dios.

Mansa Musa da por terminada la visita, ordena que se le entreguen seis camellos de la caravana y, a continuación, da la orden de partir.

Yo comento con el heraldo:

—Lo que no ha dicho el *tuareg* es que su medio de vida es la protección de las caravanas en el desierto.

—¿Protección de qué? —me pregunta el heraldo.

—De ellos mismos, los *tuareg*.

El destino final de esta primera parte de la expedición será la ciudad de Tuat, donde Kamal, el guía, dejará la caravana y buscará otro conocedor del trayecto hasta El Cairo. Mientras tanto, continuamos la marcha y ya han pasado diez jornadas desde que tuvimos el encuentro con el *tuareg*.

El guía nos ha dicho que, en una jornada, llegaremos al oasis de Terjite. Es la mejor noticia para la caravana, incluida la tropa que, exhausta, espera la aguada y la carne de camello asada.

El guía ha acertado y, después de una alborada y un atardecer de camino, hemos entrado y acampado en el palmeral del oasis.

A la mañana siguiente y sin la urgencia de las madrugadas de la ruta, descubrimos, con asombro, su inmensa extensión, que puede albergar, en la sombra, a toda la caravana, el emperador, su séquito y los diez mil soldados y esclavos que la componen. Un río de agua, limpia, fresca y cristalina, nace y desaparece en el mismo oasis, milagro de la naturaleza del desierto.

El emperador ha dado órdenes estrictas al jefe de la caravana, el general Sumangaru, prohibiendo todo abuso del agua, dátiles de las palmeras y otros árboles frutales, así como de las personas. Todo se hará por un orden establecido y de acuerdo con la autoridad del lugar. Ordena, al visir del Tesoro, que se pague, en *mitcales* de oro, cualquier suministro que se nos pueda proporcionar.

Los habitantes del oasis han domesticado el río y han creado unos estanques, además de las pozas naturales, para beber y lavar. Todo ello siguiendo las instrucciones de la caravana de avanzadilla, enviada tres meses antes de nuestra salida, para delimitar la ruta y preparar los puntos de acampada y aguada.

El soberano es el primero en satisfacer su sed y la necesidad de humedecer la piel en todo su cuerpo. La caricia del agua y el sol de mediodía le transportan al sueño de un hammam imaginario del paraíso.

Le siguen el séquito y los militares de graduación. A la tropa sólo se le permite abluciones en la cabeza, manos y pies. A los esclavos únicamente saciar su sed.

Se está preparando ya el sacrificio de los camellos, que servirán de alimento en un banquete de carne asada, olvidada después de tanto tiempo. Se preparan los fuegos, con las maderas transportadas en la misma caravana y las boñigas de los camellos, también cargadas en sus lomos. Estas últimas, mezcladas con arena, son el mejor combustible del desierto. También se usarán las ramas secas del palmeral compradas a los habitantes del oasis. Nuestra estancia aquí durará tres días.

Para escapar del aburrimiento del tiempo que en el camino es de sueño y ocultarnos al rigor del sol de mediodía, Hicham y yo iniciamos un paseo por las orillas de un canal que riega y refresca el palmeral. Nos encontramos con un viejo, tan viejo como el heraldo principal que se quedó en Niani y no pudo seguir a la caravana. Queremos aprovechar este encuentro para conocer la vida aquí.

—*Assalam alaykum* —nos adelantamos a su saludo.

—*Alaykum assalam* —nos responde—. Me llamo Abdelhamid. He nacido, vivo y moriré aquí.

No queremos entrar en la filosofía de la vida, sino conocer la vida en el oasis.

—Bonito y grande palmeral —iniciamos.

—Es grande y cada vez será más grande. En un principio, antes de mí, los integrantes de las caravanas tiraban los huesos de los dátiles, que, más tarde, después de muchos años, fueron convirtiéndose en esbeltas palmeras. Los huesos de los dátiles, que vosotros coméis hoy, serán las palmeras del mañana.

Los palmerales pueden vivir más de ciento cincuenta años. Pero esto no sería posible sin el agua. Los oasis son una fuente tanto del preciado elemento como de sombra, que hidrata los cuerpos resecos. Esas palmeras protegen de la erosión del viento y del sol abrasador. Sin ellas, las cosechas y los frutales se secarían.

No queremos interrumpirle, por nuestro propio interés en conocer el oasis, junto al hecho de que dialogar con gentes desconocidas libera del silencio obligatorio de la soledad.

—Para los habitantes del oasis, la palmera lo es todo. De ella no se desperdicia absolutamente nada. De los troncos se obtiene madera para hacer fuego y vigas para la construcción. De las ramas se hacen muebles y cestas, y las más pequeñas se aprovechan para barrer.

A los cinco años se pueden obtener nueve arrobas de dátiles. Lo que no se consume en el propio oasis, se destina al comercio. Son cosechados en octubre y siempre están presentes en el centro de la vida social. El ayuno de Ramadán se rompe comiendo tres unidades, y se consumen también en las bodas y en todo tipo de acontecimientos.

Sentados cerca de los canales de adobe por los que circula el agua, y protegidos del sol por la fronda, es difícil pensar que, a pocos metros de aquí, la arena y las piedras se enseñorean de todo. Pero si creíamos que todo en el palmeral era optimismo, los mosquitos que se ceban con nosotros se encargan de recordarnos que, hasta en el paraíso, hay lugar para la imperfección. Preguntamos:

—¿El agua es libre para los habitantes del oasis?

—El agua es un bien preciado y, por tanto, está sometida a una estricta regulación. Un comité, para garantizar una cierta igualdad entre todos los habitantes, estima las necesidades de cada familia y, con la que se les proporciona, además de cubrir sus necesidades, se riegan las huertas y, por supuesto, el palmeral. De todos estos cultivos se obtiene la base de la alimentación en el oasis.

Ello lleva a intentar limitar el crecimiento de algunas familias. Un consejo de ancianos determina qué hijas no podrán engendrar o qué hijos deberán renunciar a tener descendencia. Como veis, el agua les afecta de una manera muy íntima y personal.

Agradecemos esta información y regresamos junto a la jaima del emperador, donde está nuestro pequeño punto de asentamiento. Allí nos está esperando el general Sumangaru para que el heraldo comunique a Mansa Musa que el *walí*, el jefe, ha organizado, con sus habitantes, un banquete en honor del soberano y sus acompañantes, lo que acepta de buen grado.

Al caer la tarde, en una explanada del palmeral, nos reunimos con una treintena de los habitantes locales, con sus mujeres y el *walí* al frente, junto al séquito de la caravana, los militares de alta graduación que nos acompañan, el heraldo y yo, enfrentados en semicírculos, y rodeando un pequeño *bembé*, construido para el soberano.

Varios *mechuis* lo están esperando. El *mechui* es un plato de asado extraordinario compuesto de camello relleno de oveja, rellena, a su vez, de pollo y cuscús, que se come con la mano mediante pellizcos que cada uno hace a lo que considera la parte más sabrosa.

El general avisa al *walí* que el emperador vendrá, pero no participará en la comida, pues su costumbre es no comer jamás delante de persona alguna.

Mientras, un coro de mujeres con chilaba blanca y ausencia de velo, animan la velada con canciones a ritmo del *tindé*, un mortero de madera que se cubre en su parte superior con una membrana de piel. Se trata de un instrumento de percusión de tradición nómada. Las mujeres son sus intérpretes. Con él y con las palmas, marcan el ritmo que acompaña a sus cantos ceremoniales, al mismo tiempo que se acompañan del *imzad*, una especie de violín de una sola cuerda, frotada por un arco.

Son un coro de diez con diversa edad. Todas bellas, entre las que destaca una joven, esbelta como una palmera, con ojos inmensos y cabellera lacia que cae sobre su espalda, como las ramas de la palmera sobre su tronco. Luego hemos sabido que es la hija mayor del *walí* y tiene el nombre de Layla.

Aparece el emperador y toma asiento en el *bembé*. Las mujeres lo reciben con un grito unísono gutural que va creciendo, modulado con chasquidos de la lengua. Nuestro señor recibe y acepta este saludo con una sonrisa. Como todos los de la caravana, su mirada se dirige y cruza con la de la joven. Esta mirada desborda sus ansias viriles. Lleva sin disfrutar de hembra desde su salida de Niani, dado el compromiso de castidad que supone la peregrinación.

Los *mechuis* desaparecen entre las manos de todos los asistentes, y termina el festín. El emperador se retira a su jaima. El *walí* pide al general permiso para visitarlo y le es concedido. Mansa Musa lo espera, recostado sobre almohadones. Se presenta acompañado de su hija Layla.

Descalzo y de pie, recibe la mirada inquisidora de nuestro soberano.

—Señor, la hospitalidad es algo sagrado entre nosotros, los *tuareg*. También el respeto a las tradiciones; y una de ellas es ofrecer al rey la hija más bella como concubina. Siguiendo esta tradición, os ofrezco a mi hija Layla, aquí presente.

Mansa Musa mira fijamente a Layla y ésta no se atreve a mantener su mirada. Le sube un rubor por todo su cuerpo, que se manifiesta en color en las mejillas y palpitaciones del corazón. Hay un silencio. Finalmente, el emperador responde:

—La *azora* 2 del Corán dice: *Os está permitida durante la noche del ayuno la galantería hacia vuestras mujeres. Ellas son una prenda para vosotros y vosotros sois una prenda para ellas. Por tanto, mantened contacto con ellas y procurad lo que Dios ha prescrito para vosotros.* Por el contrario, ninguna excepción se contempla para los peregrinos de La Meca y durante los días solemnes de la Peregrinación: *Para quien se impone la Peregrinación, nada de galantería y nada de libertinaje.*

La prohibición es, por consiguiente, formal, como son formales, durante este mismo período, otras prohibiciones como las cacerías o las disputas. Por eso no hay mujeres en la caravana en el camino de ida. Puedo aceptar tu ofrecimiento a mi vuelta de los Santos Lugares del Profeta. La tomaré y vendrá conmigo a mi país, donde será feliz.

Como prueba, ordenaré al visir del Tesoro que os entregue ciento veinte *mitcales* de oro en adelanto de la dote. Además, quiero informarte de que, igualmente, os hará entrega de otros setecientos, para construir una mezquita en mi honor. Es una promesa que estoy cumpliendo cuando es viernes y visito un lugar habitado.

Al día siguiente, se hacen los preparativos para continuar el camino. En particular, la última aguada y las cargas de los camellos para salir por la noche.

Súbitamente y a media mañana, el *walí* se presenta ante la jaima del emperador, pidiendo verlo urgentemente. Éste, no de buena gana, lo acepta.

—Señor, han violado a mi hija Layla. Esta mañana, cuando iba a recoger agua al río para la casa, según ella, un oficial militar y dos ayudantes la han interceptado y, mientras estos últimos la sujetaban, el oficial consumó la violación. Esto es la deshonra de mi familia, mi hija y de todo mi pueblo.

Mansa Musa no se inmuta y despide al *walí*, que tiene una furia mal contenida. Ordena la salida de la caravana al día siguiente en la alborada.

Cuando los rayos del sol despiertan el palmeral, hay un silencio infinito, roto tan sólo por el bramar de los camellos que protestan al recibir su carga. Comienza la procesión en dirección a la salida para encontrarse con la arena y el sol. En las últimas palmeras, que sirven de puerta del oasis, vemos a un oficial de la guardia imperial y dos esclavos crucificados. Toda la caravana habrá de pasar entre ellos.

Arena y sol, alboradas y noches, paciencia y oración, siempre con la esperanza de los Santos Lugares del islam. El guía Kamal nos consuela diciéndonos que Tuat está cerca, pero las jornadas se suceden sin fin.

Hicham, el heraldo, interviene:

—Tuat es una región muy poblada que sirve de alto a las caravanas que hacen la travesía entre el Magreb y Mali. El Gurara, y sobre todo el Tuat, con Tamantit como capital, constituyen la cita de todas ellas. Esta última se ha hecho célebre, ya que es uno de los grandes mercados del oro, donde los judíos son preponderantes y llegaron tres siglos antes de la era del islam. Los judíos han colonizado también la región de Tendirma, cerca de Gundam. Se les atribuye la excavación de numerosos pozos, de modo que la introducción y el desarrollo de la hidráulica en el Sahara es debida a su ingenio, así como una gran habilidad en las obras de construcción.

—Sabes mucho de la historia de África. ¿Lo has aprendido en la madrasa de Tombuctú?

Hicham me responde:

—No. De las muchas personas cultas que he ido encontrando en las caravanas que llegan a Niani desde Tuat.

El hecho de que Ptolomeo mencione la existencia de estas villas y que su información haya sido retomada por los más antiguos geógrafos árabes prueba que debía de existir, en ellas y mucho antes del islam, un pueblo próspero entre el río Senegal y el sur marroquí.

—¿A cuál te refieres?

—Sin duda, a los judíos. El geógrafo al-Idrisí, dice haber recogido esta información de mercaderes musulmanes, lo que nos da la clave de su presencia al sur del Sahara y, en concreto, en ciertas regiones del Sudán occidental. Se puede bien pensar, como dice al-Idrisí, que, algunos de ellos y en el transcurso de las invasiones de su país, se dispersaron por los desiertos, el Tuat entre otros, y las orillas de los ríos Senegal y Níger.

A la larga, estos extranjeros se mestizaron y generaron nuevas tribus, en las que han podido prevalecer ciertas reminiscencias judías, lo que ha bastado para que puedan reclamar esta ascendencia y hacerla reconocer por los musulmanes, muy atentos a las particularidades confesionales.

Esta diáspora sudanesa ha servido a los intereses económicos de los judíos que, al instalarse en las proximidades de las minas de oro, han podido asegurar a las otras colonias, sobre todo en el sur del Magreb y en el Tuat, una prosperidad extraordinaria.

Es interesante observar que los negociantes son originarios del Magreb al-Aksa. Es decir, de Marrakech, de Siyilmasa y del Tuat. Los bereberes del Sahara, así como los judíos de los oasis del Tuat, también toman parte activa en el mismo.

Esta disertación histórica es interrumpida por el guía Kamal que viene a anunciarnos que, en dos jornadas, llegaremos a Buda, una de las más grandes aglomeraciones del Tuat. Su suelo está formado por arena y terrenos salados. Cuentan con muchos dátiles. No son muy buenos, aunque sus habitantes los prefieren a los de Siyilmasa. Sin embargo, carecen de cereales, mantequilla y aceite, que se importan del Magreb.

Abundan los saltamontes que son cazados antes del amanecer, pues no levantan vuelo a esa hora a causa del frío. Los acumulan en reservas, como hacen con los dátiles, para su alimentación.

Han pasado dos jornadas y estamos entrando en Buda, en un palmeral inmenso, donde la avanzadilla, enviada desde Niani, ha preparado el lugar de acampada con piscinas de agua y almacenes. Un río caudaloso circunda Tuat y nosotros estamos muy cerca de sus orillas. No hay racionamiento de agua ni lo habrá de comida, de forma que todos podamos saciar la sed y el hambre, incluidos los esclavos. También se permitirá el baño para despojarse de la suciedad acumulada desde la salida de Iwalatan.

Kamal había prometido que, a la llegada a Tuat, buscaría un guía experto para el recorrido hasta El Cairo y aquí están Kamal y el nuevo guía frente al general Sumangaru, jefe de la expedición.

—Señor —inicia Kamal—, este es Nabil, el nuevo guía. Si lo aceptáis, os acompañará hasta El Cairo. Es un hombre muy experto y conocedor de estos caminos.

—Bienvenido, Nabil, a la caravana de Mansa Musa, el emperador de Mali. ¿Qué itinerario propones?

—Señor, me siento honrado de entrar al servicio de Mansa Musa, y de responder ante vos. Deberíamos permanecer en Tuat un mínimo de catorce jornadas para que hombres y bestias repongan fuerzas. El camino no es tan duro como el desierto, pero presenta dificultades y peligros. Saldremos de Tuat y, en veinte jornadas, llegaremos a El Golea, un oasis-ciudad en donde poder descansar, hacer aguada y reponer alimentos. Seguiremos a Ouargla —dejando, a la derecha, Gadamés— y, a continuación, entraremos en Trípoli. Allí haremos otra parada importante de seis días.

Saldremos por la costa, donde la proximidad del mar refrescará el camino, y llegaremos a Sokaa y Aoujila. A continuación, alcanzaremos Slona, dejando, a la izquierda, las montañas de Djebel al-Akhadar, que nos apartarán de la costa, pero permitirán una línea recta entre ambas ciudades. Después de Slona, Alejandría y, finalmente, a El Cairo.

—Hágase como tú dices —termina el general.

¡Gracias sean dadas a Alá y bendiga a nuestro Señor y Dueño Mahoma, por habernos permitido llegar a El Cairo sanos y salvos! Hoy, 23 de *rajab* de 724, 16 de julio de 1324, es un día grande, una efeméride que debo transcribir a mi *rihla*, mi relato del reinado de mi señor Mansa Musa, como su *griot*.

CAPÍTULO IV: EL CAIRO

El que esto escribe es Balla Kuyaté, *griot* del emperador Kankan Musa, mi señor Mansa Musa, su consejero y narrador de los hechos para el futuro del imperio de Mali.

Siguiendo el dictado de mi cuerpo y mente, después de tanto tiempo en los amaneceres del desierto, he abierto mis ojos en la alborada del día de hoy, 23 de *rajab* de 724, 16 de julio de 1324, a unos 37 días del sagrado mes de Ramadán.

He mirado hacia el oeste y reconocido, en el horizonte, la silueta de las pirámides majestuosas, que me han hecho soñar con la visión del Atlas marroquí desde Tuat. ¡Estamos en El Cairo! Anoche, a nuestra llegada, el comandante del grupo expedicionario, encargado de adelantarse a nuestra caravana y preparar los lugares de acampada, informó que el lugar en que nos encontramos, llamado Birkat al-Habash, alberca de los Etíopes, se encuentra extramuros de El Cairo, en Qarafa, al pie del monte Muqattam. Es un terreno suficientemente grande que puede albergar a toda la caravana y ha sido alquilado a Siray al-Din bin al-Kuwayk, comerciante muy principal, alejandrino de origen.

Contiene un edificio, llamado aquí *caravansaray* y, también, *caravansar*, con una gran estructura de planta baja rectangular, que ofrece alojamiento a viajeros y comerciantes, y tiene una única entrada monumental saliente y torres en los muros exteriores. En torno a un gran espacio central, rodeado por galerías, se organizan habitaciones para los viajeros, almacenes y establos.

En el fondo, se ha acomodado la residencia provisional del Mansa, con dormitorio, baño y salón, obtenidos derribando paredes de varias habitaciones contiguas, decorados con las alfombras y cojines de la jaima imperial usados durante el recorrido.

Desde el centro del edificio, a izquierda y derecha, se encuentran las estancias, con baños comunitarios, para el visir del Tesoro, el comandante y oficiales de la expedición, así como sus acompañantes. También se ha creado un amplio salón, para utilizar como comedor y centro de reunión del séquito.

A la derecha, los almacenes de mercancías, reservados para el oro que transporta la caravana, y vigilado por soldados del ejército imperial. Y, en los establos, la residencia para los esclavos de servicio y cocinas.

Fuera del edificio, el comandante del cuerpo expedicionario adelantado y que ha preparado esta residencia-campamento, me explica el resto de la organización, por si Mansa Musa tuviese interés en conocerla.

—Esta finca se encuentra sobre una ladera de un monte, con ligera pendiente. Las dependencias principales están en el punto más alto y, los establos de caballos y camellos, en el más bajo. Ello permite una distribución del agua potable por gravedad, así como la evacuación de la sucia. Las boñigas de los caballos y camellos se acumulan y se usan como combustible para las cocinas. Aquí, como en el desierto, no existe madera para quemar.

—¿Cómo se almacena el agua? —pregunto con interés.

—Encima del edificio hemos construido una alberca, como depósito principal del campamento. A través de una tubería de metal circula a los baños y cocinas, mientras que canales de obra la llevan al resto del campamento. Varias albercas dan de beber a soldados y esclavos, así como una específica para las bestias, además de otras para las abluciones y aseo.

—¿Y desde donde llega?

—Este lugar, Qarafa, está en una posición elevada sobre el nivel del río Nilo y a una distancia importante. En El Cairo hay cien mil aguadores que trabajan sin descanso, con una flota de burros y camellos que van constantemente, del Nilo a la ciudad, para llenar las cisternas privadas y las fuentes públicas, mediante una suscripción.

Como todos los oficios de esta ciudad, forman un gremio y hemos sido obligados a contratar con ellos el suministro a nuestro campamento y el *caravansar*.

—Decisión acertada, pues el tesoro de Mansa Musa puede soportar ese gasto —añado yo, y sigo indagando—: ¿Cómo os han recibido las autoridades de este país?

—A nuestra llegada, nos presentamos en el palacio del sultán de Egipto para anunciar la próxima visita de Mansa Musa, emperador de Mali, y su intención de continuar a La Meca. Nos ofrecieron toda la ayuda necesaria con la obligación de informarles, pues el sultán quiere recibirle y conocerlo. Esta mañana les hemos avisado y nos han comunicado que, hoy mismo, un alto oficial de palacio se acercará hasta nosotros para comprobar que la acomodación es correcta y dar la bienvenida a nuestro señor.

Continúo mi paseo por el campamento y busco y prevengo al heraldo de estar atento a la llegada del alto oficial pues, siguiendo el protocolo de Mali, la conversación se realizará con su intermediación.

Como habíamos esperado, llega el alto oficial, montado a caballo, seguido de otros dos corceles, uno negro y otro bayo, ensillados y embridados, conducidos, a pie, por dos pajes cada uno, acompañado por un escuadrón de soldados de caballería y su ayudante, llamado Ammar.

El general Sumangaru los recibe y conduce ante Mansa Musa, que se encuentra recostado sobre los cojines y almohadones en el salón provisional del *caravansar*. Acudimos el heraldo y yo. También Ammar. Nuestro soberano se yergue y saluda en la distancia al visitante.

—Señor, soy el emir Abu-l-Abbas Ahmed ben Abi ben Haki, el *Mehmendar*, de palacio. Vengo a daros la bienvenida, en nombre de mi señor, el sultán de Egipto, al-Nasir Nasir al-Din Muhammad ibn Qalawun, y a ofreceros su hospitalidad y disposición de ayuda para todo lo que vos y vuestra corte tuvieran necesidad en su estancia en El Cairo.

El heraldo traslada estas palabras a Mansa Musa, bajo la expresión de sorpresa y disgusto del *Mehmendar*, que había sido informado, previamente, de que aquél hablaba, perfectamente, la lengua árabe.

Este último se lo agradece, tratándolo con la educación más exquisita, lo que suaviza, ligeramente, la expresión de disgusto del visitante. Y continúa:

—Señor, a vuestra conveniencia el sultán os recibirá en su palacio.

Mansa Musa no le permite terminar la frase, hablando por boca del heraldo:

—He venido para hacer el peregrinaje, no para otra cosa, y no quiero mezclar mi peregrinaje con nada más.

El enviado de Palacio desconoce, en este momento, que Mansa Musa ha sido avisado de que el protocolo de la visita al sultán de Egipto obliga a arrodillarse y besar la tierra ante él.

—El sultán ha hecho preparar para vos y en la ciudad, una acomodación más apropiada a vuestra alcurnia. Por ello, traigo conmigo dos caballos, para vuestros desplazamientos como regalo inicial.

El *Mehmendar*, haciendo caso omiso a la respuesta anterior de nuestro soberano, le insiste:

—Señor, volveré a visitarle para organizar vuestra reunión con el sultán al-Nasir.

Hace una reverencia y se retira, sin dar la espalda a Mansa Musa, y nosotros con él. En el exterior, le pide al general Sumangaru que designe a algunas personas para mostrarles el lugar donde se acomodará el emperador en la ciudad.

El heraldo y yo, el *griot*, hemos sido designados para esta misión. Los dos, a lomos de caballos de la delegación, junto con el ayudante Ammar, seguimos al *Mehmendar* hasta el palacio del sultán, la Ciudadela, y, desde allí, nos conducen a la que han preparado como residencia de Mansa Musa, en el centro de El Cairo y muy cerca de aquélla.

Nos recibe el emir encargado de sus palacios, arquitecto de profesión, alto, elegante, educado y de aspecto noble, vestido con aljuba de algodón blanco y fez, del mismo color.

—*Assalam alaykum* —adelantamos nuestro saludo. Él nos responde preceptivamente:

—*Alaykum assalam.*

Y comienza la presentación del edificio.

—Este palacio, construido para el emir Bachtak al-Nasiri, yerno del sultán al-Nasir Muhammad, nunca ha sido ocupado. La entrada está formada por la sucesión de tres arcos apuntados, inscritos en el espesor del muro, y flanqueada por dos mastabas, bancos largos de piedra, adosadas al muro exterior en los laterales de sus accesos.

Notamos, en la descripción, su cultura y experiencia de arquitecto, y continúa:

—La entrada conduce a una *derka*, vestíbulo o pequeña zona de transición que precede a las estancias principales, con una puerta en cada lateral. La de la izquierda da acceso a un pasadizo abovedado que lleva al establo y desde la de la derecha se accede a la planta superior, por unas escaleras nobles, que desembarcan en una terraza.

Por esta última se accede a la sala principal, organizada en torno a una *durqa'a*, espacio central que da entrada a las distintas dependencias, con cuatro *iwans*, salas abovedadas, sin fachada, con muros por tres de sus lados y provistas de gran arco al frente. Los techos están compuestos por un magnífico artesonado de madera, ricamente decorado, que se prolonga con tres hileras de mocárabes, en cada esquina. En el centro de la *durqa'a*, la fuente de mármol polícromo humedecerá el ambiente, con una llovizna, durante las reuniones con los visitantes.

Estamos frente a la fuente que han puesto a funcionar, a modo de ensayo, y notamos el frescor que ha indicado el emir.

—Ahora subimos al siguiente piso, donde se encuentra el apartamento del señor de la casa que en este caso será vuestro soberano, y muchas habitaciones, utilizadas como *haramlek* o residencia de las mujeres. Sobre el iwan principal se pueden observar seis arcos apuntados, apoyados en columnas de mármol, entre las cuales se han colocado celosías de madera torneada, donde se abren pequeñas ventanas. Es el llamado *agani*, donde se sientan las mujeres tras las celosías para asistir, sin ser vistas, a los conciertos de canto en la *durqa'a*, a los que asistirán los varones.

En nuestro interior, y sin comentario alguno, aprobamos y consideramos este emplazamiento adecuado para Mansa Musa, aunque el *haramlek* seguirá vacío por ahora.

—Para la construcción del edificio se han empleado piedras, que favorecen el aislamiento térmico, con profusión de mármol en los suelos y revestimiento interior de las paredes, así como gran cantidad de celosías que aseguran la privacidad de las habitaciones, además de quebrar la deslumbrante luz del sol y suavizar, así, el aire y la temperatura del interior.

Los muebles y la decoración han sido ordenados y realizados por los especialistas del palacio con profusión de alfombras y cortinas.

Por tanto, todo está dispuesto para recibir a vuestro emperador en cuanto él lo decida.

Terminamos la visita y agradecemos al emir y a Ammar todas las atenciones recibidas. Este último nos invita a visitar El Cairo y conocer el ambiente y la realidad de la ciudad. El heraldo y yo declinamos la invitación, pues queremos avisar rápidamente a Mansa Musa de la disponibilidad de su nueva residencia. Ammar lo comprende y avisa que, siendo él el enlace entre nosotros y el *Mehmendar*, habrá muchas ocasiones en otro momento.

Mansa Musa no quiso trasladarse hasta después de tres días. Quería descansar y reunirse con su séquito para dictar las normas a seguir en su visita a El Cairo:

—Han de respetar la Ley islámica y realizar las oraciones diarias con el imam de Niani, que nos acompaña. Tener prestancia en las relaciones, así como educación y respeto ante las autoridades del país y dadivosos con los pobres y necesitados. También, comedidos en las compras, pero, al mismo tiempo, es necesario mostrar, tanto a Egipto como al mundo, la riqueza de Mali. Se prohíbe comprar esclavas antes de volver de La Meca, ya que todavía estamos en la prohibición de actos sexuales que ordena el Corán durante el Hajj.

El emperador continúa con las prohibiciones, que reducen la vida diaria a la oración y, finalmente, avisa del traslado a su nueva residencia al día siguiente y después de la oración de la mañana.

El desfile lo inicia una compañía de *mamelucos* de palacio, que ha enviado el *Mehmendar*, y le sigue Mansa Musa, montado sobre el caballo bayo que le entregó en su primera visita. Detrás, sobre camellos de nuestra caravana, el visir del Tesoro, el heraldo y yo. A continuación, los esclavos, encargados del servicio, y, finalmente, en retaguardia, una compañía de cincuenta soldados de la caravana con su capitán al frente, sobre camellos de nuestra expedición, para la seguridad del soberano y en coordinación con los soldados *mamelucos* que designe el *Mehmendar*.

Hemos salido del campamento y entramos en la ciudad, atravesando las murallas por Bab al-Qarafa, la puerta de Qarafa. La gente de la calle mira asombrada este séquito tan importante, a hora tan temprana y sin previo aviso.

Han pasado dos días de descanso, con el silencio sólo interrumpido por el ruido de las bestias en los establos. Se presenta Ammar para anunciarnos que, al día siguiente, recibiremos la visita del gobernador de El Cairo y Qarafa.

La guardia está preparada, en actitud de respeto al visitante, que llega acompañado de otra persona más joven, ambos de aspecto elegante. Visten una túnica de algodón, escotada de mangas anchas, de color blanco con turbante. El emperador los recibe en la *durqa'a*, en cuyo centro está la fuente de mármol policromo que se ha puesto en marcha para refrescar el ambiente y mitigar los calores del mes de julio. Está asentado sobre cojines y almohadones, encima de una tarima, al estilo del *bembé* de Niani. Entran y se presentan los visitantes con una ligera inclinación de cabeza, en señal de respeto:

—Señor, soy el emir Ibn Amir Habib, gobernador de El Cairo y de Qarafa. Este es mi hijo, el emir Abu l-Hassan 'Ali, que tiene interés en conoceros y, al igual que yo, daros la bienvenida y ofreceros cualquier ayuda que vos y los miembros de vuestra caravana pudierais necesitar.

El emperador mira al heraldo que le traduce las palabras del gobernador, que ya había comprendido. La faz del gobernador y de su hijo se transforman en disgusto, tal y como ocurrió con el *Mehmendar*, pues no acostumbran a hablar con intermediarios a personajes de alto nivel.

—Señor, me encantaría departir con vos, pero mis obligaciones en esta ciudad me obligan a ausentarme, ofreciendo de nuevo mis respetos.

No ha dado tiempo a que Mansa Musa pronuncie palabra alguna, cuando el gobernador desaparece de la escena. Sin embargo, su hijo le dice:

—Señor, Egipto es un país acogedor y respeta las costumbres y el proceder de sus visitantes, siempre que se respete la Ley de la religión y del Estado. Puede que el protocolo de Mali requiera que el emperador se dirija a sus súbditos y visitantes a través de un intérprete, pero no estáis en vuestro país y sois visitante de Egipto donde no existe ese procedimiento. Sabemos, señor, que, como persona culta y versada en la religión islámica, conocéis perfectamente el árabe, aunque, de no ser así, nosotros procuraríamos el traductor necesario.

Señor, imaginad que visitáis al sultán al-Nasir y, con seguridad, no permitirá la relación a través de vuestro heraldo. Vos lo deberíais aceptar, tanto con el sultán como con los altos miembros de la corte, que es el caso del gobernador.

Señor, aunque en vuestra caravana hay diez mil personas, estáis solo, y es conveniente que tengáis un amigo y consejero durante vuestra estancia aquí. Yo puedo serlo y, pese a que me aceptéis como amigo, os seguiré llamando señor.

Mansa Musa hace un gesto y el heraldo se retira. Bajándose del *bembé* lo abraza y le hace sentarse junto a él. Ha empezado la comunión entre los dos. A continuación, le pregunta:

—Desde que he llegado estoy oyendo el término *mameluco*: el sultán *mameluco*, la guardia *mameluca* o los soldados *mamelucos*. ¿Qué es eso, un nombre o una dinastía?

Responde el emir.

—Una dinastía, señor, pero no hereditaria, de padres a hijos sino elegidos dentro de la familia del sultán. Los *mamelucos* eran esclavos, comprados o regalados, y cautivos de guerra, que aparecieron en la sociedad islámica en épocas tempranas. Al principio, formaban la guardia de los califas abasíes y, a través de las conquistas y el comercio, se hicieron cada vez más numerosos. Entre ellos había blancos turcos, sicilianos, griegos y negros, originarios de África oriental e instalados en el sur de Irak o Egipto.

Especialmente, tras el periodo de anarquía política que sucedió a la muerte del sultán al-Nasir Salah al-Din al-Ayyubi, los gobernantes *ayyubíes*, que rivalizaban entre sí en Egipto y Siria, daban instrucción militar a los *mamelucos* para que los apoyasen en sus luchas. De esta manera, no sólo se incrementó su número, sino, también, su influencia en la vida política de aquel tiempo y en los círculos de poder de ambas naciones.

El sultán al-Malik al-Salih Nashum al-Din Ayyub, que reinó de 1240 a 1249, es considerado el artífice del aumento del poder de los *mamelucos*. Adquirió un número de esclavos superior al de sus antecesores y los instaló en su cuartel que se encontraba en la isla de Rawda de El Cairo, sobre el Nilo. En su mayoría eran turcos del sur de

Rusia y adquirieron tal influencia, que tomaron las riendas del poder tras los sucesos acaecidos a la muerte del sultán ayyubí.

El Estado de los *mamelucos bahríes*, se instaura cuando nombran sultana de los territorios, en 1250, a Chayar al-Durr, sucesora de su esposo al-Malik al-Salih Nashum al-Din Ayyub, una esclava turca que le había regalado el califa abbasí. La gran indignación que ello provocó en este último, la empuja a contraer matrimonio con su subordinado, el emir *mameluco* al-Mu'izz 'Izz al-Din Aybak, y abdicar, en su favor, en julio de 1250, tras haber ostentado el poder durante ochenta días. Así es como los *mamelucos* accedieron al trono.

Interviene Mansa Musa:

—Me recuerda la historia de mi país, pues, en 1285, un esclavo de la corte de nombre Sakoura, liberado por Mary Djata y que también había servido como general, usurpó el trono de Mali. Su reinado fue beneficioso, a pesar de la conmoción política. Agregó conquistas y abrió negociaciones comerciales directas con Trípoli y Marruecos.

Continua el emir:

—Posteriormente, Aybak quiso casarse con la hija del gobernador de Mosul para fortalecer su posición en el gobierno. Perdió el favor de Chayar al-Durr, quien urdió una conspiración para asesinarlo salvajemente en el baño real. Más tarde, ella correría la misma suerte.

Los sultanes *baharíes* fueron elegidos por los *mamelucos* entre los descendientes del sultán. Así es que, después de Baybars al-Bunduqdari, dos de sus hijos reinaron y, posteriormente, al-Mansur Qalawun y sus hijos y nietos.

Cuando un sultán moría, uno de sus hijos quedaba al frente de los asuntos de Estado hasta que la situación se estabilizaba y, entonces, el más fuerte de los emires asumía el poder.

Así ha llegado al trono el actual sultán, al-Nasir Nasir al-Din Muhammad ibn Qulawun. A la edad de siete años, en 1294, fue entronizado y depuesto en 1295. Lo mismo ocurrió en 1299 y en 1309. Finalmente, en 1310, ha vuelto a su puesto, esperemos que de forma definitiva.

Mansa Musa, que seguía la historia con mucha atención, pregunta:

—Es muy atrayente lo que me cuentas y podría tener interés crear en Mali un ejército de *mamelucos* con esclavos de los países paganos vecinos en donde frecuentemente hacemos razias, pero ¿cómo se les educa?

—Los *mamelucos* son comprados por el gobierno a través de un alto funcionario, el mercader de *mamelucos*.

Dada la importancia militar y política que se les asigna, el sultán los envía a un reconocimiento médico y, una vez asegurada su buena salud, son repartidos por los cuarteles de la Ciudadela de El Cairo, de acuerdo con sus respectivos orígenes. Primero reciben educación básica en la escuela de los *mamelucos* por los alfaquíes, encargados de enseñarles los principios de la religión islámica y los rudimentos de la lengua árabe. Luego la perfeccionan en el cuerpo de pajes, como jinetes, trinchantes, coperos, sirvientes de polo y maceros, para, al final y según los casos, servir en Palacio.

Al llegar a la edad adulta y terminar su instrucción, el *mameluco* pasa a engrosar las filas de los caballeros, y recibe un feudo de tierras de cultivo con ocasión de la gran celebración del cortejo del sultán. Al término de la misma es nombrado caballero y presta juramento de lealtad a su señor. Sólo los que alcanzan este grado tienen derecho a gobernar en Egipto y Siria, ya que asumen la responsabilidad de la defensa del territorio contra las amenazas externas y la protección del trono ante intrigas internas. Por la misma razón, se les reserva los más altos puestos de la Administración y del ejército.

Después de esta historia sobre los *mamelucos* de Egipto que Mansa Musa ha seguido con interés, éste interviene:

—Es curiosa la coincidencia. En Mali también tenemos dinastía, que no se transmite de padres a hijos, sino entre familiares del rey.

—¿Cómo es vuestro país? —se interesa el emir.

—Mali es muy extenso y toca el mar circundante. Mi sable y el de mis soldados ha conquistado ciudades, de las cuales dependen regiones habitadas, pueblos y centros de cultura. Cuenta con muchos animales domésticos: vacas, corderos, cabras, caballos, mulas, varias especies de aves de corral, gansos, palomos y gallinas. Sus habitantes son muy numerosos, una multitud inmensa. Sin embargo, si se les compara con las poblaciones negras vecinas que se adentran hacia el sur, es como una pequeña mancha blanca sobre la piel de una vaca negra.

Observamos una tregua perpetua hacia las gentes que producen el oro. Tenemos un derecho de exclusividad sobre el preciado metal y lo recogemos como un tributo.

—¿Tenéis enemigos con los que hacéis combates y guerras?

—Sí. En especial, unos enemigos encarnizados, similares a los que, para vosotros, son los tártaros. Tienen alguna conexión con estos últimos, en el sentido de que tienen la cara ancha y la nariz aplastada, son hábiles lanzando flechas y cuentan con caballos castrados de nariz hendida.

Pero ahora no tenemos guerra. Reina la paz y dominamos el mercado del oro, la sal y los esclavos. El pueblo ama y respeta a su soberano. Como ejemplo te diré que, cuando uno de los habitantes ha criado una chica guapa, se la lleva a su rey como sirviente para acostarse, y éste la usa sin matrimonio, como vosotros con una esclava.

—¡Pero eso no se hace! —le recrimina el emir—. No está permitido a un musulmán ni por la Escritura ni por el espíritu de la Ley.

—¿Ni siquiera a los reyes?

—¡Ni siquiera a los reyes! ¡Preguntadle a los sabios!

—¡Por Dios que no sabía esto! ¡Renuncio completamente!

El emir, su amigo, se da cuenta que Mansa Musa ama la virtud y la gente virtuosa. Se excusa y solicita salir, pues tiene obligaciones que cumplir y promete venir mañana.

El primer visitante, un día después de esta conversación, ha sido el *Mehmendar*, que, por fin, ha convencido a nuestro Mansa de la obligación de visitar al sultán de

Egipto, aunque sigue negándose a arrodillarse ante él. La visita ha sido fijada dos días después a primera hora, pues el sultán tiene por costumbre celebrar las audiencias antes de la salida del sol o, a lo más tarde, cuando apenas ha salido. El *Mehmendar* también nos ha informado de los protocolos a seguir.

Mansa Musa ha ordenado al visir del Tesoro que se desplace al campamento, para, junto al general Sumangaru, preparar nuestra delegación. Él, primero, llegará a las puertas de La Ciudadela, desde nuestro palacio, acompañado por el heraldo y yo, escoltado por el retén de guardia de Mali y el de los *mamelucos* asignados a su protección.

A la puerta de La Ciudadela le han de estar esperando el general, los quinientos soldados de la guardia real con uniforme de gala, seguidos por el séquito de personajes de Mali y el visir del Tesoro, con los pajes vestidos de seda y portando bastones de oro que se entregarán, como regalo, al sultán al-Nasir. Uno de los componentes del séquito llevará un libro de escritura magrebí, también como regalo. Cerrará la comitiva el resto de los guardias de caballería, igualmente con uniforme de gala, excepto un retén que quedará en el campamento para vigilar a los esclavos. Todos, salvo los pajes que irán a pie, montarán sobre camellos de la caravana.

Después de la visita del *Mehmendar*, ha llegado el emir Abu Hassan que se ha alegrado de conocer la decisión de Mansa Musa de visitar al sultán.

Sin embargo, el emperador le pone una condición:

—Tú me acompañarás como parte de mi delegación.

Después de un breve silencio, el emir confirma:

—No sé si el sultán lo permitirá, pero acepto ir con vos.

Sigue la conversación con el interés del emir en conocer la historia de Mali.

—Me dijisteis que el Mansa esclavo murió trágicamente. ¿Qué ocurrió?

—Fue muerto en Yibuti por un ladrón que intentó robar en la caravana cuando volvía de la peregrinación a La Meca y el cuerpo fue trasladado a Niani, donde se celebró un gran funeral de Estado.

El emir se sorprende y pregunta:

—Yo creía que erais el primer emperador del Sudán que hace el peregrinaje.

—No, fue Bar Mandana, en el año 1050, aproximadamente, a quien se le atribuye ser el primero en convertirse al islam. Después le siguió Mansa Ule, bajo el régimen del sultán egipcio Malik ez-Zahir Baibars, y, después, Sakoura, el esclavo-rey. Pero estos hicieron el peregrinaje de manera sencilla sin expresiones de opulencia. Yo, además de cumplir con mis obligaciones religiosas, quiero mostrar al mundo, y especialmente a los árabes, las riquezas del imperio de Mali.

—Muy interesante lo que me decís, señor. Un día os visitaré en vuestro país para conocer su grandeza, riqueza y disfrutar de vuestra hospitalidad.

Mansa Musa aprovecha ese interés y dice:

—Tienes una oportunidad ahora. Únete a nuestra caravana y vente conmigo.

Mali es un imperio formado por reinos diferentes y bajo una única corona. Es como un collar de perlas al que le faltan dos: Gao y Tombuctú. Un día formaron parte del imperio, pero ahora no obedecen y yo quiero crear en Tombuctú un faro de la riqueza, de la religión y de la cultura en el África occidental como lo es El Cairo para esta parte del mundo. Quiero llevar conmigo y a mi vuelta los mejores sabios, ulemas, imanes y profesores de todas las ciencias. Crearé la mejor madrasa y la mejor mezquita, a la que acudirán estudiantes de todos los países. Sueño con hacer todo eso, pues espero que mi ejército sea capaz de volver a la disciplina del imperio a esas dos perlas antes de mi muerte.

—Señor, agradezco que me señaléis como uno de los mejores que buscáis, pero mi destino está aquí con mi familia y mi país. Yo os presentaré algunos de esos sabios que seguirán vuestra invitación.

Está cerca el final del Ramadán, el mes del ayuno, y la actividad en El Cairo, como en todo el mundo musulmán, se ha ralentizado durante el mismo. Al acabar, supongo que, como en vuestro país, celebramos la importante festividad musulmana de *Eid al-Fitr*, ruptura del ayuno, en el transcurso de la cual el sultán sale a cumplir con el rezo litúrgico a la mezquita en un cortejo solemne.

Tras la oración, las gentes comienzan a felicitarse mutuamente las fiestas y el sultán y los emires distribuyen trajes, regalos y bolsas de dinero. También se preparan ingentes cantidades de comida para quien lo necesite. En las plazas y parques se celebran fiestas con músicos, canto y juegos acrobáticos. Si aceptáis nos uniremos a esa celebración.

Mansa Musa acepta con interés.

—Iremos, pues quiero salir ya de esta prisión dorada que el sultán al-Nasir me ha preparado y que yo agradezco.

Continúa el emir:

—También podrá asistir a diversos deportes y juegos, en los que, inclusive, participa el sultán.

—¿Deportes? ¿Hacéis deporte en este país?

El emir ratifica.

—Señor, de acuerdo con el principio de *la ley del más fuerte*, los *mamelucos* se aplican en adquirir las virtudes de valentía y fortaleza mediante deportes que fomentan este espíritu. La práctica de la equitación es ineludible entre ellos, ya sean soldados, emires o el propio sultán. Por esta razón, los gobernantes *mamelucos*, y en particular aquél, gastan ingentes sumas de dinero en la compra de excelentes caballos. Se ha creado una administración especial, que se ocupa de los establos del sultán, conocida como *al-rikkab*, dependencia de los jinetes.

Montar a caballo es uno de los principios que el islam invita a practicar. No hay mejor prueba de la importancia de los equinos que el emplazamiento del zoco dedicado a su venta, cerca de la Ciudadela y, tal y como sabéis, sede del gobierno.

Entre los deportes que atraen a los *mamelucos* se encuentra el *qabaq*, que consiste en lanzar una flecha a un recipiente de oro en cuyo interior hay una paloma. Quien da en el blanco y decapite a la paloma gana la competición y recibe como trofeo el recipiente. Para la práctica de este deporte existe un campo especial a las afueras de Bab al-Nasr.

La caza es otro de los deportes preferidos de los *mamelucos*, considerándola una manifestación de poder y prestigio. Para cazar se emplean aves y perros adiestrados, y se dispara con escopeta. Las aves y los animales de presa que se cazan son de los más preciados presentes entre los gobernantes y es costumbre salir de cacería en primavera. Esta actividad no es considerada, simplemente, un deporte, sino también una distracción. El sultán se hace acompañar por cantantes músicos y bufones durante sus partidas de caza

Los gobernantes *mamelucos* sienten pasión por el juego de la pelota y del *yawkan*, que se juega a caballo, con una pelota y un palo largo cuyo extremo está curvado. El sultán juega tres partidos todos los sábados de la temporada festiva que sigue a la crecida anual del Nilo. El interés que este juego despierta en los *mamelucos* hizo que se designen funcionarios especiales para el mismo, como el conocido por el sobrenombre de *yawkandar*, encargado de tener dispuestos los instrumentos del juego del soberano.

La natación también se encuentra entre los deportes practicados. El grado de excelencia lo logra quien es capaz de cruzar el Nilo, de orilla a orilla.

La lucha cuenta con numerosos aficionados, pero está reservada a los emires. El sultán no participa en ella, pues exige posturas poco apropiadas para su condición. Además, se presupone que el contendiente se dejaría vencer para salvar su economía, su respeto y quizá su vida.

Los primeros rayos del sol ya alumbran la mañana y la comitiva se pone en marcha. El sultán al-Nasir ha hecho

llegar, con anterioridad, diversos regalos. Entre ellos, la vestimenta de honor que porta hoy Mansa Musa. Está compuesta por una gasa, con dibujos de animales, ornada de ardilla, bordeada de castor y en oro. Un vestido alejandrino, con bonete de brocado y broches del mismo metal. Turbante de muselina sedosa, con los signos oficiales del califato. Talabarte de oro, ornamentado con pedrerías. Un sable damasquinado y un pañuelo bordado con oro puro. Todo ello en coincidencia con la montura, también regalo de al-Nasir: un brioso caballo bayo enjaezado con silla ribeteada de oro y las gualdrapas bordadas con hilos del mismo metal. La fuerte presencia de este último parece un tributo hacia nuestro soberano.

Acaba de llegar el *Mehmendar*, con su montura, que será el que nos dirija a la Ciudadela y presentará a Mansa Musa al sultán. Viene acompañado de su ayudante Ammar, que se nos une al heraldo y a mí, que vamos montados sobre caballos, regalos de igual modo del sultán, en sillas con incrustaciones de cristal y oro, tachonadas de ágata montada en plata.

Tal y como estaba previsto, abre el camino la guardia mameluca y lo cierra el retén de guardia de la caballería de Mali. Ya estamos en marcha.

Hemos avistado la columna que manda el general Sumangaru, que se une a la nuestra, situándose detrás, y estamos entrando en la Ciudadela, con el *Mehmendar* al frente para abrir paso.

Aunque Ammar ya me la había descrito, no dejo de sorprenderme al entrar en esta fortaleza colosal, situada sobre lo alto de una colina y desde donde puede divisarse todo El Cairo.

Tras subir por una empinada cuesta y volver a la izquierda, nos dirigimos a una puerta defendida con altos e inmensos torreones. Enfrente de la entrada se levanta un pequeño podio, donde encontramos sentado a un jefe de los *optimates*, que tienen encomendada la guardia del recinto. Le rodean muchos *mamelucos*. Pasamos a una explanada grande, donde ya se ven los edificios. Ammar me va explicando.

—Aparte de su enorme plantilla de oficiales, el castillo alberga a las dos *familias* del sultán: los esclavos de su ejército y su legión de esposas, concubinas e hijos, cada una de las cuales está sometida a la estrecha vigilancia de un cuerpo de eunucos uniformados y fuertemente jerarquizado. Los *mamelucos* reales se alojan en el recinto septentrional. Éstos jóvenes, seleccionados por los agentes del sultán entre las mejores estirpes turcas, mongolas y eslavas, vive en doce cuarteles con capacidad para mil hombres cada uno.

Detrás de la puerta del velo del recinto meridional y a salvo de todas las miradas, están las cinco casas nobles donde está el harén. Cada una de las cuatro esposas legales de al-Nasir Muhammad tiene su propia casa, con sus hijos y sus esclavas, mientras que, la última, está reservada a sus mil doscientas concubinas.

Hemos llegado a un gran patio, más bien otra explanada, donde nuestra caballería debe esperar, mientras la delegación de visitantes continúa montada hasta otro patio, éste ya arqueado. Se nos requiere apearnos de las monturas, incluido Mansa Musa, y continuar a pie. Por todos lados vemos guardias reales impecablemente uniformados. Pasamos otro patio arqueado y un largo corredor abovedado, lleno de soldados *mamelucos* a ambos lados que se mantienen a pie firme. Admiro el orden y el silencio de una multitud tan bárbaramente educada, pues ninguno hace el menor ruido, ni se mueve de su sitio para mirarnos con ávidos ojos, como suele suceder en espectáculos semejantes. Por fin desembocamos en el patio de recepciones del sultán, también arqueado y con suelo de mármol.

Por todas partes hay músicos tocando la viola, el rabel, el laúd y los címbalos, todos a la vez y acompañados de cantantes. Hay unos treinta ancianos imberbes macilentos, que están sentados en las puertas y se ausentan a nuestra llegada. Ammar me dice que son eunucos del sultán, guardianes de sus mujeres y concubinas.

El sultán se encuentra sobre una amplia plataforma, montada encima de cuatro escalones, con los pies vueltos hacia atrás y sentado sobre ellos, como en una silla, sobre confortables almohadones y cojines. Delante de la plataforma, hasta la mitad del patio, se extiende una imponente alfombra que separa la categoría de las visitas. Los músicos y cantantes nos regalan su silencio y se prepara la recepción.

En el límite del espacio del patio sin alfombra se encuentra Mansa Musa, junto al *Mehmendar* y, detrás, el amigo del primero, emir Abu Hassan, que se ha unido a nuestra delegación en Palacio, tal y como había prometido.

A continuación, nuestro visir del Tesoro, con veinte esclavos pajes vestidos de seda. Cada uno porta un mazo, de oro macizo, con un peso de quinientos *mitcales*, que serán los regalos de Mansa Musa al sultán. Más atrás, el séquito de personas importantes de Mali, el general Sumangaru, el heraldo y yo.

El Mehmedar invita a Mansa Musa a pisar la alfombra y le hace indicación de arrodillarse y besar la tierra. Hay un momento tenso que sentimos como una eternidad, pues el emperador rehúsa, murmurando: ¿Cómo puede ser esto?

El emir Abu Hassan se acerca y le dice, en secreto, algunas palabras que no puedo oír y entonces Mansa Musa accede a la alfombra y dice:

—Bien, me postraré ante Allah, que me ha creado y puesto en el mundo.

Acto seguido se arrodilla y besa la alfombra y, después, avanza hacia el sultán que se levanta para recibirle, le desea la bienvenida y le hace sentarse a su lado.

El *Mehmendar* sigue con el protocolo y anuncia al sultán que Mansa Musa quiere agradecerle todas las atenciones recibidas y, a su vez, ofrecerle sus regalos, que consisten en las cargas de oro que portan los pajes. Siguiendo el programa preparado, veinte pajes, ya *mamelucos*, lo reciben.

El *Mehmendar*, desde el fondo de la alfombra, se dirige al sultán y le comunica que Mansa Musa le ha traído, también como regalo, un libro en escritura magrebí que, sobre hojas cuyas anchas líneas tocan los bordes, contiene un tratado que él ha compuesto sobre las reglas de la beneficencia, escrito de mano de uno que le acompaña en el peregrinaje.

El visir del Tesoro se adelanta y entrega al *Mehmendar* dicho libro, que recoge y lo lleva al sultán. A continuación, tiene lugar una larga entrevista entre ambos soberanos, que no me es posible escuchar debido a la distancia, pero que, imagino, será como la que tuvo con su amigo, el emir, sobre el objeto de su viaje, la peregrinación, y el imperio de Mali, además de expresiones de gratitud y múltiples promesas.

Mientras tanto, miré al sultán detenidamente, a fin de poderlo describir luego. Es hombre de unos cincuenta años, con barba, no muy poblada ni muy larga. Tiene un aire prócer, cara gruesa y morena. Su aspecto es un poco feroz, los ojos son pequeños y están hundidos, de movimientos pesados, la estatura más que mediana, según he podido colegir, pues está sentado. Me ha dicho Ammar que es oriundo de Escitia, de las montañas que vulgarmente se llaman Circasias, pues, en ellas y las regiones de Rusia, son raptados y llevados a vender por los reinos del sultán.

La indumentaria de ese día es de raso de seda verdemar, de forma corriente, ya que no tiene variedad en los cortes, excepto en las mangas, que las lleva ceñidas y largas, hasta las puntas de los dedos. Guarda un cierto parecido con lo que los magrebíes llaman aljubas y los andalusís marlotas: un vestido talar que se ciñe, ligeramente, con un cíngulo, muy suelto, pues las ropas interiores no oprimen el cuerpo más que las exteriores. Observo que no usa cáligas, sino que lleva los pies desnudos en sandalias.

La manera de tocarse es disforme y ridícula en extremo. Su gorro está hecho con una delgada tela de lino abultado, como el testuz de un rinoceronte, de entre sesenta y setenta *ovas*, y varias circunvalaciones. En la parte que se mete en la cabeza salen seis cuernos, de ellos cuatro son más largos de un codo, pero más gruesos que un brazo grueso. Y los demás surgen de en medio del resto, como promontorios vecinos de unos escollos. Son casi de un codo de largo y se asemejan a los cuernos de un caracol.

Sin duda, el modelo seguido por estos bárbaros para sus ridículos cuernos, no puede ser otro que el de los caracoles de primavera, ya que jamás he visto cosa más parecida.

Pregunto a Ammar por qué se ponía aquel montón de cosas, tan pesadas y embarazosas, pues apenas puede volver la cabeza sin volver, al mismo tiempo, el cuerpo. Me da dos razones. La primera, para que no pueda, moviendo la cabeza fácilmente, hacer ningún gesto feo o estúpido, impropio de la gravedad viril. La segunda, con el fin de que se acostumbre a soportar aquel peso y no le moleste llevar después el yelmo, si estalla la guerra.

Terminada la ceremonia volvemos en el orden que habíamos llegado.

A fin de poder observar yo cuando se me ofreciese en el recorrido, le pido al heraldo que mida con sus pasos, la distancia entre el sitio en que nos recibió el sultán y la primera entrada del alcázar. También que cuente el número de *mamelucos* que, a pie firme, nos prestan honores. Me dice que son unos cuatro mil y el recorrido de unos ochocientos pasos, aproximadamente, pero que no lo afirma con exactitud, por su deseo de mirar a todas partes.

Antes de salir y como es costumbre del sultán, recibimos nuevos regalos de vestimentas completas, terminadas con ribetes de oro puro; armas y estandartes, tanto para nosotros como el resto del séquito y oficiales de la caravana; caballos, ensillados y embridados; así como víveres en abundancia.

Para los habitantes de El Cairo, el máximo honor que se puede recibir es un traje de gala de manos del sultán.

Al llegar a nuestro palacio, el *Mehmendar* que, por cortesía, nos había acompañado a la vuelta, se despide de Mansa Musa. Con nosotros se queda el emir Abu-l-Hassan para comentar la recepción en La Ciudadela. También, el ayudante del *Mehmendar*, Ammar, que, como nos había prometido, quiere enseñarnos la vida en El Cairo.

Con permiso de nuestro señor, iniciamos esta visita siguiendo a Ammar. Empezamos el recorrido andando, mientras nuestro guía nos previene:

—No vamos a visitar monumentos, mezquitas, palacios, madrasas u otros establecimientos similares, porque no soy un erudito y, posiblemente, el emir Abu Hassan los mostrará a Mansa Musa y vosotros estaréis con él. Yo quiero enseñaros la vida del pueblo. El Cairo es ahora el centro de la vida cultural, científica y religiosa del islam adonde llegan sabios y estudiosos procedentes de Oriente y Occidente.

La prosperidad de los mercados de El Cairo, con la diversificación del comercio con Oriente —India y China— y Occidente —Europa y el norte de África—, ha hecho que la ciudad se convierta en uno de los centros comerciales más importantes del mundo.

La atmósfera de seguridad y estabilidad que proporciona el Estado *mameluco* al comercio, unida al importante número de habitantes, debido a la inmigración y a la gran afluencia de visitantes, han impulsado el florecimiento de los mercados, especialmente de los zocos.

Interrumpimos nosotros.

—¿Pero, no hay un mercado central?

—Gran parte de la actividad comercial se concentra en el eje principal norte-sur de la ciudad, donde los mercados, agrupados en corporaciones, dan su nombre al tramo de la calle. También hay otros en las afueras.

Estamos andando por calles estrechas y llenas de transeúntes, con edificios, de hasta catorce plantas, y donde viven cientos de personas. Le pedimos a Ammar, que nos explique.

—En la ciudad existe escasez de viviendas. A pesar de que los alquileres son baratos, hay un número elevado de vagabundos que viven tras sus muros, en tiendas de lona, carpas, agujeros y pozos. También en los cementerios.

Nos dirigimos a la Qasaba, la calle principal que une las puertas norte y sur de la ciudad. Tiene una longitud aproximada de una *parasanga* y cada tramo, un nombre diferente, según la especialidad de sus comercios: cernedores, metalisteros y otros.

También nos cruzaremos, mezclados con la gente, con azacanes, a lomos de dromedarios. Se dice que en El Cairo hay unos doce mil, así como alquiladores de acémilas, en torno a treinta mil. Esto complica la circulación, pues también hay que contar con el transporte público.

Las damas de la alta sociedad viajan en literas colgadas entre dos camellos. Los demás lo hacen exclusivamente en burro. Se calcula que hay cerca de veinte mil y nosotros estaremos obligados movernos así.

Por nuestra parte comentamos:

—En Niani, la capital de Mali, no tenemos ese problema. Las distancias son cortas, las calles anchas y se puede ir andando a todas partes.

Ammar nos aclara:

—Según una tradición que se atribuye al profeta Mahoma, las calles deberían ser lo suficientemente anchas como para que cupieran dos camellos cargados, pero aquí en El Cairo no es suficiente.

Hemos llegado al zoco del oro, con tres pasillos de ocho hileras de tiendas cada uno. Está lleno de gente haciendo cola en los establecimientos. Hay verdaderas maravillas asequibles a todos los bolsillos. Los orfebres fabrican y venden todo tipo de objetos y joyas de metales preciosos. También el zoco alberga todas las operaciones de cambio de dinero, en manos de armenios, coptos y judíos.

De pronto, nos encontramos con un grupo de nuestra comitiva de gentes importantes de Mali, que estaban comprando esas joyas y pagando el triple del valor del oro que recibían. No nos correspondía iniciar conversación con ellos, ni lo permitirían, así que nos hemos ido de ese lugar y continuamos nuestra visita.

Otros zocos han atraído nuestra curiosidad, como el de la seda, importada de China; el de los peleteros, lleno de pieles de cibelina, armiño de castor y otras; el de las jaulas, con mercancías expuestas en ellas; o el *Suq al-Jal'iyin*, donde se vende ropa de segunda mano.

Nos paramos un buen rato en el zoco del damasquinado, que vende objetos de metal embutidos en oro, plata y piedras preciosas y produce, inclusive, puertas, arañas, mesas, cofres, candelabros y hasta espadas. También encontramos a otro grupo de nuestra comitiva, comprando y pagando, sin discutir, el precio. Por ello preguntamos a Ammar.

—¿Los precios son libres o están bajo algún control?

—El control de los mercados forma parte de las obligaciones religiosas de la *al-hisba*, encomienda del bien y prohibición del mal. Para ello, el sultán designa a un candidato, cualificado para llevarla a cabo, al que llamamos *al-muhtasib*, y que se ayuda de asistentes. Su función consiste en el control de las pesas y medidas, además de supervisar las condiciones higiénicas, evitar la adulteración de la mercancía o el fraude en la calidad de los productos, así como asegurar la aplicación de los precios fijados por el gobierno. Pero de este control escapan muchas veces los comerciantes, especialmente con clientes extranjeros, como vuestros colegas, que no conocen el valor del dinero ni el precio de las cosas.

Avisamos a Ammar de que estamos cansados y hambrientos, pero nos insiste que, todavía, debemos visitar el zoco más importante, que es el de la venta de los esclavos y al que nos dirigimos. Desembocamos en una plaza, llamada Bab Zuwayla, la antigua puerta sur de El Cairo, que el crecimiento urbano ha transformado en el corazón de la ciudad.

—Miles de esclavos, unos diez mil cada año, traídos en caravanas desde Sudán, Arabia, Siria y Libia, y en barco a través del Mar Rojo y el Mediterráneo, cambian aquí de manos. La mayoría va destinada al servicio doméstico, excepto las mujeres jóvenes a las que también se aplican para otros servicios del jefe de la casa. Los precios varían desde los diez dinares de oro aproximadamente, unos nueve *mitcales* de los vuestros, por una doncella, hasta varios miles por el espadachín más atractivo o la bailarina mejor proporcionada. Entre los *mamelucos*, esclavos jóvenes de buena raza soldadesca, los más preciados son los fieros tártaros que llegan a alcanzar los ciento cincuenta dinares, luego los circasianos y los griegos, seguidos de los albaneses, los eslavos y, por último, los serbios a setenta dinares por cabeza.

Los buscadores de concubinas tienen a su disposición una oferta igual de amplia. Las muchachas abisinias son muy apreciadas por lo acogedor de su *pequeño hamman caliente y húmedo perdido en la espesura del bosque*, según pregonan los vendedores groseros al exponer su mercancía. También se pueden elegir mongolas, de ojos achinados, y caucásicas, de cabellos rubio platino.

Ya hemos escuchado a Ammar exponernos un catálogo detallado de mercancías y precios, que será de interés a nuestros colegas de la expedición de Mali cuando, a la vuelta de La Meca, se liberen de la obligación de abstinencia sexual que obliga a los peregrinos.

Recorremos diversas casas en cuyo salón se van mostrando a los compradores la mercancía. Vemos desde la cara desafiante de un albanés, en pantalón corto y mostrando su musculatura, vigilado por otros dos esclavos al servicio del vendedor, y a una joven abisinia, de no más de quince años, con cara de susto y de vergüenza. Su posible comprador está sentado en un cómodo sillón. La niña, de espaldas a nosotros y controlada por dos eunucos, es obligada a abrirse el izar, el amplio manto blanco que la cubre y que guarda su virginidad. El comprador recorre, con su vista, su cuerpo desnudo que queda vedado para nosotros. Comentamos a Ammar:

—En Niani tenemos también mercado de esclavos, pero no tan organizado como éste.

Finalmente, Ammar nos tranquiliza y dice que vamos a buscar un transporte en la plaza de al lado, Bab al-Luq, para ir a un sitio tranquilo a descansar y reponer fuerzas con alguna comida. Nos damos cuenta de que se trata de un engaño pues, aunque allí había burros de alquiler, en realidad se trataba de la zona dedicada a la prostitución, que quería mostrarnos.

—El vino y la prostitución, aunque oficialmente prohibidos, son negocios perfectamente regulados y protegidos por el gobierno, ya que los grava con impuestos. En este lugar hay, aproximadamente, ochocientas prostitutas. Son dulces y sensuales, engañan a sus clientes con gritos voluptuosos y estridentes, y hacen movimientos lentos y coquetos, *como un caballo árabe que pasea por el parque.* ¿Queréis probar?

Rechazamos el ofrecimiento, alegando la obligación de ayuno sexual durante el recorrido de la peregrinación. A escondidas de Ammar, el heraldo y yo intercambiamos miradas furtivas recordando las noches del desierto.

La plaza y calles adyacentes tienen sus puertas y ventanas plagadas de mujeres gordas y guapas, de todas las edades, invitando a los transeúntes a su paraíso particular.

Ammar continúa con su discurso.

—La preferencia de los cairotas es la mujer gorda y rolliza, como habéis visto aquí, y, en correspondencia, procuran engordar, no sin sufrimientos y sacrificios. Sus padres les obligan a comer sosiegas preparadas con migas de pan, nueces y miel y, alguna que otra vez, escarabajos machacados con bilis de animales. También, en la época del Ramadán y en contra de los preceptos religiosos, les obligan a comer durante el día. Hay que atender el deseo de los hombres para no quedarse en la casa paterna sin marido. La oferta de hombres casaderos es mínima.

Adicionalmente, la palidez del cuerpo y, sobretodo, del rostro es otro de los requerimientos del hombre exigente. La mujer procura evitar el sol caminando con grandes sombreros y sombrillas blancas. Bajo los velos, de gasa negra, llevan camisolas de lino, pololos de seda y babuchas enjoyadas. Sus uñas están arregladas con esmalte rojo, mucha pintura en labios y mejillas, así como los ojos con colorete y alheña. En su piel, tatuajes y joyas ceñidas a las partes más íntimas de su cuerpo. El perfume no puede faltar.

Pese a todo, estas mujeres tienen un problema adicional. El gusto de los hombres por los efebos se está imponiendo en la corte y en la calle. Para combatir esta situación, las mujeres se visten con trajes masculinos para atraer, aunque sea por equivocación, al posible marido.

De nuevo Ammar nos hace sonreír al heraldo y a mí, además de intercambiar otra mirada furtiva.

En una de las casas vemos que hay una cola de muchos hombres y preguntamos a Ammar lo que ocurre. Éste nos aclara:

—Se trata de una chica joven que ha llegado recientemente y los puteros acuden por la novedad. Estas mujeres pueden atender hasta trescientos hombres en un día.

El heraldo y yo nos hemos convencido que Ammar es un cliente habitual de esta plaza Bab al-Luq. Por fin, ha contratado el transporte que nos llevará a un lugar de descanso.

Los tres y a lomos de burros, jinetes de la nada, con sus correspondientes mozos de cuerda, enfilamos hacia el próximo destino. Es difícil tanto montarlos a horcajadas como guardar el equilibrio vistiendo la *galabiyya* tradicional.

Salimos de la ciudad atravesando un parque frondoso y con árboles desconocidos para nosotros en Mali. Ammar nos indica que se trata de plataneras, una especie de palmeras que producen un fruto alargado en lugar de dátiles. Muchas familias, junto a algunas personas solas, están disfrutando del buen día con sus meriendas.

Por fin llegamos a nuestro destino final, un malecón de la cornisa del Nilo, junto al Fum al-Jalig, el canal de drenaje que une Fustat con El Cairo. Hay múltiples tabernas con clientes y cada una con su especialidad. Son lugares para los amantes de la música, fumadores de hachís, opio en *shisha*, pipa de agua, así como bebedores de vino.

Como era de esperar, Ammar nos ofrece una prueba de cada uno, pero nosotros la rechazamos, alegando nuestros preceptos religiosos y las ganas de descansar y comer. Se acerca a nuestra mesa un vendedor ambulante con comida caliente, cordero o pollo a la parrilla que lleva en la cabeza, en una bandeja sobre el turbante, con lo que saciamos el hambre.

Ammar nos explica que este sistema de venta de alimentos no es exclusivo para las tabernas, sino que se extiende a toda la ciudad pues, al estar El Cairo aislada en medio de un desierto, no tiene acceso a la madera de los bosques y, por tanto, al carbón, que tiene un precio prohibitivo. Ello obliga a las familias a comprar los alimentos preparados ofrecidos en las calles.

El carbón y la madera se sustituyen por las boñigas de los camellos, mulas y burros, que tantos hay en la ciudad. Ello representa un gran negocio para los emires que lo controlan, en particular la contrata de la Ciudadela, donde hay miles de caballos.

Relajados y descansados, aceptamos la propuesta de Ammar de visitar un lugar emblemático de El Cairo: el Nilómetro. Allí nos encaminamos, a lomos del transporte público de la ciudad, una vez más, el burro.

Llegamos al Nilo, donde se encuentra la isla que Ammar nombra como Rawda, y a la que cruzamos desde tierra firme por un puente de madera. Nuestro amigo se dispone a dictarnos una lección sobre la historia de El Cairo.

—*Egipto es un don del Nilo*, frase del historiador griego Heródoto, cuando visitó el país y observó la estrecha relación entre la vida de sus habitantes y el agua de este río, de la que dependen todas sus actividades, cultivos, industrias y necesidades humanas. Si hay sequía habrá perdida de cultivos, hambruna y muerte. Si hay crecida, se aseguran las cosechas y los impuestos del gobierno que cubren las necesidades de la gente. De ser excesiva, hay inundaciones, que arrasarán los campos con la pérdida de cultivos. Hambruna y muerte también.

Este edificio que veis aquí es el Nilómetro, que sirve para medir el nivel de agua del río. Se conoce que fue mandado construir por el califa al-Mutawakkil en la época de su reinado entre los años 847 y 861. Está situado en el extremo sur de esta isla, como podéis ver.

Ammar nos está abrumando con datos e historias que muestran su cultura, pero seguimos con interés lo que nos cuenta.

—En la época de crecidas, al final del verano, un oficial del gobierno se instala aquí con la obligación de medir el nivel de las aguas, todos los días por la tarde y, al día siguiente, tiene que informar del resultado, junto con la diferencia del año anterior, al pueblo y al gobierno. Cuando el agua alcanza el nivel necesario para garantizar el abastecimiento, comienza la celebración de la crecida del Nilo. La fiesta se celebra durante todo el día y participa el Sultán y todas las clases sociales. Podéis bajar al interior por las escaleras yuxtapuestas a las paredes y leer una banda de inscripciones, en caligrafía de estilo cúfico, que recorre el perímetro interior de la parte superior de las paredes. Contiene aleyas coránicas y alusiones al agua y a la agricultura. Si no conocéis la caligrafía cúfica, se puede mirar como una decoración artística esculpida en relieve sobre mármol.

Hemos entrado y apreciado lo que nos dice Ammar, que una vez más nos insiste, y le seguimos, para ver la otra orilla de la isla y desde donde se ve la magnitud del Nilo. Es, por lo menos, tres veces más grande y con mayor caudal que nuestro Níger. También nos sorprende la multitud de barcos, grandes y pequeños, en continuo movimiento, algo parecido a la congestión de las acémilas en la ciudad.

—Por el río discurren, aproximadamente, treinta y seis mil embarcaciones, pertenecientes al sultán y sus adláteres, bien remontando hacia el Alto Egipto, bien descendiendo hacia Alejandría y Damieta, llevando toda clase de mercancías y géneros.

El Nilo aventaja a todos los ríos de la tierra en lo ancho de su curso y en el provecho de los ribereños, pues las ciudades y las aldeas se alinean en sus orillas, no habiendo nada parecido en los países habitados. El curso del Nilo va de sur a norte, a diferencia de la totalidad de los ríos y entre sus maravillas está que el comienzo de la crecida tiene lugar durante el rigor del estío, cuando, normalmente, los cauces decrecen y se secan.

Yo me sorprendo por la coincidencia de que nuestro río Níger también corre de sur a norte desde su nacimiento, pero después se arrepiente y, en Tombuctú, gira y coloca su cauce en el sentido natural de norte a sur enfilando hacia Gao y el mar.

También, mucho más sorprendidos, hemos visto, en la orilla opuesta, cómo unos pescadores cazan y dan muerte a un gran cocodrilo, exactamente igual que los que hay en el río Níger, en Tombuctú y en Gao, y esto nos hace pensar que si son iguales es porque el cocodrilo del Nilo ha criado en el río Níger o viceversa, lo que demostraría la idea de los árabes que ambos ríos se unen en algún lugar de África y llaman al Níger río Nilo.

Ammar interviene de nuevo:

—En la parte baja de El Cairo, el Nilo se reparte en antiguas lagunas, algunas de las cuales es tradición que las construyó el emperador romano César. Estas lagunas tienen fuertes defensas, a fin de que no las deshaga el ímpetu torrencial de las aguas y tienen su desagüe al mar egipcio: el Nilo.

Las provincias por las que, en la época de la crecida, corren sus aguas, quedan regadas y fertilizadas. En los álveos de las lagunas se cría y se alimenta una variada abundancia de aves y peces, especialmente en el terreno pantanoso. Aparte de ellas, viven allí diversos monstruos, entre ellos el cocodrilo, que es el único animal que llora, que huye si alguien le hace frente y, por el contrario, persigue al que le tiene miedo y le mata. Los marineros dicen que no siempre son peligrosos en el territorio comprendido entre El Cairo y el mar; pero desde la ciudad, cuanto más se navega hacia las montañas Nilo arriba, se vuelven feroces y sanguinarios.

La causa de este fenómeno reside en que la parte que está entre la ciudad y el mar es abundante en peces, que se crían en el río mismo o bien proceden del mar, y con ellos se alimentan los cocodrilos. Una vez saciados, no salen a tierra, lejos de la orilla, para atacar al hombre o a animales cuadrúpedos. Y como, en la otra parte, la multitud de redes de pescadores no deja que pasen muchos peces, los cocodrilos se ven acosados por un hambre terrible y por eso salen a tierra arrebatados por un furor famélico y atacan y matan todo lo que encuentran a su paso.

A quien lleve a El Cairo uno grande, el fisco le da diez monedas de oro. Por eso, se extienden muchas trampas a estos animales en torno a la ciudad.

Los cocodrilos se esconden, muchas veces, al acecho bajo el agua en la orilla, cerca de los lugares a los que las gentes de los poblados mandan a sus mujeres a buscar agua. Al introducir en ella los cántaros, saltan rápidamente y con sus dientes las cogen y, arrastrándolas de cabeza al río, las despedazan. A los camellos, caballos, vacas y cualquier clase de cuadrúpedo, los hieren tan fuertemente con un golpe de su cola, que, rotas las patas, los echan por tierra y los matan. Es tan grande la fuerza de su cola que, a veces, han partido de un golpe todas las patas de un animal grande.

A los que navegan por el Nilo en la época de su decrecimiento les amenaza otro peligro pues, en la navegación contracorriente, se utilizan más las pértigas que los remos, al faltar el viento. Los cocodrilos siguen ocultamente a la nave y, al ver al marinero clavar el pecho en la pértiga para hacer fuerza y conducir la barca, la rompen con la cola. El marinero cae de cabeza al agua y, entonces, lo capturan y devoran.

Nos damos por satisfechos con el discurso de Ammar sobre los cocodrilos y le pedimos que nos devuelva a nuestro lugar de residencia. Volvemos a tomar el transporte urbano, que nos lleva al palacio de Mansa Musa. El continúa a la Ciudadela donde tiene su morada, pero antes nos avisa que mañana comienza el mes del Ramadán.

Hoy ya es Ramadán, el mes en el que fue revelado el Corán para guía y salvación de la humanidad. Debo de abstenerme de alimentos y bebidas, así como de relaciones sexuales y tabaco, desde el alba, cuando ya pueda distinguir un hilo blanco de otro negro, hasta la puesta del sol. También, otras obligaciones y oraciones de mi fe, siguiendo a mi señor Mansa Musa, junto a todos los miembros de la expedición de Mali, en sus rezos y las visitas a la mezquita.

Ha llegado el primer día del mes de *shawwal*, décimo mes del calendario islámico. Con la aparición de la luna nueva concluye el largo periodo del ayuno y comienza la celebración de su ruptura, llamada *Eid al-Fitr* r y, también, *Eid el-Seghir*, o la fiesta pequeña, aunque sea la segunda más importante del islam. La primera es la del sacrificio, *Eid al- Adhá*, también llamada *Eid al-Kabir*, en la que se sacrifica un animal que simboliza el cordero sacrificado por Abraham en lugar de su hijo primogénito, Ismael.

El sultán al-Nasir ha invitado a Mansa Musa y a su amigo el emir Abu-l-Hassan, a las celebraciones de esta fiesta y a presenciar por la tarde un partido de *yawkan*. El heraldo y yo asistiremos como ayudantes y servidores de nuestro soberano.

A la vuelta, ya cansados, se inicia una discusión entre Mansa Musa y el emir, que dice:

—Señor, en la fiesta se ha acercado a mí el visir del Tesoro *mameluco* y me ha expresado su preocupación por los grandes dispendios de oro que estáis haciendo en esta ciudad, con regalos a todos los niveles, desde el sultán hasta cualquier oficial de la corte. Vuestro séquito paga cinco dinares por lo que no vale más de uno y son tan confiados que los comerciantes los engañan como quieren.

También me ha informado que habéis comprado un terreno por cien mil dinares que no vale más de veinte mil. El valor del oro en el mercado se está reduciendo considerablemente, y esto puede afectar al tesoro del sultán y a la economía del Estado.

Mansa Musa no se inmuta, por lo que el emir sigue exponiendo su disertación con rostro preocupado:

—Señor. Habéis inundado El Cairo de oro, y su valor se ha reducido casi a la mitad. Cuando cae una lluvia fina sobre el campo, riega las plantas y hace crecer las cosechas, pero si cae en forma de tormenta, inunda y arrasa, se pierden las cosechas y tarda en recuperarse el campo.

Estáis lejos de vuestro país y aquí el oro no aumenta,

sino que disminuye en su cantidad y en su valor. Podríais tener problemas para la vuelta.

Mansa Musa le contesta:

—El terreno que hemos comprado está destinado a construir, aquí en El Cairo, un conjunto de edificios, *mulliye*, que tendrá una madrasa o escuela coránica, biblioteca, hospital, cocina pública y *caravansaray*. Llevarán mi nombre para asegurar a la posteridad el paso de Mansa Musa por esta ciudad. Respecto a mi séquito, los civiles tienen autorización para retirar del tesoro de la caravana, en forma de préstamo a devolver a la vuelta, cuantos *mitcales* de oro requieran, mientras que la tropa y los oficiales, el valor de sus soldadas durante el tiempo del viaje. Además, tengo pendiente hace tiempo otras entregas. Quiero que llevéis a vuestro padre, el gobernador de El Cairo y de Qarafa, una donación de treinta mil dinares de oro. La autoridad máxima de esta ciudad no puede quedar sin mi agradecimiento. También que vos aceptéis veinte mil. El visir de mi Tesoro ha preparado su entrega, aquí y ahora.

El emir queda sorprendido, pero, al cabo de un corto espacio de tiempo, contesta:

—Señor, haré el encargo para el Gobernador, pero en lo que a mí respecta, no puedo aceptarlo, pues sería poner precio a la amistad que me habéis concedido y ya, con ese honor, me siento satisfecho.

A lo que replica un Mansa Musa, autoritario:

—Emir, desde un principio me llamáis señor, y eso representa ser súbdito mío. Os ordeno que lo toméis.

Finalmente, el emir dice su última palabra:

—Que Dios le siga dando salud y riqueza.

CAPÍTULO V: EL PEREGRINO

El que esto escribe en el año 1324 es Balla Kuyaté, *griot* del emperador Kankan Musa, mi señor Mansa Musa, su consejero y narrador de los hechos para el futuro del imperio de Mali.

Han pasado doce días desde que el imam de El Cairo, acompañado de hombres de religión y al frente de un cortejo por las calles de la ciudad, se detenía en el complejo del sultán, subía a lo alto del alminar para observar la luna y anunciaba el fin del Ramadán, el sagrado mes en el que fue revelado el Corán para guía y salvación de la humanidad. Con ese anuncio termina el ayuno y comienza la fiesta de *Eid al-Fitr*, ruptura del ayuno, también llamada Eid el-Seguir, pequeña fiesta. Es la segunda del islam, por orden de importancia, y marca la reconciliación entre los creyentes, así como el primer día del mes de *shawwal*, pues la primera es Eid al-Adha, fiesta del sacrificio, o *Eid al-Kabir*, fiesta grande, que se realiza al final del Hajj, peregrinación.

Es tiempo de hacer los preparativos para continuar el camino de nuestro peregrinaje a la Meca y cumplir el sueño de Mansa Musa de visitar los lugares santos y cumplir con la quinta columna de las cinco en que se apoya el islam, fundamento de nuestra religión.

Ammar ha venido a visitarnos y avisar que, al siguiente día, vendrá el *Mehmendar* con otros visitantes para coordinar nuestro viaje a la Meca.

En la mañana se presenta acompañado de dos personas. La primera, de aspecto y vestimenta noble, todo lo contrario de la segunda. Mansa Musa, como siempre, los recibe sentado sobre cojines y almohadones en el *bembé* del salón de la *durka*. Tras los saludos protocolarios, el *Mehmendar* explica el motivo de la visita y presenta a sus acompañantes.

—Señor, como sabéis por vuestra cultura religiosa, hay dos clases de peregrinación. La mayor, el Hajj, con fecha, ritos y ceremonias establecidas e inalterables, y la menor, llamada *umra*, que puede cumplirse en cualquier época del año.

El Hajj ha de realizarse en un periodo de seis días, que empieza el día 8 y termina el 10 del mes *dhu al-Hijja*, decimosegundo y último del año. El 9 de este mes es el día de *Arafah*, llamado día del *Hajj*.

Señor, estamos en el mes de *shawwal*, décimo mes del calendario, y todos los años los sultanes de Egipto organizan y costean la gran caravana para el cumplimiento del *Hajj*, que lleva a la Meca gentes tanto principales como del pueblo.

Permítame presentarle al emir Seif ed-Din Itmis que ha sido nominado como jefe de la caravana de este año, a quien llamamos emir al-Hajj o ar-rakb, que ha recibido la orden del sultán al Nasir de velar por vuestra seguridad y confort hasta el final del peregrinaje y la vuelta.

El emir Itmis inclina su cabeza en reverencia, para señalar su identidad.

—También permítame presentarle a Mehna ben 'Abd el Baqi el 'Ujrumi, quien será el guía de la expedición. Ambos os explicarán los protocolos y la ruta de la caravana a la que el sultán os invita a unirse y en la que vuestro cortejo será la retaguardia de honor.

Para sorpresa del *Mehmendar*, Mansa Musa, que ha seguido este discurso sin la intermediación del heraldo, le contesta:

—Excelente idea y una atención más a agradecer al sultán al Nasir.

Interviene el emir Itmis:

—Señor, desde el comienzo de su reinado, el sultán al-Nasir se ha preocupado mucho por la seguridad de los caminos de su imperio y, mucho más, por los que conducen a la Meca, especialmente en esta época de la caravana del *Hajj*. Ha desplazado tropas a lo largo del camino y establecido puestos de avituallamiento y aguadas para hacer menos penoso este viaje. En consecuencia, ninguna preparación necesita vuestra caravana y solamente unirse a la nuestra el día de la partida que se ha señalado el próximo 27 del actual mes de *shawwal*. La concentración tendrá lugar, en la mañana de ese día, y en el lugar conocido como *Birket el Hajj*, alberca del *Hajj*.

Igualmente, señor y tal y como ya hemos indicado, la seguridad está garantizada por las tropas del sultán y, por tanto, no será necesario el desplazamiento de todos los soldados que os acompañan. Únicamente una pequeña guarnición para señalar la categoría de vuestra alcurnia. También podéis incluir los oficiales y esclavos de vuestro servicio y el séquito de personas principales.

El día anterior a nuestra partida celebraremos la procesión del *Mahmal*, una caja cónica sobre un palanquín para transportar los lienzos, la *kiswa*, que recubrirán el templo de la Meca, *la Ka'ba*. Desde el advenimiento de los sultanes *mamelucos*, el egipcio tiene el derecho exclusivo de proporcionar, cada año, estos lienzos. Después de la procesión, el *Mahmal* se incorporará a la caravana, pues nosotros somos los encargados de llevarlo a su destino.

A continuación, interviene el guía.

—Señor, los peregrinos que no van en grupos grandes, como el nuestro, toman la ruta del alto Egipto llegando a Marsa Durur, donde se embarca para llegar a Yeda, en la otra orilla, y continuar hacia la Meca. Las limitaciones de los barcos pequeños que hacen la travesía no permiten llevar provisiones, servicio y protección, de forma que se convierte en una aventura peligrosa.

Nuestra caravana irá por el camino del norte, en dirección a Gaza y desde allí, atravesando Hebrón, arribaremos a al-Karak, conectando así con la ruta que llamamos de Siria. Desde aquel punto seguiremos hasta Tabuk y atravesaremos el desierto pavoroso que se extiende desde este punto hasta al-Ula, y ya, con menos esfuerzo, pasaremos por Hadiya, llegando a Medina y la Meca.

Mansa Musa agradece con gestos la visita, despidiendo a sus visitantes con la frase *Hágase así*, que más bien iba dirigida al visir del Tesoro, el heraldo y yo mismo, el *griot*, presentes en esta conversación. Por ello, hemos interpretado que debemos desplazarnos urgentemente al campamento para organizar nuestra parte de la caravana.

El sultán al-Nasir ha enviado al campamento cincuenta camellos, como parte de la ayuda a prestar. El general Sumangaru comienza a preparar y seleccionar a los integrantes de nuestra caravana y a organizar la jerarquía, trabajos y responsabilidades de los que se quedarán en el campamento durante su ausencia.

El visir del Tesoro recibe la orden de llevar una parte para las donaciones y obras de caridad que el emperador piensa realizar en la Meca, dejando al cuidado de la pequeña parte del tesoro a su segundo y con la protección necesaria en el campamento. A los cincuenta guardias asignados a la custodia del emperador, les acompañará la mitad en la caravana y, también, todo el servicio necesario para él y el séquito. También se incorporará el general Sumangaru, que desea cumplir el *Hajj*, dejando a su segundo oficial al mando de la tropa en el campamento.

El heraldo y yo hemos pedido permiso al emperador para ir a ver la procesión del *Mahmal* y hemos contactado con Ammar para que nos acompañe.

Así lo hace y nos encaminamos a la plaza de la Ciudadela. Ammar nos va contando que el soberano sale de palacio rodeado de sus emires y *mamelucos*. El jefe de la guardia encabeza la marcha, seguido de sus hombres a caballo. Los *mamelucos* visten, para esta ocasión, una túnica de seda amarilla, bordada en oro, y cintas doradas que los enlazan al sultán. Éste monta un caballo de pura sangre, engalanado con un tejido negro bordado de oro, y un emir de alto rango sostiene sobre su cabeza, tocada con un turbante negro, color de los abbasíes, el quitasol real amarillo, bordado con hilos de oro y rematado con un ave de plata dorada.

El sultán viste una túnica de manga larga, de seda verde bordada con semejantes hilos y, en la cintura, porta una espada dorada. Avanza rodeado de alabarderos y seguido de jinetes y portaestandartes, encabezados por un alto dignatario que lleva la bandera real.

El cortejo sale por la parte posterior de la Ciudadela rodeando la muralla exterior y adentrándose en el desierto de los *mamelucos*, a las afueras de El Cairo. Entra en la ciudad por Bab al-Nasr, Puerta de la Victoria, que es la que utilizan los sultanes para acceder a El Cairo. Continúa entre multitud de gentes que se agolpan en las calles y reciben monedas que los emires van tirando durante el recorrido para, al final, llegar a la plaza de la Ciudadela, donde ya se encuentra la procesión del *Mahmal*, que ha salido desde Bab Zuwayla, con el palanquín decorado que lleva la *kiswa*, de *la Ka'ba*, antes de enviarla a la Meca con los peregrinos.

El sultán está sobre un sitial preparado para la ocasión. El camello portador de la *kiswa*, avanza y se arrodilla delante de él para que pueda examinar la calidad de la tela y los detalles de su decoración con la finalidad de dar su aprobación, como ocurre.

Ammar nos lleva de forma urgente a nuestra residencia para unirnos a la expedición de Mansa Musa que está a punto de partir hacia el punto de encuentro con la caravana del *Hajj*, y a quien referimos, con todo detalle, la procesión del *Mahmal*.

Una multitud de cairotas espera y presencia la salida de la inmensa caravana, que inicia el guía y sus ayudantes sobre camellos, seguidos por una escuadra de guardias *mamelucos*. A continuación va el jefe de la caravana, el emir al-Hajj, acompañado por los peregrinos importantes a lomos de camellos y el *Mahmal* rodeado de escolta. Después los peregrinos de a pie y, finalmente, los esclavos de servicio.

En la retaguardia, como se nos había anunciado, nuestro grupo, con Mansa Musa al frente, el general Sumangaru y el visir del Tesoro, el heraldo y yo. Nos sigue el séquito de personas importantes de Mali, así como los veinticinco caballeros de nuestro ejército, que protege el tesoro ordenado portar por el emperador para donaciones y obras de caridad en la Meca. Todos a lomos de camello con sus mozos de cuerda. Por último, el grupo de esclavos de nuestro servicio, a pie.

Detrás, una rehala de camellos, con sus azacanes, para cargar y ayudar a rezagados y fatigados de caminar. La caravana se pone en marcha y solo se escucha a los camelleros que aguijan, a gritos, a sus bestias.

La primera parte del trayecto en territorio egipcio, hasta llegar a Suez y continuar a Gaza, ha sido relativamente buena y hemos constatado la protección en el camino y la buena organización para el avituallamiento y las aguadas, tal y como se nos había anunciado. El camino está encomendado a la vigilancia de los beduinos que, una vez caída la noche y tras acampar, aplanan la arena, sin dejar huella ninguna.

El emir, por la mañana, observa el suelo y, si encuentra traza de pasos, les ordena que traigan a quien los hiciera. Se ponen a buscarlo y sin remisión lo atrapan y presentan al emir para que le otorgue el castigo que merezca.

Desde Gaza hemos pasado por Hebrón y, en diversas etapas, llegamos y acampamos, durante cuatro días, a extramuros de Karak.

El guía de la caravana, en las paradas, se acerca a nosotros para comprobar nuestra situación y explicarnos las características e historias de los lugares por donde pasamos. También lo hace el emir Itmis, el jefe de la caravana, emir al-Hajj.

A continuación, nos trasladamos a Ma'an, que es el confín de Siria, y bajamos, por el paso de Suwan, hacia un desierto que el guía dijo:

Quien entre en él, dese por muerto, y quien de él salga, téngase por nacido.

La misma frase que nuestro guía de Niani nos adelantó para el desierto del Sahara.

Tras una marcha de dos jornadas, nos detenemos en Dar Hayy, donde hay pozos pero sin ningún cobijo, y seguimos hasta Tabuk. Allí hay un manantial que sólo daba, antes de acudir a él el Profeta, un reguero de agua. Tras realizar sus abluciones, comenzó a manar de forma abundante y así ha seguido hasta nuestros días por la intercesión de la santidad del Enviado.

Permanecemos en este lugar cuatro días, para reponernos de la fatiga, abrevar a los camellos y disponer aguadas para cruzar el pavoroso desierto que se extiende hasta al-Ula.

Luego, la caravana parte de Tabuk, a buen paso, de noche y de día, por el temor que infunden estas estepas. En esta ocasión nos hemos librado de padecer graves desgracias y muertes por causa del viento *simún*, cálido y envenenado.

Nuestro próximo destino es la alberca de al-Mu'azzam, que es grande y recoge el agua de lluvia algunos años, mientras en otros está seca, aunque nosotros hemos tenido suerte. Y, cinco jornadas después de la salida de Tabuk, al pozo de Hiyr, es decir, el de los *tamudies*, que rebosa de agua, pero ningún peregrino se acerca, por mucha que sea su sed, imitando al Enviado de Dios, que pasó por allí en la algara contra Tabuk. El Profeta espoleó a su montura y ordenó que nadie bebiese de él.

Entre Hiyr y al-'Ula hay media jornada. Esta última es una población grande y bonita, con huertos de palmeras y manantiales de agua. Acampamos cuatro días, lavamos las ropas y abandonamos cuanto de superfluo teníamos, llevándonos solo lo necesario. Sus habitantes son gentes honradas.

La caravana parte de al-'Ula, deteniéndose, a la mañana siguiente, en el valle de al-Attas, donde el calor es riguroso y sopla el mortífero *simún*. Después acampamos en Hadiya, llena de yacimientos de aguas subterráneas, de forma que únicamente basta cavar un poco para que aflore un agua salobre, pero que se puede consumir. Y, en tres días, llegamos a las afueras de la ciudad santa, noble y excelsa de Medina.

Con la tarde entramos en el recinto inviolable y visitamos la magnífica mezquita del Enviado. Reverenciamos en la puerta de la Salutación y, a continuación, rezamos cinco veces frente al excelso sepulcro del Profeta.

Dedicaremos cuatro días a Medina, visitando los Lugares Santos y pasando las noches en su mezquita, en cuyo patio el pueblo forma corros, prenden candelas, llevan el Corán y se aplican a recitarlo.

El emir Itmis, jefe de la caravana y a quien el sultán al-Nasir ordenó que velara por la seguridad de Mansa Musa, ha venido y le ha preguntado si quiere ser presentado al cadí, la máxima autoridad de la ciudad. Él le contesta que prefiere seguir en la caravana hasta terminar todos los ritos del *Hajj* en la Meca, tras lo cual estará presto a recibir la protección y las atenciones que, con seguridad, le serán concedidas por el cadí de la Meca en cumplimiento de la recomendación del sultán. También le ha informado que se quedará algún tiempo y no volverá con la caravana a El Cairo.

Salimos de Medina y tras varias jornadas de camino llegamos al Mikat de Abou Halifa, un lugar intermedio entre Medina y La Meca. Aquí he conocido que existen cinco lugares como éste alrededor de La Meca para la llegada de los peregrinos.

Hemos acampado en una inmensa explanada donde se asientan las caravanas que llegan de todo el mundo musulmán. Hay pozos y albercas con agua y después de saciar nuestra sed y lavarnos con las correspondientes abluciones nos desprendemos de nuestras ropas con costura, cortamos la totalidad de nuestros cabellos del cuerpo y vestimos el *ihram*, dos piezas de tela blanca sin costura. Solo está permitido el uso de sandalias. Con esto mostramos la igualdad de todos los peregrinos ante Dios y que no hay diferencia entre ricos y pobres.

En el campamento hay una muchedumbre de creyentes vestidos de blanco, como será el Juicio Final. Me dirijo a Mansa Musa para preguntarle si necesita alguna cosa. Le llamo señor, pero no me permite seguir y me dice:

—Aquí tienes que obviar el llamarme *señor*, pues todos somos iguales en este lugar sagrado. Recuerda las palabras del *tuareg* del Sahara: *En el desierto el oro vale tanto como la arena y se confunde con ella.*

Luego añade en tono respetuoso, refiriéndose al grupo de africanos negros de nuestra caravana:

—Recuerda que le dije al emir Hassan Ali en El Cairo sobre nuestro país y el Sudán: *que éramos una mancha blanca en la piel de una vaca negra.* Pues bien, aquí nosotros los africanos somos una mancha negra sobre la piel de una vaca blanca. Puedes ver la unidad de la *Umma*, la universalidad de los creyentes.

Ya purificados pronunciamos la *talbiya*, una oración antigua y tradicional que agrupa distintas jaculatorias y que seguimos recitando durante todo el camino hasta nuestro destino.

Llegamos a La Meca y al siguiente día, el 8 del mes *dhu al-Hijja*, descubrimos nuestro hombro derecho pasando la tela blanca superior por debajo del brazo y entramos en la mezquita de la Kaaba por la puerta llamada de *la Paz*. Cumplimos con la ceremonia del *tawaf* dando siete vueltas circunvalando el relicario de la Kaaba con la piedra negra junto a un río humano con fondo de jaculatorias, símbolos de la ascensión del alma hacia Dios.

La Kaaba ya estaba revestida con las telas de seda negra forrada de lino coronadas con bordados en blanco de una aleya del Corán, telas que hemos traído desde Egipto en la caravana con la *kiswa* en el *Mahmal*.

Cumplimos el rito del *say*, siete veces una pequeña carrera entre dos colinas no lejos de la mezquita y también con la tradición de la *tarwiya* en la que el peregrino tiene que beber y aprovisionarse de agua del pozo de Zamzam, junto a la Kaaba, e igualmente con la plegaria en el valle de Arafat ya fuera del recinto sagrado, llegando antes del mediodía, donde se prepara y se realiza la ceremonia principal, el *wuquf*, escuchando el sermón encendido del imam en el que se nos recuerda lo que dijo el Profeta:

> *Quien fue testigo de nuestra oración, la del Alba del Día del Sacrificio, y queda con nosotros hasta que cumplamos nuestro sacrificio, tras detenerse anteriormente en el Monte Arafat, durante el día o la noche, ha cumplido su peregrinación.*

Descendemos desde Arafat a Muzdalifa donde pernoctamos y a la mañana siguiente, antes de la salida del sol, bajamos a Mina y realizamos la lapidación simbólica del diablo, ceremonia que llaman *rayim*, en la que se lanzan siete veces a tres distintos puntos las piedrecitas que se recogieron en Muzdalifa. Después cumplimos con el sacrificio de un animal, que en nuestro caso ha sido un camello, y volvemos al campamento. Nos afeitamos la cabeza y cambiamos la indumentaria del *ihram* por nuestras ropas habituales.

Siguiendo la tradición, el emperador ha ordenado llenar un odre de agua del pozo Zamzam y comprar una pequeña cantidad de dátiles de La Meca de la variedad ajwa, variedad sagrada cultivada por el Profeta, para llevarlos como recuerdo a Mali.

En la última noche, hemos vuelto a la mezquita para cumplir el *tawaf ifada* dando de nuevo siete vueltas a la Kaaba. A nuestra vuelta a Mali ya podremos ser llamados al-Hajj, el mayor título honorífico de un musulmán.

Al día siguiente, Mansa Musa ha ordenado al visir del Tesoro la entrega de una limosna de cinco mil *mitcales* de oro al imam de la mezquita para los necesitados que la visiten, con gran disgusto del visir que ve reducirse la capacidad del tesoro.

En el campamento, Mansa Musa comunica a su séquito que piensa quedarse dos o tres meses en La Meca y quien quisiera retornar a El Cairo antes, puede hacerlo con la caravana del *Hajj*, que partirá en los próximos días. Todos, a excepción de sus diez incondicionales del séquito, aceptan la propuesta, pues tienen prisa por regresar para terminar sus compras, en especial de esclavas, que satisfarán sus ímpetus varoniles después de la larga abstinencia obligada por el *Hajj*.

También ordena que la mitad de la guardia y el general Sumangaru vuelvan con ellos y que el visir del Tesoro comunique a su segundo en El Cairo que siga atendiendo los créditos requeridos por el séquito para las compras, decisión que impacta, otra vez negativamente, en el visir con muestras de seriedad en su semblante.

En los días posteriores, antes de la salida de la caravana para volver a El Cairo y como había sido acordado, el emir Itmis presenta a Mansa Musa al gran cadí de la Meca, con la recomendación del sultán al-Nasir de velar por su seguridad y ofrecerle cualquier ayuda necesaria para su estancia y su vuelta.

Como era de esperar, el gran cadí le recibe con todos los honores y le ofrece, siendo aceptada por Mansa Musa, una residencia contigua a la suya, en la que nos hemos acomodado, también, el visir, el heraldo y yo, con nuestro servicio. El resto del séquito y la guardia personal quedan en el exterior de la ciudad, en un caravasar para peregrinos.

Al siguiente día, recibimos una invitación del gran cadí para asistir a una recepción en su palacio, que cada año tiene lugar en honor de los dignatarios que acuden al *Hajj*, y que este contará con una velada poética de varios juglares que acompañan a los peregrinos.

Es obligado decir que, en esa recepción, Mansa Musa es el centro de atención y se distingue de todos los dignatarios. En especial, por su piel obscura, aspecto relativamente joven, figura agradable y bello porte, elegante y carismático. Se relaciona con todos y a todos dedica una sonrisa y una conversación. Tras la velada lírica, ha habido un bardo, que nos ha impresionado a todos, especialmente con sus casidas, que ha llamado la atención del emperador. Lo presentan como originario de Granada, en al-Ándalus, por lo que pide conocerlo, para lo que le invitamos, al día siguiente, a nuestra residencia.

—Bienvenido, poeta —es el saludo de Mansa Musa para iniciar la entrevista y relajar la tensión emocional del visitante.

—Señor, mi nombre es Abu Ishaq es-Saheli y por haber nacido en Granada, en al-Ándalus, me llaman el granadino.

—Nos impresionasteis ayer con vuestro recital, lleno de emoción y sentimiento.

—Señor, es la fuerza de mi origen y de mi exilio forzado de Granada. Soy un ave que vuela por el mundo con el corazón en su tierra.

—Abu Ishaq, no me interesa tu historia, sino tu presente y tu futuro. Soy el emperador de Mali, el país más grande y más rico de África, y puede que también del mundo. Tenemos una ciudad emancipada que seguro someteremos de nuevo. Allí, en Tombuctú, quiero hacer el centro cultural del Continente, donde florezcan las ciencias, las artes y la religión, y necesito atraer a profesores, artistas y ulemas que siembren su sabiduría entre sus discípulos. Te ofrezco venir y establecerte entre nosotros. Tendrás una vida digna y opulenta.

Es-Saheli nos mira a todos los presentes, asombrado por este ofrecimiento inesperado y directo. Comienza su diálogo con el emperador.

—Señor, la poesía es la palabra del alma y no es una ciencia que pueda enseñarse.

—Puede ser como la enfermedad que se transmite por el aliento. Harás un pueblo de poetas.

—Señor, agradezco vuestro ofrecimiento que me ennoblece. Mi corazón me urge a aceptar vuestra propuesta, pero mi cabeza me pide una reflexión. Tengo que ir a El

Cairo a realizar cosas pendientes y, si me lo permitís, me uniré con vos allí.

—Puedes ir con la caravana del *Hajj* que saldrá en los próximos días con parte de mi séquito, y hospedarte en el caravasar de nuestro campamento.

—Gracias, señor. Tengo primero que presentarme a un comerciante muy rico de El Cairo a quien debo entregar una carta de recomendación de unos familiares míos de Granada, que le conocieron cuando era joven y comercializaba entre al-Ándalus y Egipto. Se llama Siray al-Din bin al-Kuwayk.

En este momento es el visir del Tesoro el que interviene:

—¡Qué casualidad, es la misma persona de quien hemos alquilado el caravasar y el campamento!

Ha terminado la entrevista con los agradecimientos del poeta y la promesa de encontrarse en El Cairo.

Como tenía avisado Mansa Musa, después de la salida de la caravana, nos hemos quedado en la Meca para disfrute religioso del emperador. El gran cadí le invita a ver cómo se cumplen el sermón y el rezo del viernes, al que acudimos con gran interés y devoción.

A la hora del rezo se hacen sonar los timbales y atabales para anunciar la oración.

Es costumbre adosar, los viernes, el almimbar bendito a la fachada de la sacrosanta *Ka'ba*. Sale el predicador, revestido de negro y con la cabeza ceñida por un turbante y una pieza de tela del mismo color, que se coloca sobre él y cae en su espalda. Avanza con gravedad y solemnidad, balanceándose entre dos enseñas negras que blanden sendos almuédanos.

Va precedido por uno de los familiares de la mezquita, que empuña un bastón, provisto en la punta de un cuero fino y trenzado, que agita en el aire, produciendo un sonido agudo, que se oye, tanto dentro como fuera del recinto sagrado y sirve de indicación de la salida del *jatib*, el predicador de los viernes.

De esta guisa, continúa hasta aproximarse al púlpito, besa la piedra negra y ora cerca de ella. Luego se va al almimbar con el almuédano de la fuente de Zamzam por delante, pues este es el muecín principal, que también viste de negro y lleva, en la mano, una espada que sostiene en el hombro.

Los dos estandartes se sitúan a ambos lados del púlpito.

Una vez que el predicador sube el primer peldaño del almimbar, el almuédano le toca con la parte plana de la espada el hombro izquierdo y luego el derecho. Seguidamente propina un golpe con la punta en el peldaño, llamando la atención de los presentes. A continuación, golpea el segundo escalón, el tercero y así hasta que alcanza la cima del púlpito donde da un cuarto cintarazo. Entonces el predicador se detiene erguido, rezando en voz baja con el rostro vuelto a *la Ka'ba*, y luego gira hacia la gente y saluda. Los fieles le responden mientras se sienta y los almuédanos, todos juntos, entonan la llamada a la plegaria.

Cuando acaban, el pronuncia un sermón, en el que proliferan las menciones piadosas y pide la bendición sobre Mahoma y su familia. También formula votos por los califas y por los compañeros del Profeta. Luego pide por el sultán al-Nasir de Egipto.

Una vez terminado el sermón, reza y se va flanqueado por las banderas y el bastón, avisando el final de la oración.

Hemos estado cerca de un mes en la Meca, con sucesivas y repetidas visitas a la mezquita de *la Ka'ba* y, también, a los Lugares Santos de la ciudad y sus alrededores. Sería prolijo enumerarlos. Finalmente, Mansa Musa ordena preparar nuestra partida hacia Medina, donde también estaremos algún tiempo.

El gran cadí ha organizado la caravana, con un guía que nos llevará hasta esa ciudad. En dicha caravana viene un emir encargado de presentar a nuestro emperador al gran cadí de Medina, repitiendo las instrucciones del sultán al-Nasir de Egipto, transmitidas por el emir al *Hajj*, de velar por su seguridad y ofrecerle toda la ayuda necesaria para su estancia y su vuelta a El Cairo.

A nuestra llegada a Medina, el emir de la Meca cumple con las instrucciones recibidas. El gran cadí de Medina recibe a Mansa Musa con todos los honores, ofreciendo la misma hospitalidad que en la otra ciudad. A los principales nos aposenta en un palacio contiguo a su residencia y al resto en un caravasar a las afueras.

En nuestra primera salida, el emperador visita de nuevo la sagrada mezquita del Enviado y reza ante la tumba del Profeta. Otros días los dedicamos a conocer los cementerios y santuarios extramuros de la ciudad y que, como en La Meca, sería prolijo de enumerar.

También realizamos la visita a Quba, por un camino que discurre entre huertos de palmeras, para rezar en la mezquita fundada por el Enviado, en cuyo centro se halla el lugar donde se reclinó la camella que lo llevaba y, en el flanco sur del patio, un *mihrab*, sobre un banco que fue su primer oratorio. Delante de la mezquita está el pozo de Aris, aquel cuyas aguas se volvieron dulces después de que en él escupiera el Profeta, pese a ser salobres anteriormente.

Después nos acercamos a la mezquita de dhu-l-Hulayfa, donde el Enviado se retiró a hacer penitencia. Está a una *parasanga* de Medina, y es límite del territorio sagrado de la ciudad.

El tercer viernes desde nuestra llegada, el gran cadí ofrece a Mansa Musa que le acompañe a la mezquita para el rezo y escuchar el sermón que, en esta ocasión, va a ser predicado por un imam de la caravana de Siria, que viene de cumplir la peregrinación en La Meca y está de paso por la ciudad.

Acompañamos al gran cadí y a nuestro emperador a la mezquita, donde toman posición preeminente en primera fila, mientras que nosotros, el visir, el heraldo y yo, nos situamos justo detrás.

Después de cumplir con el rezo del viernes, el imam comienza su sermón con las menciones piadosas tradicionales y sigue

—El Enviado de Dios dijo a sus acompañantes, *si queréis, yo os instruiré sobre el gobierno y lo que este es.*

El imam mira a Mansa Musa y le señala con el dedo de su mano derecha, como si el sermón estuviera destinado a él.

—El dominio sobre las cosas pertenece enteramente a Dios y la victoria no viene más que de Dios. Debes ser un servidor obediente a Dios y él te protegerá y guardará. Tú eres, sobre toda la extensión de tu reino, un pastor responsable del rebaño y no su propietario.

El imam recorre todas las aleyas del Corán y los *hadices* del Profeta, que pueden ser aplicados a la guerra santa, para imponer el reino del islam en todo el mundo y, especialmente, en la región de África, llamada al-Sudaniyya y su capital Djenné, donde sus mujeres no ocultan su desnudez hasta el matrimonio, terminando su sermón con esta advertencia:

—Todo lo que tú sabes y que ha sido ordenado por Dios, cúmplelo, porque es un bien y del bien no puede venir más que bien. Ahora, si tú sabes que ha sido prohibido por Dios, debes abstenerte, porque es un mal y el mal sólo produce el mal. Si cumples estos principios, tu reino será cubierto de justicia y equidad.

El gran cadí y Mansa Musa se miran atónitos, sorprendidos y enojados por este discurso que parece haber sido preparado para el ilustre y recomendado huésped. El emperador solicita una entrevista con el imam, a ser posible en el palacio del primero y en su presencia.

Al siguiente día, Mansa Musa se dirige a las dependencias del gran cadí, quien le estaba esperando acompañado del imam. Tras las salutaciones de cortesía, el cadí le invita a acomodarse en un asiento y le pide permiso para que el imam también se acomode.

Comienza la conversación Mansa Musa:

—Imam, ayer hemos seguido con interés y devoción el sermón que pronunciasteis, profundo en la moral islámica y soportado por las referencias al Sagrado Corán y a los *hadices* del Profeta, lo que demuestra vuestra vasta cultura religiosa.

—Señor, soy el imam de la mezquita de Damasco, Badr ad-Din 'Ali as-Sajawi, del rito maliki.

Esta última referencia rebaja la tensión de la conversación, pues Mansa Musa es también seguidor de ese rito.

—En la mezquita de Damasco hay trece imanes. Ocho están asignados a los distintos santuarios y cinco presidimos las oraciones no canónicas, de modo que la oración no cesa desde el despuntar de la aurora hasta un tercio de la noche.

Interviene el emperador.

—He notado que vuestra cultura también alcanza hasta los confines de África, pues habéis mencionado al-Sudaniyya, que es el nombre con que los comerciantes árabes de las caravanas llaman a los países que se encuentran por debajo del desierto del Sahara, es decir, al-Sudán o país de los negros. También Niani, que es la capital del imperio de Mali, y no Djenné como tú dices, y sus costumbres censurables y abominables por la desnudez de sus mujeres, según vuestro discurso.

—Señor, hay muchos comerciantes sirios que van en esas caravanas y luego, a su vuelta, cuentan lo que han visto y sentido en esos países.

—Imam Ali, soy el emperador, el rey, el sultán y el mansa del imperio de Mali, situado en esa región del occidente de África y que vosotros llamáis al-Sudán. Aquí he conocido que hay otro al-Sudán, en el oriente, por debajo del desierto de Egipto. Mali ha sido, nominalmente, musulmán desde mis predecesores, pero yo he establecido en la corte imperial el islam como religión de Estado. He construido mezquitas, instaurado la oración del viernes, la oración en asamblea y la llamada a la oración, así como traído ulemas para extender la doctrina de Malek. Pero no soy un fanático y acepto las otras religiones de mis súbditos. En muchas ocasiones admito ritos y ceremonias de la fe *mandinga* y participo en casos de brujería. Mali, mi reino, está cubierto de justicia y equidad.

Desde joven, siempre he tenido la ilusión de hacer la peregrinación a La Meca para cumplir con uno más de los cinco pilares del islam, el *Hajj*, y por eso y por la fortuna estoy aquí.

Con respecto a vuestro sermón de ayer, estoy de acuerdo en que solo el Corán y la *Sunna*, el conjunto de *hadices* del Profeta, constituyen la referencia religiosa indiscutible del islam. Sin embargo, habéis olvidado que el Libro privilegia la diversidad de la naturaleza, del hombre o de las creencias y que la voluntad de Dios no es imponer una creencia única. El islam es una religión que recomienda la igualdad, el respeto al otro y a nosotros mismos.

Debéis recordar que el Profeta dejó salir a los musulmanes que habían abandonado el islam en Medina para reunirse con los politeístas de La Meca, como exigía el pacto que había firmado con los mequinenses. El Corán, en su *azora* novena, predica la violencia:

> *Cuando terminen los meses sagrados matad a los asociadores donde los encontréis. ¡Cogedlos! ¡Sitiadlos! ¡Preparadles toda clase de emboscadas!*

En la misma *azora* dice:

> *Si se arrepienten, cumplen la plegaria y dan la limosna, dejad libre su senda. Dios es indulgente, misericordioso.*

Y, también:

> *Si uno de los asociadores te pide protección, protégele hasta que oiga las palabras de Dios. A continuación, hazle llegar a un lugar suyo, seguro, porque ellos son gentes que no saben.*

Imam, quiero establecer en mi país, en Tombuctú, un centro de cultura universal basado en la religión islámica y llevar conmigo, a mi vuelta, a maestros, profesores, ulemas y sabios de todas las ciencias, que extiendan desde allí la sabiduría del mundo y la fe islámica. Habéis mencionado que sois del rito malikí, que coincide con el mío. Por ello, os propongo uniros a nosotros, que vengáis a Mali y apliquéis las enseñanzas de vuestro sermón, pero abandonando la espada y usando solamente la palabra. Mi ejército tiene las espadas para proteger a mi país y a mi gente.

Tal y como ocurrió con el poeta es-Saheli, el imam tarda en reaccionar.

—Señor, vuestra proposición me honra y tienta mi interés personal por esa aventura. Quisiera continuar con mi caravana hasta Damasco, y allí discutir con mi familia y mis superiores la decisión. Me reuniré con vos en El Cairo prontamente.

—Que así sea.

Con estas palabras dio el emperador por finalizada la conversación.

Han pasado ya más de dos meses desde que hemos terminado las ceremonias de la peregrinación y que la caravana egipcia del *Hajj* ha partido con el grueso de la expedición de Mali. En La Meca, y posteriormente en Medina, únicamente quedamos el visir del Tesoro, el heraldo y yo, el *griot*, así como los doce guardias de la seguridad personal del emperador, al mando de un oficial, así como los esclavos del servicio y mozos de cuerda de los camellos.

Mansa Musa ha cumplido todos los deseos de su religiosidad en los Santos Lugares y decidido que es momento de partir. Además, hemos entrado en pleno invierno y los fríos nos atormentan, pues nuestros cuerpos e indumentarias no están preparados para resistirlos. Por ello, ordena al oficial de su guardia que prepare lo necesario para el retorno, revise el estado de los camellos, si su número es el necesario para el viaje y procure munición de boca y aguada para las personas y las bestias.

Mansa Musa acude, y nosotros con él, a despedirse del gran cadí de Medina:

—Cadí, he cumplido mi sueño de juventud de llegar a los lugares sagrados del islam, rezar ante *la Ka'ba* y la tumba del Profeta y volver a mi país con mi cuerpo y mi alma henchidos de religiosidad. He ordenado al visir del Tesoro que os entregue cinco mil dinares de oro para que los apliquéis a los menesterosos peregrinos.

La cara del visir cambia, como cuando en un día soleado aparece una tormenta con rayos y truenos. El cadí le recomienda:

—No podéis partir solo y sin guía. Tengo noticias de una caravana siria que viene de La Meca de una *umra*, peregrinación menor, y se dirige a Damasco. Podéis uniros a ellos hasta al-Karak, que es el punto de encuentro de las caravanas sirias y de Egipto para venir a Medina. Allí debéis esperar a una, de carácter comercial, que de Siria se dirija a El Cairo, pues son muy frecuentes. Yo transmitiré el interés de nuestro sultán al-Nasir por vuestra seguridad y asistencia.

—Es difícil expresar en palabras, señor, el agradecimiento que os debo por vuestra atenciones y asistencia. Si Dios me da vida y salud, volveré para mis rezos en estos santos lugares.

El emperador ordena reunirse en su residencia al oficial de su guardia, jefe ahora de la expedición, y las personas de su séquito.

El oficial de la guardia le confirma:

—Señor, estamos limitados en el número de camellos para la vuelta, pero pienso que serán suficientes con un buen trato en el camino. No creo necesario llevar muchas provisiones pues, como hemos visto al venir, el camino es fácil con puestos de avituallamiento y aguadas donde podremos comprar lo necesario.

Interviene el visir:

—Nuestro oro, señor, está en el límite para cumplir esas necesidades, después de la entrega de la donación de cinco mil dinares al cadí.

—Partiremos, y sabréis como ádministrarlo —termina el emperador.

Al cuarto día, nos hemos unido a la caravana en la retaguardia, todos a lomos de nuestros camellos, excepto los esclavos del servicio y los mozos de cuerda, que marchan a pie aguijando a las monturas. El jefe de la caravana, antes de partir, ha venido a presentar sus respetos a Mansa Musa y a ofrecer sus servicios para satisfacer cualquier necesidad.

En el camino de vuelta pasamos por los mismos lugares de nuestra venida. A los tres días de la partida acampamos en Hadiya, con yacimientos de aguas subterráneas, seguidamente en al-'Ula, una población grande y bonita, con huertos de palmeras y manantiales de agua. Después de varias jornadas llegamos a Tabuk y, tras descansar varios días, nos adentramos en el desierto y llegamos a Karak, en donde nos separamos de la caravana de Siria, refugiándonos en un caravasar en las afueras de la población, a espera de la llegada de otra caravana que, desde Damasco, se dirija a El Cairo.

La comida se cocina en grandes perolas de cobre, que denominan dusut, de las que se alimentan los viajeros pobres y todo aquel que carece de provisiones. Mansa Musa nos ordena usar de este servicio.

Visitamos la ciudad y subimos al castillo de Karak, uno de los más portentosos, bien defendidos y renombrados. Se le conoce como *la fortaleza del cuervo*. Está rodeado, por todos sus flancos, por el río y no tiene sino una puerta cuyo acceso fue excavado en la pura roca, del mismo modo que el corredor que a ella conduce. En este castillo se fortificaban y se refugiaban los reyes en los malos momentos.

Transcurridos diez días aparece una caravana que, como se esperaba, se dirige a El Cairo. Nos unimos a ella, pues el jefe de la que nos había traído desde Medina pasó al cadí de la ciudad la recomendación de velar por la seguridad de Mansa Musa y la asistencia necesaria, y este ha hecho la misma recomendación al jefe de la que nos llevará a El Cairo.

Salimos hacia Hebrón, camino de Gaza, y, como en el viaje anterior, nos colocamos en la retaguardia. Es una caravana de tipo mediano, con unos quinientos camellos cargados de mercancías, muy pocas personas principales a lomos de sus monturas y azacanes y mozos de cuerda a pie, tirando de las bestias.

En Gaza preparamos la alimentación y el agua para atravesar el desierto hasta Suez, pues ya no dispondremos de la alimentación gratuita de la caravana de Siria.

Desde Karak, sufrimos el frío del invierno que atenaza nuestro cuerpo. La naturaleza no es tan compasiva con nosotros en este viaje, tal y como lo fue en el de ida. En el desierto soportamos vientos huracanados y tempestades que hacen difícil mantenernos unidos a la caravana. Además, y en una de las etapas, la lluvia se ha convertido en nieve, enemigo desconocido para un africano del Sudán tropical.

Sin orden y sin experiencia, montamos nuestro campamento, utilizando las monturas como cobijo y teniendo, por techo, las ligeras mantas que nos entregaron en Medina. La tempestad dura un día y una noche y cada cual resguarda su calor humano como puede. El heraldo y yo resistimos juntando nuestros cuerpos.

Al amanecer del siguiente día, el viento se ha calmado y el sol comienza a despuntar, pero sin enviar su abrazo de fuego, lo que nos hace añorar los días de nuestra travesía del Sahara.

Como en los ejércitos después de una batalla perdida, comenzamos a enumerar y evaluar los daños. Descubrimos que hemos perdido el contacto con la caravana. Estamos solos en medio del desierto. Comprobamos que cuatro de los componentes del séquito y seis de los soldados de la guardia imperial han desaparecido, y que más de la mitad de los azacanes y mozos de cuerda están muertos o desaparecidos. De los camellos, solo han sobrevivido los suficientes para la continuidad de nuestro viaje.

Para más desgracia, un grupo de bandidos beduinos ha intentado robarnos, pero nuestros soldados les han hecho huir.

Mansa Musa se yergue y, como un capitán en la batalla, comienza a dar órdenes. Lo primero es enterrar a los muertos. Lo hacemos excavando con los machetes de nuestras cabalgaduras.

Acto seguido, da la siguiente orden:

—¡Continuemos!

—¿Hacia dónde, señor? —le pregunto.

Abriendo sus brazos en cruz, señalando con su derecha el nacimiento del sol de la mañana y, con su izquierda, el ocaso, que ocurrirá cuando sus rayos oculten su poder, Mansa Musa dice en voz alta:

—Hace más de cinco días que dejamos Gaza, y la costa mediterránea de Egipto ya se extiende de este a oeste. Si nos dirigimos al norte, forzosamente llegaremos a esa costa donde será más fácil recibir auxilio antes que en la inmensidad de este desierto.

Con los brazos aún abiertos hace un gesto, con su cabeza, señalando el norte y ordena:

—¡Adelante!

Los mozos de cuerda y los azacanes sobrevivientes levantan los camellos y los cargan, no sin sus protestas de siempre, procurando aprovechar todo lo que se haya salvado de la batalla con la naturaleza, así como los atan en reata para facilitar la conducción. Abre el camino el emperador sobre su montura y, al no haber camellos bastantes para todos, el visir, el séquito, el heraldo y yo, nos hemos distribuido por parejas, alternando la marcha a pie y en montura por cada camello. Los soldados, azacanes y servidores van a pie. Todos hacia el norte en busca del mar.

El sol comienza a calentar y, como en el Sahara, nos obliga a hacer las etapas en mañana tempranera y noche. Han pasado cuatro días desde que hemos comenzado esta nueva ruta, sin agua ni alimento, por lo que el cuerpo empieza a resentirse y nos invade la sed, que es más destructiva que el hambre.

Yo me acuerdo de las explicaciones del guía Kamal, antes de salir de Niani, para casos de emergencia en el desierto. En la siguiente etapa de acampada me dirijo al emperador y le propongo:

—Señor, el guía Kamal, de la ruta del Sahara, nos informó de cómo solucionar una situación similar a la que estamos sufriendo. El camello bebe cantidades extraordinarias de agua antes de cada partida y la mantiene en su panza hasta diez días, siendo ese su secreto para resistir la sed. Los camelleros de las caravanas, llegado el caso, sacrifican al animal y beben de su interior y luego comen su carne para satisfacer el hambre.

—Me parece buena idea y no tenemos alternativa —confirma Mansa Musa a quien se le acusa ya una debilidad extrema.

—Pero hemos de repartirla de una manera equitativa, incluyendo a los soldados, los azacanes y los esclavos auxiliares. Para ello mojaremos en la panza del camello sacrificado un pañuelo que luego se ha de estrujar en la boca de cada uno.

Y así se ha hecho. También para asar trozos de carne hemos encendido una fogata, con las crines del camello, cortadas a machete, y el aparejo de su carga. Un azacán toma dos piedras de pedernal que, al golpearlas, ha hecho saltar la chispa que prende el fuego y, entonces, recuerdo la noche de una etapa del Sahara, discutiendo con el heraldo sobre la homosexualidad, y en la que, al final, soñé:

> *El fuego encerrado en el pedernal no sale afuera, sino después del golpe del eslabón, cuando ambos cuerpos se han unido con presión y fricción.*

Sin duda, la poesía es la mejor medicina para la desesperación.

Después de otro día de camino y de la acampada de la noche, en la mañana, por sorpresa, aparece el mar. No sabíamos que estábamos tan cerca. A duras penas, por el estado de debilidad de nuestros cuerpos, toda la expedición se precipita hasta la playa, recibiendo las caricias de las olas. Bebemos de esa agua salada, a sabiendas de que puede afectar a nuestra salud.

El oficial de la guardia se introduce en el agua, blandiendo un machete, con la finalidad de pescar. Lo tomamos por loco, pero, quedándose inmóvil, deja acercarse los peces y, eligiendo el mayor, le cercena la cabeza de un golpe. Luego nos explica que es una de las enseñanzas de subsistencia recibidas en la academia militar. Los peces, además de alimento, contienen agua, por lo que todos los componentes de la expedición, excepto Mansa Musa, nos convertimos en pescadores.

Avanzamos dos días en cuatro etapas y, al final, hemos encontrado un grupo de pescadores que nos han auxiliado con comida y agua, y cobijado en las chozas de su poblado hasta recuperar nuestras fuerzas para continuar el camino. Veo en el emperador un sentimiento de impotencia, por no poder compensar a estas gentes con una donación de oro, ya que lo hemos perdido todo en el desierto.

Los pescadores nos avituallan y pertrechan en el límite de sus posibilidades. Uno de cada poblado nos acompaña y nos hace de guía hasta el siguiente y así sucesivamente. Por fin entramos en Suez, donde las autoridades nos organizan lo necesario para llegar a El Cairo. Gracias sean dadas a Dios.

El oficial de la guardia nos guía hasta nuestra residencia, el palacio del sultán, y continúa su camino hasta el campamento-caravasar con el séquito y los auxiliares. El silencio y el sueño caen sobre nosotros.

Después de tres días, la noticia de la vuelta de Mansa Musa se ha extendido ya por todo El Cairo y, especialmente, por la Ciudadela, la residencia del sultán al-Nasir. El visir ha tenido tiempo de desplazarse al campamento y comprobar el estado de nuestro tesoro, que por el signo de pesadumbre de su rostro, no parece que esté muy boyante.

Este día han ido llegando el general Sumangaru, jefe de la caravana de Mali, el imam de Niani y una representación del séquito para dar la bienvenida al emperador. También está presente su amigo y consejero egipcio, el emir Abu-l-Hassan 'Ali.

Se muestra a mediodía, subido en el *bembé* del salón principal, la *durqa'a*, en cuyo centro está la fuente de mármol policromo que humedece el ambiente con una llovizna placentera. Cada uno se le acerca para darle los parabienes por el éxito de la aventura y comentar las diferentes vicisitudes acaecidas. El último en saludarle es el emir Abu-l-Hassan que, después de todo el protocolo, le inquiere:

—Como emperador que sois, habéis sido valiente ante la adversidad, religioso con la tradición islámica en la visita a los Santos Lugares y respetuoso con la obligación de castidad durante el recorrido del peregrinaje, que dura ya casi un año.

Manda Musa le confirma:

—Así es y así ha sido.

Continúa el emir:

—Entonces, vos y vuestros súbditos, que os han acompañado, han quedado ya libres de esa obligación de abstención de conocer mujer y, en vuestro honor, me he permitido traeros hoy un regalo.

Dando una orden con el sonar de sus manos aparece, desde un iwan lateral, una muchacha joven, de no más de dieciocho años, escoltada por dos eunucos que la presentan frente al emperador. Va vestida con un amplio manto blanco, llamado izar, que le cubre desde los hombros a los pies. Se trata de una escena parecida a la que presenciamos el heraldo y yo, en compañía de Ammar, en el mercado de esclavos de la ciudad. Una belleza esbelta de color oscuro, ojos negros profundos, melena lacia, también negra, que cae sobre el manto blanco y envuelta en un halo de timidez, vergüenza y miedo.

Los eunucos abren el manto, presentando su cuerpo desnudo al emperador, resguardando de los presentes su virginidad corporal. Esta visión ilumina el rostro de Mansa Musa como la aurora ilumina la mañana, y aviva el rescoldo del fuego de su masculinidad, contenida durante tanto tiempo de abstinencia. Sus ojos y su imaginación recorren la geografía de ese cuerpo que se le ofrece, y encuentra suaves colinas, valles profundos, volcanes enhiestos y bosques poblados.

Interviene el emir.

—Señor, es una esclava Nubia, que me he permitido ofreceros como regalo de bienvenida. No ha sido comprada en el mercado de esclavos, sino que proviene del lote de trescientas sesenta esclavas vírgenes que, como tributo anual, la Nubia cristiana debe entregar al soberano de Egipto por el tratado de paz del *Bakl*, concluido en el año 751.

El sultán las toma para sí y para sus emires y oficiales *mamelucos*. Ha sido cuidada por los eunucos de mi casa y comprobado que cumple la *istibra*, habiendo tenido dos menstruaciones antes del día de hoy. Su nombre es Mariam.

Mansa Musa baja del *bembé*, se acerca a la esclava, cierra suavemente el manto que la cubre, la abraza y comienza a andar con ella en señal de posesión. De pronto se escucha la voz potente del emir.

—¡No! ¡Únicamente podéis tomarla sino es bajo la jurisdicción de las Leyes santas y estas obligan al matrimonio!

Se inicia una discusión entre el emperador y el emir.

—¿Ni siquiera un rey?

—No, señor, ni siquiera un rey. Debéis tomarla en matrimonio.

—Pero yo tengo esposas en mi país.

—Podéis usar la institución preislámica del matrimonio temporal, que lo permite cuando se está de viaje y lejos de las esposas.

El emperador busca, con su mirada, al imam de Niani, y le pregunta:

—¿Cuál es vuestra opinión?

—Según conozco, está permitido en África del oeste.

—Pues hágase como decís —termina el emperador.

El imam comienza a redactar el contrato de matrimonio entre Mansa Musa y Mariam, la esclava, y propone que el tutor sea el emir y los dos testigos, el general Sumangaru y el visir del Tesoro. La dote simbólica es de diez dinares. Esto enfurece al emperador.

—¡Que decís! ¡Mil dinares!

Interviene el visir para avisar de que las reservas del tesoro están agotadas y hay que limitar los gastos. La contestación de Mansa Musa no se hace esperar.

—¡Pues entregadle dos mil!

Terminada la ceremonia, Mansa Musa acoge de nuevo a Mariam y desfila hacia su estancia. El silencio cae sobre la *durka*, el salón, que al poco tiempo, se rompe con una sinfonía de graves y agudos y que acompaña la salida de los aquí presentes. El heraldo y yo intercambiamos nuestras miradas furtivas, unimos nuestras manos y recordamos que el orgasmo es un anticipo del Paraíso, según dice la Escritura Sagrada. Mañana será otro día.

CAPÍTULO VI: EL RETORNO

El visir del Tesoro lleva tres días de vigilia en el salón, la *durka*, en espera de la aparición del emperador para informarle de un problema importante que debe decir solo a él, pero que yo adivino no puede ser otro que el estado limitado de las reservas de oro de la caravana. Hasta hoy, Mansa Musa no ha aparecido desde que inició el sueño nupcial después su larga ausencia de los placeres de la vida.

Esta mañana acompañamos al visir el heraldo y yo. Se ha presentado el emir Abu-l-Hassan Ali, que presumía que las nupcias ya debieran haber terminado. También y por sorpresa, el poeta Abu Ishaq es-Saheli, que, como había prometido, viene a confirmar que se une a nuestra caravana para comenzar en Mali una nueva aventura de su dilatada y convulsa existencia.

Hemos estado comentando las vicisitudes de nuestra vuelta de La Meca y, en especial, la pérdida en el desierto y nuestra salvación gracias al Profeta, a quien nos encomendamos, y al emperador, que tuvo el acierto de dirigirnos hacia el mar.

Interrumpe nuestra conversación una voz recia expresando un deseo.

—*Assalam alaykum.*

Y todos, al unísono, como tocados por un resorte, contestamos.

—*Alaykum assalam.*

Una figura elegante aparece ante nuestra vista y seguidamente, tras el saludo, se acomoda en los cojines del *bembé*. El soberano viste una aljuba blanca y cabeza descubierta, con aspecto de hombre descargado y el cuerpo y la conciencia satisfechos.

El visir se adelanta, en compensación de las vigilias pasadas, y plantea la primera cuestión.

—Señor, tengo un asunto muy importante y confidencial que debo presentaros con urgencia.

El emperador le responde relajado.

—Visir, los aquí presentes sois mis consejeros, incluido el poeta, que pienso se ha unido ya a nuestro séquito. Los consejeros comparten alegrías y problemas de la corte y no debe haber secretos para ellos. Presentad vuestro asunto.

—Señor, se ha agotado el oro que traíamos. Apenas queda lo suficiente para alimentarnos unas semanas más y no podemos afrontar los gastos de la caravana para la vuelta a nuestro país.

Interviene el emir.

—Señor, habéis inundado El Cairo con vuestro oro. Según he conocido, la caravana de Mali traía cien camellos, cargados con tres *quintales* de polvo del preciado metal cada uno. Habéis sido dadivoso en exceso, pues no ha quedado nadie, tanto en El Cairo como en la Meca y Medina, desde el sultán hasta el último plebeyo, sin el premio de la magnanimidad de vuestro corazón.

También habéis comprado edificios y terrenos por un precio cuatro veces superior a su valor. Los componentes de vuestro séquito y los oficiales de vuestra guardia han desbordado el mercado con sus compras excesivas, pagando precios sin límite. Esto ha producido que los comerciantes de la ciudad alardeen de cómo han estafado a vuestra gente diciendo: *nos compran una prenda por cinco dinares cuando no vale ni siquiera uno* y también *son tan confiados que los engañamos como queremos.*

La codicia de los cairotas ha empañado la reputación de la capital pero, lo que es peor, ha reducido a más de la mitad el valor del oro. El sultán al-Nasir está muy descontento y preocupado, pues su tesoro de la Ciudadela y el del gobierno tienen ahora la mitad del valor que cuando llegasteis.

Habréis notado la ausencia del *Mehmendar*, como representante del sultán, que no se ha presentado a daros la bienvenida a vuestra vuelta de La Meca, y eso es una muestra de su enojo.

—¿Habéis vendido los camellos y los esclavos? —pregunta el emperador al visir.

—Hemos retenido, tan solo, los que consideramos necesarios para el servicio de la vuelta —le responde.

—Entonces vended todo lo comprado.

En este momento tercia el emir.

—Señor, eso que proponéis ahondaría más el problema, pues los comerciantes no pagarían ni el valor real de la mercancía, incluidas las esclavas y, a la pérdida del valor del oro, se añadiría la de los productos. Ahora bien, sería posible vender el terreno que comprasteis para edificar una madrasa, un hospital, así como otros edificios de servicio público y religioso, para que vuestro nombre y el de vuestro país quedase, en esta ciudad, como recuerdo de la peregrinación. Pagasteis cien mil dinares y es posible que obtengáis los veinte mil que, según me informaron, era su valor.

—¿Cuántos dinares nos hacen falta, visir?

—Señor, setenta mil.

El emperador aprueba la venta y, por sorpresa, el poeta es-Saheli media en la discusión.

—Señor, permitidme aportar una idea que podría solucionar las necesidades requeridas.

Los ojos del visir miran al poeta con expresión de incredulidad, pues no espera que nadie pueda acudir en nuestra ayuda en la situación de aislamiento y desprecio en que nos encontramos. Sin embargo, sigue con atención la continuidad de su discurso.

—Como ya os informé en nuestro encuentro de La Meca, tenía que presentar aquí, en El Cairo, una carta de recomendación de un familiar mío de Granada a su amigo Siray al-Din b. al Kuwayk que, precisamente, es quien os ha alquilado el campamento y el *caravansar* de vuestra expedición. Cuando me he presentado ante él, me ha recibido con afecto y atención y dado hospitalidad en su casa. Es una de las personas más ricas del país y podría pedirle, si me autorizáis, un préstamo de los cincuenta mil dinares que faltan, para ser devueltos a vuestra llegada a Mali.

El visir ha cambiado la expresión de incredulidad de sus ojos a esperanza y alivio, implorando, en su interior, la aprobación del soberano a esta propuesta, que es concedida.

Ya relajados todos, el emir se dirige a Mansa Musa.

—Señor, mi padre, el gobernador de El Cairo y Qarafa, me ha requerido para que os agradezca, en su nombre, la espléndida donación que le hicisteis antes de vuestra partida hacia La Meca. Como agradecimiento y como manifestación de afecto, antes de vuestra despedida de esta ciudad quiere organizar, en vuestro honor, una recepción a la que acudirán los emires y los personajes importantes. Habrá un banquete en el que se ofrecerá una cocina palaciega de la época del califa Abderrahman III de Córdoba en al-Ándalus, pues los cocineros del gobernador son herederos en varias generaciones de los que allí servían. Además, habrá músicos y una bailarina siria que ha inundado con su belleza y su arte todos los palacios de Egipto.

Mansa Musa, relajado como el visir por la posible solución a las penurias de la caravana, acepta y advierte:

—Emir, con la amistad del gobernador y la presencia de los emires y personalidades sería suficiente, pero con el ágape y el programa que proponéis se hace irresistible mi asistencia.

Al día siguiente, es-Saheli ha venido para llevar al visir a entrevistarse con al-Kuwayk y discutir las condiciones del préstamo. El emperador me ordena que les acompañe.

Llegamos a su palacio y quedamos impresionados por la magnificencia, que pensábamos únicamente podían mostrar reyes y príncipes. Atravesamos varias estancias, sobre alfombras y cortinajes lujosos, llegamos ante el amigo del poeta, sentado sobre cojines y almohadones, que nos invita a acomodarnos junto a él. Es un hombre de aspecto rudo, pero educado en el trato y cariñoso con el visitante, lo que ha permitido al visir relajar su preocupación y aumentar su esperanza de éxito en la misión que le ha conducido hasta aquí.

Al-Kuwayk nos da la bienvenida y con un gesto de la mano derecha abierta y tendida invita a hablar al visir.

—Señor, soy el visir del Tesoro del emperador de Mali, un país del oeste africano que vosotros los árabes llamáis *bilad al-Sudán*. Mansa Musa, mi señor, domina y controla la producción de oro y el comercio de la sal y esclavos. Recibimos, continuamente, caravanas con comerciantes que vienen del norte de África, de Egipto y también de los países cristianos de Mallorca. Todo el comercio del África occidental se sitúa en nuestro reino. Hemos venido a El Cairo, camino de La Meca, en cumplimiento de la obligación del *Hajj*, el emperador y los notables de nuestro país.

A pesar de la ingente cantidad de oro traída, nos ha desbordado la largueza de nuestro señor en donaciones a las autoridades, mezquitas y menesterosos, así como los gastos en las compras de nuestro séquito, encontrando dificultades económicas para la vuelta de la caravana a nuestro país. Señor, como es-Saheli os habrá dicho, necesitamos un préstamo de cincuenta mil dinares.

Al-Kuwayk ha seguido con atención la presentación del visir y dice:

—Sabéis, visir, que esa es una importante cantidad de oro y, además, vuestro país es lejano. Me pregunto cómo recuperaré ese préstamo.

El visir tiene la contestación preparada.

—Señor, a Mali llegan frecuentemente caravanas procedentes de Egipto y con ellas viajarán hasta El Cairo servidores de la confianza del emperador que os entregarán, de vuelta, el equivalente del préstamo. Además, os compensaremos adecuadamente.

En este momento, al-Kuwayk frunce su cara en señal de desabrimiento, pues entiende que el visir le está ofreciendo un interés comercial por el préstamo.

—Visir, aunque comerciante desde mi juventud, soy un buen musulmán que cumple con la Ley religiosa y sé que el interés y la usura están prohibidos por el Corán. En la madrasa conocí que, en el año 622, primero de la Hégira, se redactó la *Constitución de Medina*, basada en el Libro Sagrado, que contempla aspectos espirituales, políticos, económicos, morales, sociales y militares, en donde se prohíbe la usura.

Sabréis que el Corán dice: *¡Oh los creyentes! Temed a Dios y renunciad, si creéis, a la usura.*

El visir, que ha captado la señal de desaprobación de su interlocutor, se defiende.

—No ha sido mi intención ofenderle con ofrecimientos prohibidos como el interés del préstamo, señor. Hay distintas formas de compensación como hospitalidad, intercambio de mercancías y facilidades para los negocios en caso de que vengáis a nuestro país o enviéis un representante.

—Está bien, visir. Os entregaré el préstamo y podéis venir mañana a recogerlo, espero que con una guardia de seguridad adecuada, pues es una cantidad que puede atraer a ladrones y bandidos. Yo mismo iré a vuestro país en un año para recoger su devolución, pues *bilad al-Sudán* es la única región del mundo que no conozco y tengo interés en visitar.

Las voces del visir y es-Saheli coinciden al unísono, como un coro vocal de cantores, para decir:

—Gracias, señor.

El emir, amigo del emperador, ha venido para anunciar que, en siete días, se celebrará la recepción que el gobernador ofrecerá en honor y despedida de nuestro soberano. Mientras tanto, ha empezado en el campamento de Qarafa la preparación para la salida de la caravana hacia nuestro destino en Niani, la capital de Mali.

Llegado el día, el emir Abu Hassan se une para acompañar al emperador al palacio del gobernador donde se celebrará la fiesta. También viene es-Saheli, con permiso del anfitrión, pues siendo el ágape y el poeta de origen andalusí, podría entretener con la historia de su país y con sus poemas. Abren la comitiva cinco jinetes de la guardia mameluca, asignados a la seguridad del palacio, y les sigue Mansa Musa montando el caballo bayo enjaezado que, en su día, le había regalado el sultán al-Nasir. Le seguimos el emir Abu-l-Hassan, el poeta y yo, como sus asistentes, también a lomos de los caballos enviados a nuestra llegada para el servicio en la ciudad. Cerrando la comitiva, una escuadra de la guardia imperial de Mali.

A nuestra llegada, el emir, conocedor de la casa de su padre el gobernador, nos guía y acompaña hasta el lugar donde se celebra la recepción. Un salón orbicular inmenso, ricamente decorado, con una hilera de cojines y almohadones en círculo sobre bellas y mullidas alfombras. Emires y personas principales de El Cairo acompañan al gobernador en pie, en espera de Mansa Musa, que aparece y es recibido como corresponde a su dignidad. Se nos ofrecen bebidas inocentes, frías, tibias o calientes, del norte de África, infusiones creadas a partir de hierbas o de flores. El gobernador invita a tomar asiento, colocando, a su lado y en sitio de honor, a Mansa Musa y al emir Abu-l-Hassan, que hace la presentación.

—Señores, nuestro invitado de esta noche es el emperador Mansa Musa del imperio de Mali.

El emir repite, una vez más, la historia de nuestro país y de su soberano, tantas veces relatada en los encuentros civiles y religiosos del viaje. Cuento hasta veinte emires y ocho personalidades aquí presentes, destacando la elegancia del emperador con su atuendo de hoy, de aljuba roja afelpada, el cuerpo ceñido en el talle con cinturón dorado, abotonado, con mangas y bonete de oro con puntas afeitadas, destacando, sobre una nube de vestidos blancos de los emires con fez blanco también y que emplean, para cubrirse la cabeza, en lugar del turbante de las otras personalidades presentes.

Comienza el banquete y aparecen esclavos del servicio descalzos, vestidos con zaragüelles y *kamisias*. Colocan, delante de cada dos o tres invitados, una mesa baja circular de cobre cincelado, encima de la cual ponen un plato, también de cobre, donde se servirá la comida. Unas esclavas, ricamente vestidas, presentan jofainas de oro para el emperador y el gobernador y de plata para los demás invitados, llenas de agua para las abluciones obligatorias previas a la cena. El emir Abu-l-Hassan, como anfitrión sustituto de su padre el gobernador, solicita la atención de los comensales y habla:

—Esta noche se va a servir una cena especial de cocina palaciega de Abderrahman III, un califa de Córdoba en al-Ándalus del siglo X. El cocinero, que es descendiente de la familia que servía a ese califa y guarda los secretos de su elaboración, presentará los diferentes platos. Además, se encuentra con nosotros Abu Ishaq es-Saheli, un brillante poeta de origen andalusí, de Granada, que nos podrá ilustrar con historias de al-Ándalus, de Granada y de Abderrahman, y declamar sus poemas.

Vuelven los esclavos del servicio con unas bandejas que llevan unas jarras de oro, plata y cobre con vasos, también del mismo metal, acompañados por bellas esclavas, envueltas en ropas de seda, que servirán la comida. Aparece el cocinero, ataviado con chilaba y, mientras los servidores van escanciando el contenido de las jarras en los vasos, hace la presentación.

—Comenzamos con un agua de bienvenida, agua de granada y vinagre, que es un recuerdo de los refrescos árabes del siglo X que se hacían con vinagre. Seguirá el *karim y erizo del Sahara*, crema de piñones, *karim* y *teff*, un cereal del Cuerno de África, cocido, acompañado de melón de primavera y orégano. A continuación, presentaremos *sardina, cidra, anchoa y cal de yogurt*, en el que la acidez de la cidra y el agrio del yogurt, con la sardina y la anchoa, producen el efecto de tomar agua de mar en la boca. Le sucederá la *mirka de perdiz con escabeche de rosas*, que es un juego de contrastes entre la delicadeza de la rosa y la potencia de la mirka, albóndiga, de perdiz, con su sabor a campo.

Durante el discurso del cocinero, han ido llegando los manjares indicados sobre las bandejas de los servidores y las bellas esclavas los van colocando en las mesas frente a los comensales. Se sirven en pequeñas porciones en previsión de que la capacidad de los estómagos no limite el placer de degustar la larga lista que nos ha sido anunciada.

Pasada esta primera serie, vuelve el cocinero.

—Ahora les presentamos *berenjena abuñuelada con miel de caña*, representativo de la gastronomía cordobesa y un plato muy primaveral, *pan de hommos*, que es crema de garbanzos, *smen*, o sea, mantequilla clarificada a base de leche de cordero, y guisantes, con pan de garbanzos, *hommos*, flan rancio, y *smen*, acompañados por *perrochicos* y bonito en salazón. Máxima sutileza que ligará con el cuero de *kharouf*, una piel de *kharouf*, cordero, sobre un fondo del mismo animal y germinado con lima y cilantro. Un plato contundente, con sabor muy intenso y agreste, y seguido con pescadílla del mar negro con alcuzcuz, en donde el mar negro no es otro que la capa de alcuzcuz, que recubre el pescado. El fondo de naranja amarga le da un toque muy andalusí.

Otra vez desaparece el cocinero mientras llegan los platos anunciados y se nos permite a los comensales digerir los alimentos y el discurso.

La cena está siendo aderezada con una melodía árabe suave de unos músicos presentes en una habitación contigua al salón, en la que destaca el sonido sutil del laúd y el de la *nay*, flauta, hecha con tallos de caña, marcados con ritmo de percusión de la darbuka.

El poeta es-Saheli, sentado junto a mí, se ha puesto a hurgar en el fondo de su alma y ha recordado al místico teólogo persa al-Ghazali que, en el siglo XI, definió el éxtasis como el estado causado por escuchar música y, después, ha seguido degustando las exquisiteces de los alimentos que nos ofrecen.

Antes de llegar a los postres, aparece el cocinero.

—Deben apreciar los *caracoles con sus huevas y caldo al aroma de Córdoba*, envueltos en bechamel. Un plato radical, no apto para melindrosos. Después de la intensidad de los caracoles, limpiamos el paladar con unas zanahorias escaldadas con aceite de tomillo, que se sirven templadas. Para terminar, *lomo de chivo asado, orejones glaseados con granada y sus sesos*. La casquería tenía en aquella época, y tiene actualmente entre los árabes, una gran tradición y aquí está representada por los sesos del chivo, cuya finísima textura contrasta con lo recio del lomo. No puede faltar *el pichón asado y foie en arena del desierto, cúrcuma, majuelo y tahine*, un plato típico de los bereberes.

Otro tiempo de silencio y yantar, y a continuación reanuda su discurso el cocinero:

—Una buena comida no puede terminar sin un buen final, y para ello les vamos a ofrecer *lombarda con su granizado y labne*, un fresquísimo pre-postre en el que la lombarda se presenta en diversas texturas acompañada de *labne*, yogurt de leche fermentada de oveja, que le aporta el sabor.

Como postre, presentamos *laymún* con clavo y pimienta, crema de su piel, y *helado de al-laymún lawizao*. El *laymun, limón*, y la *al-laymún lawizao, verbena limonera* producen en la boca una explosión de acidez, perfectamente matizada por las especias. También, *arrope de dátiles, alyaqtin* y toques andalusíes, que representa la repostería dulce, una de las grandes especialidades árabes, preparado con dátiles y *alyaqtin*, calabaza, con resultado goloso pero no empalagoso. Y, finalmente, la *furnilla de algarroba* y su corteza, una masa de algarroba, con unos fascinantes toques tostados.

La digestión será pesada, pero no lo ha sido el discurso del cocinero que los comensales hemos seguido con atención y curiosidad.

Después de un breve espacio de descanso y conversación, interviene, de nuevo, el anfitrión delegado, nuestro emir, que propone:

—Como ya había anunciado y antes de que aparezca la bailarina, a continuación el reconocido poeta andalusí Abu Ishaq es-Saheli sazonará los alimentos recibidos con historias de Abderrahman III, Córdoba, al-Ándalus y Granada, además de recitar sus bellas composiciones poéticas.

Todos hacemos gestos de aprobación y encomienda al poeta pero, en el fondo, hemos rezado a Dios para que su discurso y su recital sea corto, pues lo que esperamos con ansiedad es ver a la bailarina que ha inundado, con su belleza y su arte, todos los palacios de Egipto, según dijo el emir al invitar a Mansa Musa.

El poeta ha sido limitado en el tiempo de su discurso y recitación, quizás por el mismo deseo de todos de ver pronto a la bailarina, y ha puesto un manto de cultura sobre los aquí presentes describiendo, de un lado, el origen y la llegada de la dinastía Omeya a esa Córdoba, que era el faro del mundo de la cultura, la religiosidad y la convivencia, lo que Mansa Musa piensa establecer en Tombuctú; de otro, su Granada, reina de los palacios, jardines y nieves eternas, tan eternas como las arenas de nuestro desierto del Sahara.

Termina con un poema autobiográfico, cuyo final roza el orgullo de Mansa Musa, agradecimiento por acogerle en su país para empezar una nueva vida.

No ha sido necesario el anuncio del emir para saber que lo esperado ya llegaba. Los músicos ausentes se han hecho presentes en el salón y se han agrupado justo enfrente del gobernador y Mansa Musa, en pie o sentados sobre pequeños bancos de madera que han traído los encargados del servicio. El laúd, el instrumento más importante de la música tradicional árabe, toma la iniciativa y cambia su sonido suave, que había hecho recordar al poeta la definición de éxtasis, al ritmo vibrante marcado por la darbuka; seguido por la disciplina marcial de los instrumentos que le acompañan: el kanún, un instrumento de cuerda pulsada; el *nay*, flauta de caña; el *duf*, pandereta que indica los cambios de ritmo; el *req*, pandereta pequeña hermana de aquél y el *tar*, pandero acompañante.

Ya está la bailarina en el centro, tanto del salón como de la atención de los invitados. Lleva una falda de tela roja brillante y satinada con reflejos de luz, larga hasta los tobillos, con aperturas laterales que permiten insinuar sus piernas, bellas columnas de palacios imperiales. En su parte superior, limitando con el confín de las caderas que quedan al aire, cinturón adornado con perlas nacaradas y monedas metálicas que titilan. Arriba, un sujetador de la misma tela y color, generoso en el escote, que llega justo a la frontera con las sombras de las cumbres de los volcanes de su corazón liberando completamente, la espalda. El cabello secuestrado por un gorro, también rojo, con perlas nacaradas. Va descalza.

Le comento al poeta, junto a mí.

—La bailarina cumple con los cánones de belleza de los hombres de El Cairo, como nos explicó Ammar, en la que la palidez y la gordura son características de la perfección femenina y me hace recordar lo que Kamal, el guía en el Sahara, nos dijo sobre la hembra bereber:

Sus mujeres son las más hermosas y de más bello rostro que hay, además de su blancura sin mezcla y sus buenas carnes; en ningún sitio he visto otras que les igualen en grasas.

Posiblemente la hembra bereber sea descendiente de la mujer egipcia desde tiempo inmemorial.

El poeta, en correspondencia de intercambio cultural, me dice:

—La danza oriental, que llaman *raqs sharqi*, es un baile a la luna nocturna con el vientre descubierto para buscar la fecundidad.

Siguiendo los relámpagos sonoros del timbal, la bailarina inicia el movimiento de cadera y vientre con golpes secos y cortos. Sus caderas recorren el horizonte, como el sol, de oriente a occidente, y su vientre, en movimiento pélvico, señala norte y sur, pausadamente, en un contoneo en el que aparece la estrella polar del firmamento de su naturaleza, el ombligo, donde coinciden todas las miradas de los invitados respirando lujuria.

A continuación, visita a cada uno de los asistentes poniéndose frente a ellos, con movimientos suaves y fluidos, disociando y coordinando, a la vez, las diferentes partes del cuerpo, con los brazos serpenteantes y al ritmo diferente de la cadera. Hay movimientos ondulatorios rotativos lentos, que revelan la tristeza, y otros rápidos, con golpes y vibraciones, mostrando la alegría. Se acerca, sin perder el ritmo, a un invitado ya mayor que porta un bastón de madera y se lo toma y coloca, con ambas manos, sobre la piel libre de sus pechos, y así continúa sus ritmos y ondulaciones, sin que el bastón se desprenda. Cada asistente se pregunta cuál será el truco de magia de esa unión de bastón y cuerpo, y no es otro que la geometría de los senos turgentes. Como final, un terremoto pone en vibración todo su cuerpo, con truenos de la *darbuka* y el *tar* y sonidos agudos de viento huracanado del laúd y el *nay*.

Termina la fiesta, la bailarina y los músicos se retiran, los invitados van saliendo y Mansa Musa y el gobernador quedan un rato en conversación intrascendente. Aparece de nuevo la bailarina vistiendo pantalones negros de harén, con abertura lateral, cinturón trenzado, sujetador en juego y cinta dorada que circunda su cabeza y deja caer en cascada su cabellera negra lacia sobre la espalda desnuda. En un cojín, especialmente preparado para ella, se acomoda frente a ambos.

Se trata de un regalo de despedida para el emperador, pero éste no lo ha querido aceptar porque no está en condiciones de otra ceremonia nupcial de matrimonio temporal o de viaje. Pensamos que, quizás, el gobernador, menos escrupuloso en el respeto a la jurisdicción de las Leyes santas que su hijo, evite el matrimonio temporal y consuele a la bailarina como merece. Nuestro soberano, amable y sonriente, tratando de no ofender a la bella y al gobernador, inicia su salida y este último le acompaña hasta la puerta. El emir Abu-l-Hassan, el poeta y yo, volvemos con Mansa Musa a nuestro palacio, en la misma forma y la misma protección con que habíamos venido.

Mansa Musa ha convocado al jefe de la caravana, general Sumangaru, y al visir del Tesoro para conocer los preparativos del regreso a nuestro país. Ambos se han presentado y exponen la organización y el itinerario de la caravana hasta llegar a Niani. El soberano, como siempre, los recibe acomodado en cojines y almohadones sobre el *bembé* en la *durka*, el salón con su fuente refrescante y que nos saluda con una nube de agua fría reconfortante.

—Señor —comienza el general—, hemos programado la salida dentro de siete días, cuando terminemos de recibir las provisiones necesarias, que no son muchas, pues, de la experiencia de nuestra venida, conocemos la posibilidad de recibirlas en los puntos de acampada en esta primera fase, siguiendo la costa hasta llegar a Trípoli.

El guía Nabil, que nos acompañó desde Tuat, será quien conducirá la caravana de nuevo hasta allí, en donde nos espera el guía Kamal para llevarnos hasta Niani.

—Acertada previsión —comenta el emperador.

—Como ya os ha informado el visir, siguiendo vuestras instrucciones retuvimos, a nuestra llegada, el número de camellos necesarios para la vuelta y que se incrementaron con el regalo de otros cincuenta, que envió el sultán al-Nasir para el viaje a La Meca, lo que nos ha permitido seleccionar holgadamente los necesarios para nuestra expedición y vender el excedente. Igualmente, hemos elegido los esclavos y mozos de cuerda para el servicio de las personas y la guía y el cuidado de los camellos. Los sobrantes también han sido vendidos.

—¿Cuál será el orden de la caravana?

—Abrirá camino el guía, seguido de quinientos miembros de la guardia imperial con su capitán al frente. A continuación, el cortejo, vos con vuestra esposa Mariam, el *griot* y el heraldo, sobre camellos con el servicio necesario.

En este momento, Mansa Musa extiende su mano derecha en actitud de frenar el discurso del general y ordena:

—A mi esposa Mariam, a quien espero se le haya entregado su dote, le concederé el divorcio y la libertad. Será una mujer libre en El Cairo y más feliz que en mi harén de Niani. Además, quiero que el poeta es-Saheli venga junto a mí en la comitiva como consejero.

—Así lo haremos señor —contesta el general-. Os seguiremos el visir del Tesoro, junto a mí y los veintiséis supervivientes del viaje a La Meca del séquito de personas influyentes de Mali sobre camellos. También hemos reservado monturas para unos diez eruditos, ulemas e imanes que vuestro amigo el emir Abu-l-Hassan ha prometido reclutar para las madrasas y las mezquitas del país, a requerimiento vuestro. Seguirán las cargas del tesoro y de la ingente cantidad de libros que habéis acumulado, con la custodia de la tropa correspondiente y un número de camellos sin carga para cubrir la pérdida no prevista de alguno utilizado y otros para el sacrificio y alimentación de los componentes de la caravana. Finalmente, los esclavos, que hemos reservado para el servicio, vigilados por el resto de la tropa. Ahora bien, tenemos un problema con las esclavas concubinas compradas por el séquito, pues no sabemos cómo ubicarlas.

El emperador da la solución.

—Comprad eunucos esclavos que las guarden y vayan sobre monturas a continuación de mí y delante del séquito.

—Así se hará, señor.

—¿Y el itinerario?

—Será el mismo hasta Tuat, pero en sentido inverso que cuando vinimos y, después, seguiremos atravesando el desierto del Sahara para alcanzar nuestro país —contesta el general.

—Que así se haga. Terminad los preparativos para partir en siete días.

De esta forma, Mansa Musa da por terminada la reunión y los visitantes se disponen a salir hacia el campamento para cumplimentar sus órdenes. En la *durka* se cruzan con el emir Abu-l-Hassan y que trae noticias de la Ciudadela.

—Señor —comienza el emir—, a pesar de toda la influencia que tengo en la Ciudadela no he conseguido que el sultán al-Nasir disponga de tiempo para recibiros en vuestra despedida, lo que es una indicación de que todavía no ha superado el efecto negativo de la reducción del valor del oro en El Cairo, debido al despilfarro de vuestra expedición.

Mansa Musa comienza a reconocerlo y añade:

—Reconozco que ha sido un grave error venir con una carga de trescientos *quintales* de oro y derrocharlos en tan poco tiempo, lo que nos ha obligado a pedir un préstamo para la vuelta a nuestro país. Como dijiste hace unos días, en lugar de una fina lluvia que riega los campos y mejora las cosechas, nuestra acción ha sido una tormenta de vientos huracanados, con rayos y truenos, que ha inundado el mercado y destruido el equilibrio de la convivencia.

A pesar de todo, mi intención era presentar mis excusas y mi agradecimiento al sultán por la hospitalidad recibida por mí y mis súbditos en la caravana. Además, felicitarle por haber creado, durante su reinado en Egipto, un oasis de paz y prosperidad con la aplicación de la Ley Santa y el respeto a su pueblo.

—Señor —interrumpe el emir—, os sugiero que todas esas palabras que habéis pronunciado sean transferidas a un escrito con vuestra firma y yo me encargaré de hacerlo llegar al sultán. Respecto a la consideración que le tenéis por el respeto a la Ley y a su pueblo, me veo en la obligación, incluso con riesgo de mi propia vida, de informaros que su crueldad ha hecho matar a más de cien de sus emires y torturar, con los métodos más diabólicos, a miles de opositores. Esto me obliga a pediros que mantengáis en secreto esta información.

Mansa Musa, sin hacer mención de la información confidencial recibida, ordena la preparación del escrito dirigido al sultán de Egipto, y que se entregue al emir Abu-l-Hassan que lo hará llegar a La Ciudadela. Continúa el emir:

—Señor, como os había prometido, he reclutado hasta diez eruditos, imanes y ulemas de la Universidad, de las madrasas y mezquitas de El Cairo, que están dispuestos a acompañaros para soportar el proyecto religioso y cultural que queréis establecer en vuestro país.

—¡Gracias sean dadas a Dios! —es su respuesta.

Entonces se ha acordado y me pregunta si el imam de Damasco al que en Medina le ofreció unirse a nuestra caravana ha aparecido en El Cairo. Le contesto negativamente.

El emir continúa reunido con el emperador, mientras yo me ausento con el heraldo. Pienso que la conversación versará sobre la salida de la caravana, la recepción en casa del gobernador y, sobre todo, la crueldad del sultán al-Nasir.

Cumpliendo con el programa previsto, la caravana de Mali deja El Cairo. En su interior Mansa Musa vive un sentimiento de cariño como el de un hijo que recibe una reprimenda del padre pero que, en cualquier caso, lo respeta y lo ama. Así ha sido el trato recibido de la ciudad y del soberano de Egipto que, al final, le ha mostrado su enojo por considerarlo responsable de la alteración del valor del oro en el país.

Hemos enfilado el camino hacia Alejandría, ciudad que hemos soslayado, y continuado a través del desierto libio hacia Sloua en varias etapas placenteras, sin acarrear cansancio y con acceso fácil al agua y al alimento. Continuamos en línea recta hacia Aujila dejando, a nuestra derecha, Bengasi y la montaña de Djebel al-Akhdar, que nos separa de la costa. De Aoujila a Sokna, última ciudad habitada y, por fin, Trípoli, objetivo mayor de esta primera etapa del recorrido.

Llevamos ya tres días acampados en sus afueras, junto al mar, sin necesidad de resguardarnos de los rayos solares que aquí no son tan inmisericordes como en el desierto, y disfrutando todos, incluidos los esclavos, de las inmersiones en el agua para refresco de nuestros cuerpos y limpieza de nuestros vestidos, en previsión de la sequedad que nos espera al atravesar el desierto del Sahara. Nuestro próximo destino será la ciudad caravanera de Tuat.

Súbitamente se escucha un jolgorio en el campamento en el que, poco a poco, se oyen gritos de alegría y de bienvenida que van en aumento conforme el motivo de dicha celebración se va acercando a la jaima imperial de Mansa Musa. Con gran sorpresa recibimos a nuestro guía del Sahara, Kamal, que se había quedado esperándonos en Tuat para conducirnos de nuevo a Niani y que viene acompañando a una escuadra de diez soldados y un oficial de la guardia imperial de Mali, que no venían en la caravana y solicitan ver al emperador.

Le hemos avisado y ha ordenado que se prepare la recepción en el entorno de la jaima imperial, reinstaurando el protocolo oficial de la corte de no hablar directamente a sus súbditos sino a través del heraldo, y éste se apresta a reiniciar su trabajo, olvidado durante mucho tiempo, desde que el emir Abu-l-Hassan consiguiera de Mansa Musa desistir de ese procedimiento. Se requiere, también, la asistencia del general Sumangaru, el jefe de la caravana y el guía Nabil.

El guía Kamal se dirige al emperador.

—Señor, como debéis recordar, soy Kamal, el guía que condujo la caravana a través del desierto desde Niani hasta Tuat, y allí he esperado para retornarla a su destino inicial, como había sido acordado con el general Sumangaru. Hace unas semanas he sabido que, junto a una caravana comercial proveniente de Mali, había llegado a Tuat una escuadra de diez miembros de la guardia imperial de Mali con su capitán al frente. Su objetivo era transmitiros una información importante por orden del regente Maghan y del general Saghamandja, jefe supremo de las fuerzas armadas.

Me he presentado ante el capitán y le he propuesto avanzar hasta El Cairo, pues debido al tiempo transcurrido desde que pasasteis por Tuat, posiblemente os encontraríamos en el camino de vuelta, como así ha sido.

Mansa Musa sigue las palabras del guía Kamal con interés y asombro y espera, con ansiedad, que se le comunique esa información tan importante y que ha obligado al desplazamiento del mensajero, el capitán de la escuadra, que comparece ante él.

—Señor, poco tiempo después de vuestra partida, quizás pensando que vuestra ausencia produciría una situación de debilidad en el país, el ejército de Gao y, posteriormente, el de Tombuctú, comenzaron ataques a las caravanas que llegaban a Mali con el objetivo de debilitar su economía. El general Saghamandja, como reacción, movilizó el ejército, la caballería y los infantes, y atacó primero Gao y después Tombuctú, y ambas ciudades han sucumbido ante nuestras fuerzas.

Se tienen detenidos a los reyes y autoridades de dichos lugares, con la presencia de parte de nuestro ejército, esperando vuestra llegada para actuar conforme a las órdenes que tengáis a bien decretar.

Tras la declaración del capitán se ha hecho un largo silencio y la faz de Mansa Musa, inicialmente seria y en actitud hierática, dibuja lentamente una sonrisa que se va abriendo como el amanecer en la obscuridad de la noche. Levanta su mirada y sus manos hacia el cielo y exclama:

—¡Gracias sean dadas a Dios que ha permitido el retorno a la autoridad del imperio de las dos perlas del collar que faltaban! Ahora sí que podremos hacer de Tombuctú el manantial de la ciencia y la fuente de la religión. ¿Cuál es la ruta más rápida para llegar a Gao?

Interviene el guía Kamal.

—La más occidental de las tres rutas centrales es la que une Gadamés con Ghat hasta Takedda y Gao, pero la más accesible es la conocida como ruta *Garamanteana*, llamada así por los antiguos gobernantes de esa zona, y también denominada travesía de Bilma, que sale de Gadamés y transcurre por el desierto cercano a Murzuk, pasando entre las montañas de Ahaggar y Tibesti, hasta alcanzar el gran oasis de Kaouar. A continuación, se atraviesan las grandes dunas de arena de Bilma, donde se extrae sal de roca en grandes cantidades para intercambiarla por esclavos y marfil, y ya se conecta con Agadez y Gao. Por último, cuenta con bastantes oasis, que permiten la aguada y el descanso.

Mansa Musa termina la recepción con una orden tajante.

—Preparen la salida inmediata de la caravana hacia Gadamés.

Se procede, de inmediato, a desmontar las tiendas de campaña, en donde nos protegemos del sol por el día y del frío en la noche, junto con la jaima imperial. Se cargan sobre los camellos y, como siempre, oímos el bramido de sus protestas. Se hace la aguada, el llenado de los odres y las últimas compras de alimentos para esta primera etapa.

Durante todo el trayecto desde El Cairo hasta Trípoli el poeta ha estado callado, taciturno, por lo que el heraldo y yo pensamos que ha debido notar nuestro disgusto cuando el emperador ordenó que se uniese a nosotros, rompiendo la intimidad que los dos habíamos disfrutado todo el tiempo del viaje. Súbitamente el poeta rompe su silencio y nos dice:

—Tengo curiosidad y miedo de adentrarnos en el desierto del Sahara, porque imagino pueblos bellísimos, oasis acogedores y paisajes inmensos que abren la vista y el alma pero, también, peligros. Hasta ahora sólo conozco el desierto libio, que pasé en mi ida a Egipto y ahora de vuelta con vosotros.

El heraldo y yo nos sorprendemos por este cambio de actitud del poeta, además de reconocer nuestra maldad y egoísmo hacia una persona sola, que ha sido obligada a abandonar su casa y su familia hacia una vida errante y sin destino. El heraldo lo tranquiliza.

—Efectivamente hay muchos peligros que se pueden sortear, especialmente en una caravana como la nuestra. El mayor es el ataque de los bandidos y ladrones *tuareg* que, en nuestro caso, no es posible por la protección militar que nos acompaña.

Cae la tarde y con el tiempo dulce, fresco, se inicia la primera etapa hacia Gadamés. Según nos ha comunicado el guía, el camino será largo, aproximadamente cien *parasangas* en quince jornadas sobre una planicie rocosa, que aquí llaman *hamada*, apenas cubierta de tierra y arena con algunos matorrales. Es-Saheli, el poeta, nos hace gala de su cultura y nos informa.

—El nombre de Gadamés es de origen bereber, una palabra compuesta de *ghad*, comida, y *ames*, ayer, y que, por tanto, quiere decir la comida de ayer. La ciudad viene de la prehistoria y fue ocupada por los romanos que la fortificaron. Entonces era la puerta del desierto, por donde entraban oro, esclavos y animales salvajes camino de las ciudades costeras y donde se embarcaban hacia Roma.

Después de dos siglos de dominio, los romanos la abandonaron y la ciudad volvió a los nómadas bereberes, que la llaman la perla del desierto y es una base importante para el comercio transahariano.

El heraldo y yo seguimos la disertación de es-Saheli con la atención de escolares que se asombran de la sabiduría del profesor. Me comenta el heraldo:

—Hemos tenido suerte con tener al poeta como compañero, pues me imagino que tendrá muchas más cosas que contar.

Después de catorce jornadas y muy de mañana, divisamos, en el horizonte, un punto blanco que destaca sobre el color ocre de la tierra. El guía nos confirma que efectivamente es la ciudad de Gadamés. La caravana hace una última parada antes de acercarse a la primera etapa del viaje.

Tras la misma, acampamos en el exterior de la ciudad, junto al palmeral inmenso que contiene un manantial de agua y árboles frutales, así como áreas de agricultura. Junto a nosotros se encuentra otra caravana mucho menor que la nuestra que viene del sur y se dirige hacia la costa. Esto demuestra que, durante siglos, Gadamés ha sido un importante lugar de intercambio y descanso para las caravanas que atraviesan África de norte a sur y de sur a norte. Explicamos al poeta:

—El palmeral es un milagro del agua. De los huesos de los dátiles que los caravaneros tiran al suelo nacerán nuevas palmeras, según aprendimos de un viejo *targui* en el camino de ida.

Debido a las facilidades que ofrece la ciudad para la aguada y el aprovisionamiento de alimentos, el emperador acepta la recomendación del guía Kamal de descansar varios días, antes de continuar la travesía del desierto que se presume dura y llena de dificultades. El primero lo hemos empleado en beber, sin límite, el agua cristalina del manantial del palmeral y en saborear un buen asado de camello, preparado por nuestros expertos esclavos sobre ascuas de maderas y palmas que están dispuestas para su venta por los habitantes del lugar. Ese mismo día, como debe ser costumbre cuando llega una nueva caravana, se han acercado hasta nosotros varios zagales, limpios, educados y elegantes, portando la vestimenta típica de los *tuareg*: una larga *durrea* de color azul índigo, con filigranas bordadas en blanco, y el *haouli*, el turbante que, según dicen, les protege de los malos espíritus, ofreciendo sus servicios para las compras y la visita a la ciudad. El heraldo y yo seleccionamos al zagal que parece más despierto para que nos acompañe al día siguiente a conocerla.

Se presenta temprano pues, como después conoceremos y sufriremos, a media mañana el sol se vuelve implacable para el cuerpo y el espíritu humano y hay necesidad de protegerse hasta la noche. Tras los saludos habituales de su cultura islámica, que es la nuestra, se presenta:

—Mi nombre es Mahmud y soy el hijo del *walí* de este lugar. He estudiado en la madrasa de Trípoli y he vuelto aquí para ayudar a mi padre, de edad ya avanzada.

Los tres, ya que hemos invitado a es-Saheli, le seguimos. Tras atravesar el palmeral, así como un camino cuya arena inunda nuestras sandalias, llegamos a una de las puertas de la ciudad. Mahmud se para y se dispone a darnos la primera lección sobre Gadamés.

—Como podéis ver, la ciudad está cercada por un muro de piedra que la protege y tiene solamente dos puertas, una para entrar, la puerta sur, conocida como Bab al-Burr, donde nos encontramos, y otra, para salir. Se abren para la primera oración de la mañana y la última de la tarde. Todo el tiempo restante se encuentran cerradas y solo con permiso especial del *walí*, como es nuestro caso, se permite el paso.

La puerta se abre especialmente para nosotros, como ha dicho Mahmud, y empezamos el recorrido andando lentamente por un laberinto de calles abovedadas que forman túneles bajo los edificios de dos o tres pisos, mientras él nos va explicando.

—Las viviendas están construidas con ladrillos de adobe y troncos de palmeras. Las fachadas encaladas con un color blanco, tan brillante que daña la vista al mirarlas. Tienen numerosas estancias a diferentes niveles. La planta baja sirve de almacén, la superior es la vivienda familiar y las terrazas y terrados están a cielo abierto, a donde solo pueden acceder las mujeres, para evitar que los vecinos hombres puedan verlas.

Las terrazas están conectadas entre sí y las mujeres pueden recorrer la ciudad a ese nivel. También, en el primer piso, las viviendas están conectadas a otras mediante pasadizos sin luz.

Continuamos nuestro paseo, con las explicaciones precisas de Mahmud, por los callejones obscuros en donde, de vez en cuando, una claraboya abierta ilumina el camino. Mahmud sigue con su disertación.

—Hay varias plazas pequeñas, como ésta donde nos encontramos, que sirven de frontera entre los barrios. Ahora vamos a visitar la mezquita de *Omram al-Aatik*, del siglo VII, oscura y destartalada, que es la que se usa actualmente mientras edificamos una nueva, que llevará por nombre *Nabi Younes*, donde se ha construido una galería para la higiene y las abluciones alimentada por un canal que recoge el agua del oasis.

Finalmente, Mahmud nos lleva a un lugar cerca de *Nabi Younes* donde nos espera una sorpresa.

—Aquí tenéis la fuente de *al-Kadus*, con su *clepsidra*, reloj de agua, que utilizamos para recordar las horas de las oraciones del día.

Al ver nuestra actitud de incrédulos y de curiosidad por el artilugio que nos muestra, el guía continúa:

—Este instrumento se basa en el principio de que el agua requiere siempre el mismo tiempo para pasar, gota a gota, de un recipiente a otro. Podéis comprobar que se trata de un gran tanque y que, conforme va saliendo el líquido elemento, su nivel baja indicando las horas.

Hemos abandonado la expresión de incredulidad, ahora transformada en curiosidad por conocer cómo ha podido llegar a este lugar del desierto un ingenio como este. Nos ha leído el pensamiento y continúa:

—Ni el abuelo de mi abuelo supo cómo y cuándo llegó hasta aquí y cómo se construyó. Yo en Trípoli, cuando era estudiante, investigué y aprendí que la *clepsidra* la usaban los egipcios antiguos y luego los griegos y los romanos. Alguna caravana egipcia, a su paso por aquí, debió construirla.

Nuestra expresión se relaja con esta explicación suficiente y pensamos en volver al campamento, pero Mahmud nos ofrece una última visita de interés, para su bolsillo, por supuesto.

—Gadamés, además de ser conocida como la perla del desierto y puerto de caravanas, es célebre por sus curtidurías y marroquinerías, con ricos cueros labrados y pintados que reciben el nombre de *gadamesíes*.

Por cortesía hacia el muchacho, visitamos la zona de los curtidores y, efectivamente, comprobamos que algunos de esos trabajos merecen la consideración de obras de arte, pero sin interés para nosotros. Al comprobar que sus ingresos no contarán con las comisiones de las compras, sino sólo la gratificación por los servicios de guía, nos propone, para el día siguiente, una excursión a un lago de agua salada en medio del desierto, no muy lejos de la ciudad, donde, incluso, podremos bañarnos y después subir a las dunas del *Gran Erg Oriental* que comienza allí. Es una tentación irresistible que no podemos aceptar, pues llevamos mucho tiempo alejados del emperador y nosotros somos sus servidores más cercanos.

En el camino de vuelta observamos al poeta es-Saheli inexpresivo y hermético. Al mirarlo de cerca tiene lágrimas en sus ojos. Tras despedir a Mahmud, sentados en el palmeral, le pregunto:

—Abu Ishaq, ¿qué ha alterado tu ánimo?

Sus lágrimas incipientes se conviertan en un torrente y nos cuenta la causa de su desazón.

—Acercarme a la ciudad, deslumbrarme con el reflejo del sol en las paredes encaladas, sentir el frescor de las callejuelas sombreadas y el aroma de las especias, me ha hecho soñar, por un momento y como un espejismo, que había vuelto a la Granada de mi niñez y al barrio del Albaicín, también con estrechas y sombreadas callejuelas, junto al olor de las flores de los cármenes que lo rodean y, enfrente, veía y soñaba con ser rey en la Alhambra.

—¿Por qué abandonaste Granada? —le inquiero.

Mi pregunta es como la llave que abre la puerta de su alma y se dispone a contarnos lo ocurrido.

—Es una historia larga y dolorosa. Fui desterrado. Me hicieron abandonar la ciudad o morir lapidado. En Granada yo era un niño feliz de una familia acomodada. Mi padre era el alamín de los perfumeros, controlaba la calidad y la cantidad de los perfumes que se vendían. Me eduqué en colegios y madrasas y siempre me incliné por las letras y la poesía.

En el camino de la pubertad tuve una relación amorosa con un compañero de colegio, Abdalá, que terminé, normalizando mi vida con un trabajo en la cancillería de la Alhambra, la sede del gobierno, y una esposa que me buscaron mis padres. Posteriormente me hice amante de la mujer de un alto dignatario y entré en la vorágine de la bebida. Visitaba cada noche las tabernas, regentadas por los cristianos, y llegaba a casa borracho. La amante y el vino no me permitían cumplir mis obligaciones con mi esposa y el trabajo.

Mientras tanto, perdí el contacto con mi amigo Abdalá y me enteré, después, que se había dedicado a la prostitución masculina. Entre los homosexuales hay mucha envidia y celos. Uno de sus amantes lo denunció y le tendió una trampa, siendo sorprendido sodomizando a otro hombre. Esto encendió las alarmas islámicas de la sociedad granadina y provocó que fuera juzgado y condenado a muerte mediante lapidación. Me permitieron visitarlo en las mazmorras de la prisión, unos días antes de su ejecución, confirmándome que seguía enamorado de mí y que aún me quería.

Al salir me consideré culpable de su situación y esa noche rocié con vino mi cuerpo y mi alma, perdí la conciencia y amanecieron mis delirios.

En la taberna, llena de trasnochadores, me subí a una mesa y comencé a predicar: ¡Yo soy el *Mahdi*! ¡El que ha de venir antes de Jesucristo para el Juicio Final, según lo avisado por el Profeta en el Corán! ¡Y el que establecerá el califato islámico perfecto en el mundo! Arranqué un mandil de color negro de un camarero y lo enarbolé. ¡Esta es la bandera del *Mahdi*! ¡El Guiado para liberar al pueblo musulmán de sus enemigos!

Fue suficiente. Me detuvieron y acusaron de apóstata y blasfemo, siendo condenado a muerte por lapidación. La influencia de mi familia y amigos consiguió que mi pena fuese conmutada por la de destierro, que debería cumplirse en diez días. Salí de prisión y me despedí de mi esposa y de mis padres, que habían conseguido reunir con gran sacrificio una pequeña cantidad de dinero para mis gastos iniciales, y me puse en camino hacia ninguna parte.

Un amigo me recomendó dirigirme hacia Almuñécar, desde donde podría embarcar para África. Salí de Granada en 1322, con treinta y dos años. Pasé hambre y frío, y dormí bajo las estrellas. Nadie se atrevía a dar hospitalidad a un desterrado por blasfemia. Encontré la suerte y la compasión en un capitán de barco que me recogió en esa ciudad y, haciendo escala en Almería, desembarqué en Orán.

Hice trabajos de cargador en muelles y de amanuense en las calles. En definitiva, me convertí en vagabundo.

El largo párrafo de su vida ha forzado de nuevo sus lágrimas y las cubre con sus manos. El heraldo y yo respetamos su silencio hasta que continúa:

—Más tarde me reconfortó recordar que el Corán dice:

Te preguntan cómo deben hacer la limosna. Responde: El bien que gastéis, sea para los padres, los parientes, los huérfanos, los pobres y el viajero. El bien que hagáis, Dios lo conoce.

Y me convertí en viajero, camino de La Meca, para cumplir la peregrinación que estando en Granada no hubiera sido posible. Perdí mi patria chica y adopté la del islam, con su conciencia de generosidad y desprendimiento, y me acogí al sentimiento hospitalario de conventos, morabitos, y zagüías.

Después, dejé el cobijo del alojamiento público por la acogida de hombres acomodados que me reconocieron como poeta. De esta forma llegué a La Meca y a Mansa Musa en este año de 1325.

El final de la historia ha relajado al poeta y ha trasladado al heraldo y a mí un sentimiento de aflicción que limita nuestra respuesta. Pasado un rato, trato de animarle.

—Abu Ishaq, tu historia es dolorosa, pero pasada. Es hoja de otoño, abono del suelo del que después nacen nuevas plantas y frutos con el sol de la primavera. Como te ha prometido Mansa Musa, tendrás una nueva vida, brillante y abundante en riqueza, que te permitirá retornar a Granada tras el tiempo de tu destierro.

A la mañana siguiente, han venido al campamento el *walí* y una delegación de la autoridad de la ciudad a presentar sus respetos a Mansa Musa y requerirle para que, el próximo viernes en dos días, acuda a las oraciones de la mezquita donde un nuevo imam, recientemente llegado, recitará la oración.

Nuestro soberano acepta la invitación ya que, por principio, tenía previsto asistir a estas celebraciones.

Llegado el día, nos desplazamos junto al emperador, que va precedido de una escolta de veinte miembros de la guardia imperial. Le seguimos el general Sumangaru, el visir del Tesoro, es-Saheli, el heraldo y yo, todos a pie, dada la corta distancia que hay que recorrer desde el campamento hasta la ciudad.

El *walí* y su delegación están esperando en la puerta de entrada, Bab al-Burr, para darnos la bienvenida y acompañarnos hasta la mezquita. Con toda intención, el itinerario comienza por la que está en construcción y que el *walí* presenta a Mansa Musa.

—Señor, esta será la nueva mezquita, llamada *Nabi Younes* por el barrio en que se edifica. La otra, a donde nos dirigiremos a continuación, fue edificada hace setecientos años y es oscura, ruinosa, además de carecer de espacio para los actuales habitantes.

El emperador ha captado el mensaje y, dirigiéndose al visir del Tesoro, le ordena:

—Visir, asegúrate de que el *walí* reciba dos mil *mitcales* de oro para terminar esta mezquita.

El visir recibe la orden como si un cuchillo se hubiese clavado en su corazón pues, desde que recibió el préstamo en El Cairo, cuida de su tesoro como de su propia vida, para que le permita llegar a Niani con algunos de sus camellos reflejando los dorados rayos de sol en la carga áurea de sus lomos.

Nos dirigimos a la mezquita vieja, la de Omran al-Aatk, que nosotros ya conocíamos, donde un mar azul de *durreas* y turbantes, de los creyentes *tuareg*, esperan postrados nuestra llegada. Nos acomodan, estrechamente en primera fila, con el emperador y el *walí* en sitio preferente y al fondo, de pie en el *mihrab*, un hombre alto y enjuto, con cabellera canosa y ojos penetrantes con chilaba blanca. Se dirige al *walí* con la mirada y recibe la orden de comenzar.

Inicia su discurso con referencias a la *yihad*, con argumentos, ya conocidos por nosotros y discutidos en Medina por el emperador y el imam de Damasco. Al terminar, siendo viernes, se dispone el *mimbar* desde el que, cubriendo su cabeza con la capucha de la chilaba, reza la oración que todos seguimos con devoción. Antes de salir, el imam se acerca a Mansa Musa y solicita permiso, que le es concedido, para visitarle en el campamento.

A la vuelta, el heraldo se ha retrasado deliberadamente para buscar a Mahmud y preguntarle quién es ese imam. Éste le informa:

—No es el imam titular de la mezquita, sino un visitante llegado hace unos meses, que se presenta como descendiente del primer califa almohade, Abd al-Mu'min. Este último, en el siglo XII, consolidó la parte africana del imperio hasta Senegal y Libia y sus sucesores ocuparon al-Ándalus y los reinos cristianos del norte. Es un militante del califato fatimí y hemos conocido que ha reclutado bandas de árabes para un complot. En Ouargla fue detenido por algún tiempo y luego liberado.

Esta información la hemos transmitido inmediatamente al emperador, antes de la llegada del visitante, que se presenta de inmediato escoltado, como es preceptivo, por miembros de la guardia.

—Señor, mi nombre es Abu 'Abd Allah al-Ma'mir b. Khadidja al-Kumi, soy bereber nacido en Tlemcen y descendiente del primer califa almohade Abd al-Mu'min. Mi espíritu es seguir sus enseñanzas y volver a establecer sus leyes y restaurar el orden social perdido.

Hace tiempo conocí que Mansa Musa, emperador del país más poderoso y rico de África, de virtudes islámicas reconocidas, había realizado la peregrinación a La Meca y estaría de vuelta en este tiempo. Decidí, entonces, buscar apoyo para mi proyecto en vuestra magnanimidad y he organizado mi espera en Gadamés en la seguridad de que éste sería el lugar de paso para la vuelta a vuestro país.

—Nuestra ruta era el paso por Tuat, como a la venida, y solo acontecimientos imprevistos nos han obligado a variarla y tomar la ruta central de Gadamés. Habríais esperado en falso —le aclara el emperador.

al-Ma'mir tiene la respuesta preparada:

—Eso es un designio de que Dios está conmigo, señor. No busco el oro, sino vuestra ayuda para crear un ejército aguerrido para la *yihad*. Mis antepasados enseñaban que Dios es espíritu puro, absoluto y uno, y sus seguidores se hacían llamar *al-muwahhidún*, unitarios y creyentes en la unidad de Dios, y, por ello, les llamaron almohades.

Quiero predicar contra la moral corrupta de los ricos y atacar su amor por la música y el lujo. Un buen musulmán no debe limitarse a vivir correctamente, sino, además, imponer el bien y prohibir el mal. A los infieles e inmorales es legítimo combatirlos en una guerra santa para reorganizar la sociedad. También quiero cruzar el estrecho y combatir contra los cristianos que están invadiendo al-Ándalus.

Interviene es-Saheli:

—Los cristianos reconquistan las tierras que les fueron arrebatadas por los invasores musulmanes. Los reinos islámicos estaban divididos y fueron incapaces de crear un ejército poderoso que les hiciera frente. El único reino que queda en al-Ándalus capaz de detener a los cristianos es el de Granada.

Al-Ma'mir y el poeta se enzarzan en una discusión sobre el uso del Corán y los *hadices*. Lo único que ambos comparten es la definición de la *yihad*, como un esfuerzo en vista de realizar un objetivo y afrontar la dificultad y, también, que el Corán, en la Sura segunda, considera que la negociación que permite evitar el combate es un don de Dios. Mansa Musa, con benevolencia, pero estricto, corta la discusión.

—Imam, la *yihad* que yo quiero no usa la espada, sino la palabra. Quiero hacer de mi país y, dentro del mismo, de Tombuctú, un faro de cultura y religiosidad cuya luz llegue a los mundos lejanos. Para ello, construiremos mezquitas y madrasas a las que se han de incorporar los mejores profesores, sabios y ulemas, que alimentarán las ansias de saber de los escolares.

En mi caravana vienen varios de ellos reclutados en El Cairo y te ofrezco unirte a nosotros y, dentro de unos años, con las riquezas adquiridas y si todavía tienes la espada en alto, podrás crear tu propio ejército que ahora me pides y que yo no te doy. Mañana vamos a partir hacia el sur y, si quieres, puedes unirte a la caravana.

al-Ma'mir se ha quedado dubitativo y, en silencio que se hace eterno, finalmente decide:

—Señor, es una buena opción. Mañana me uniré a vuestra caravana.

Ésta se pone en marcha con el orden establecido desde El Cairo. al-Ma'mir ha intentado integrarse en nuestro grupo de cabeza para estar cerca del emperador pero éste, educadamente, le ha enviado junto al séquito y los eruditos reclutados. Imaginamos su desazón, pues se considera merecedor de más altos honores.

Hemos dejado atrás la *hamada*, la planicie rocosa apenas cubierta de tierra y arena con algunos matorrales y entramos en el *Gran Erg Oriental*, un océano de arena con olas inmensas de dunas que se mueven a favor del viento que las empuja.

Llevamos el mismo guía y la misma rutina que en el camino de ida al atravesar el Sahara. La distancia aproximada recorrida cada día es de seis *parasangas* en dos etapas. Se cargan los camellos con el alba, marchando hasta que el sol se eleva en el cielo y ordena la parada. En este momento, los equipajes y mercancías son depositados en el suelo y trabados los camellos, mientras las tiendas ofrecen sombra para el abrigo del calor y del viento *simún*, si aparece.

Cuando el sol empieza a declinar, se vuelve a partir lo que queda del día hasta el primer turno de la noche. Hacemos un alto en cualquier lugar, pasando el resto de la noche, no sin antes haber repartido el mijo mezclado con agua y la ración de agua de los odres. También dátiles, cuando se encuentran y compran en el camino. En los oasis, de disponerse de ramas secas de palmeras para encender el fuego, se sacrifican camellos y su carne es asada sobre las ascuas.

Pasamos Mourzouk y estamos entrando en el oasis de al-Gatroun, donde acampamos dentro de un inmenso valle con agua, llamado *Valle de la Sabiduría*. Es un palmeral que se extiende a una zona de pastos donde se crían camellos y corderos para su venta a las caravanas que por allí transitan.

El guía recomienda al jefe de la caravana, el general Sumangaru, y este ordena al visir del Tesoro, la compra de determinados productos. Dice el guía:

—Vamos a entrar en una zona donde hay muchos oasis y es prudente adquirir bastantes camellos para el sacrificio. Los corderos de aquí son tiernos y sabrosos y, como no soportan las jornadas del desierto, hagamos hoy con ellos un buen asado.

El visir ha puesto los ojos en blanco, contando cuánto oro tiene y cuánto le va a quedar después de este despilfarro. Por la noche se organizan varios fuegos y se ofrece asado de cordero para todos, excepto a la tropa y los esclavos que deben conformarse con carne de camello, lo que representa un cierto ahorro para satisfacción de aquél.

La noche es fría y agradable y, en torno a cada fuego, se agrupan los viajeros con conversaciones intranscendentes sobre las dificultades del desierto, la belleza del paisaje y las historias antiguas de las caravanas, como la que nos cuenta el guía.

—Hay un lugar en las rutas del Sahara, llamado Tireqqa, donde las tortugas son enormes. Excavan en la tierra galerías por las que puede pasar un hombre. Para hacer salir a una de estas bestias de su refugio, hay que amarrarla con una cuerda y ponerse a tirar de ella entre varios para sacarla.

El alfaquí Abu Muhammad 'Abd al-Malik ben Majjás al-Gharfa me contó lo siguiente:

En esta región, las termitas atacan todo y lo echan a perder. Hacen termiteros como montículos. Su tierra queda húmeda, aunque no haya nada de agua ni a gran profundidad. Pues bien, un grupo de viajeros que se dirigía a Tireqqa se detuvo en el camino para pasar la noche. Conscientes de la presencia de estos insectos y para protegerlos, cada uno depositó sus equipajes sobre una gran piedra distinta.

Cuando, por la mañana, uno abrió los ojos, no estaban ni sus enseres ni la piedra. Muy consternado, se lamentó ante sus compañeros. Él les contó su desventura. Y le dijeron:

—¡Si los ladrones se hubieran deslizado de noche hacia ti, habrían cogido los equipajes pero no la roca!

Observaron el lugar y he aquí que descubrieron un rastro que partía justo de ese sitio. Lo siguieron, durante una *parasanga*, hasta que descubrieron una tortuga que todavía llevaba los enseres sobre su dorso: ¡Nuestro viajero había tomado a la tortuga por una roca!

Las risas de los presentes acuden con facilidad. Pero no todo son risas, pues al-Ma'mir aprovecha estos corros para extender su doctrina y atraer prosélitos a su bando. En uno de ellos hemos coincidido es-Saheli, el heraldo y yo, por lo que la discusión sobre la *yihad* vuelve a surgir.

La caravana sigue su ruta entre los macizos montañosos de Ahaggar y Tibesti, alcanzando el oasis de Kaouar, y después nos adentramos en el desierto del Tenéré, con las enormes dunas salinas de Temet que, aun produciendo terror, se atempera con la belleza de la visión infinita que ofrecen. El guía Kamal vuelve a instruirnos:

—Tenéré significa, en *tuareg*, desierto y, traducida al árabe, Sahara. En su parte central hay una acacia, aún viva, considerada el árbol más solitario del mundo, que sirve para orientarse a los guías de las caravanas.

—Quizás los árboles también reciban la ayuda de Dios, y esta acacia haya encontrado un manantial de agua subterránea para sobrevivir —añado yo.

Continuamos hasta Bilma, que no es más que un poblado en un extenso oasis, protegido de las dunas del desierto por los acantilados de Kaouar. Es el punto de referencia de esta ruta, que desde tiempo inmemorial se ha llamado *la ruta de Bilma*. Acampamos, debido a la abundancia de agua, comprando los suministros necesarios, con el dolor del visir que ve salir sus escasos recursos como si polvo de oro se diluyera en el preciado líquido.

Tras un descanso de tres días, la caravana se dispone a enfilar el camino de Agadez, desde donde ya vislumbraremos, aunque sea por imaginación, nuestro objetivo final de Gao. Otra vez el guía Kamal calma nuestra impaciencia.

—*La ruta de Bilma* a Agadez requiere quince jornadas de marcha, pero debemos añadir tres más, que pueden ser extraordinarias, para hacer una parada en Timia. Es un oasis en un valle de las montañas del Aïr, con un río que compite con albercas de piedra, llamadas aquí *gueltas*, y una cascada de altura considerable.

Ya, desde lejos, vemos la mancha verde de Timia, acampamos a las afueras, junto a la orilla del río. Nuestros ojos aprecian lo que el guía Kamal dijo. Es un paraíso donde al palmeral se unen árboles frutales, agricultura y pastos con canales de irrigación que obligan al agua, abundante todo el año, a cumplir las decisiones y necesidades del hombre.

Una vez satisfecha nuestra sed en el río, en el orden establecido durante todo el viaje y procurando que sus aguas sigan siendo cristalinas para el provecho de los habitantes del oasis, nos desplazamos a conocer la cascada, acompañados del emperador, que ha aceptado nuestra invitación. La comitiva de hombres principales del país así como los sabios contratados en Egipto también acuden, al saber de la presencia del soberano.

La cascada nos sorprende con un estruendo que hace temblar nuestros sentidos, mientras el líquido elemento cae, desde un punto superior, que obliga a nuestras cabezas a una posición horizontal, en donde se confunden el inicio del salto y el cielo. Un río vertical deposita sus ímpetus en la alberca, que merece el título de lago, mientras unas torrenteras laterales van tropezando con las rocas que salen al encuentro en la vertical, convirtiendo el agua en la lluvia que nos moja a todos y que agradecemos. El agua violenta del lago sale al exterior y forma el río, ya calmado, que se adentra en el palmeral, continúa domesticado para saciar la sed de los campos de cultivo y praderas y, finalmente, se adentra en el horizonte del desierto sin dejar rastro.

El guía Kamal nos instruye a todos:

—Quien produce la cascada es un río huérfano, pues no se conoce su origen. La vasta llanura del Teneré está limitada por las montañas de Air al oeste, las de Ahaggar en el norte, las de Tibesti en el este, y la cuenca del lago Chad en el sur. La mayor parte del desierto se encuentra sobre el lecho del lago Chad, cuando éste era como un pequeño mar interior, que quizás lo siga siendo ahora con aguas subterráneas que afloran en diversos oasis como éste de Timia.

Por sorpresa, interviene el soberano:

—Este río y esta cascada me dan la idea de cómo será Tombuctú en el futuro. La ciencia y la religión serán las aguas que caerán sobre las madrasas y las mezquitas y tendremos la obligación de conducirlas hasta el último rincón de nuestro país, en principio, para, posteriormente, hacer lo propio en el resto del mundo.

Por la noche nos espera el asado de camello y las tertulias en torno a las fogatas que quedan después.

Al día siguiente, la caravana se pone en marcha en otra nueva etapa que nos acerca a nuestro destino, Gao, pero pasando por Agadez. Acampamos, como es costumbre, en las afueras de la ciudad y en otro palmeral acogedor. Se ve una población extensa, de casas bajas hechas con ladrillos de adobe, donde destaca una más grande, que debe ser el palacio del sultán, y una mezquita, en la que destaca un alminar también de tierra que desafía al cielo.

Agadez es la capital de la región de Air y el corazón del país de los *tuareg*. Su nombre viene de la palabra *egdez* que, en la lengua de ellos, significa *hacer una visita* y, como tal, es una encrucijada comercial de caravaneros, punto de encuentro entre el África negra y el norte del continente. En definitiva, un lugar abierto al mestizaje.

Notamos que el clima sigue siendo tórrido, pero suavizado de la aridez del desierto y con una ligera humedad que nos reconforta. Como siempre, hemos preguntado al guía Kamal que nos dice:

—Estamos en el Sahel que es la zona de transición entre el Sahara en el norte y la sabana sudanesa en el sur. El nombre procede del árabe sahil, borde o costa, siendo una zona divisoria entre el desierto y las zonas de pastos semiáridas, sabanas, estepas y matorral espinoso, antes de llegar a la zona boscosa de la sabana sudanesa. Es un terreno relativamente llano que facilitará el camino de la caravana.

Hay varias caravanas acampadas junto a la nuestra, unas que van al norte y otras que llevarán nuestro camino del sur. Ninguna autoridad ha venido a saludar y a presentar sus respetos a Mansa Musa, lo que debe ser normal por el trasiego de visitantes a lo largo del año. Siendo viernes, ha decidido acercarse a la mezquita para cumplir con las obligaciones religiosas de este día, lo que ha producido una preocupación al visir del Tesoro, por si acaso habría que desprenderse de algunos miles de *mitcales* de oro, como fue el caso de Gadamés. A la vuelta, el visir ha respirado tranquilo, pues el soberano no le ha requerido ningún sacrificio de desprenderse de su apreciado botín.

Al día siguiente iniciamos la última etapa, en una distancia doble que la de Bilma a Agadez, para llegar a nuestro destino de Gao, aunque haremos una parada en Koukya, en el río Níger, muy cerca de Gao, y allí prepararemos la entrada triunfal de Mansa Musa en la ciudad a la que llama una de las perlas del collar del imperio de Mali.

La caravana se está acercando a Koukya. Estamos abandonando el Sahel y entrando en la sabana, pradera tropical con árboles, hierbas y pastos que avanza sobre los bosques de las selvas del horizonte. En un símil de la existencia de la naturaleza humana: dejamos el desierto, la decrepitud y el final de la vida, para pasar al Sahel, la edad madura, asentamiento y supervivencia y entrado en la sabana, la juventud con toda su fuerza y fulgor. Un paisaje hermoso, con diversas tonalidades de verde, y visibilidad que permite al ojo humano apreciar el infinito, la salida y puesta del sol en todo su esplendor sin limitarse a la visión de las estrellas en la noche.

El río, nuestro Níger, el que los árabes llaman el Nilo, aparece ante nuestros ojos, majestuoso, brillando al sol de la mañana y fluyendo, lento y rojizo, arrastrando las tierras de su camino y, también, los pecados de los pueblos y ciudades por donde discurre. Los *tuaregs* se refieren a él como el río de los ríos.

Terminada la acampada nos precipitamos al río para saciar la sed. No hay pozos, albercas o manantiales de agua limpia, ya que el río se alimenta de afluentes montañas arriba, y la necesidad de beber vencerá a las maldiciones para el cuerpo humano que sus aguas arrastran. También una inmersión nos acaricia, tanto o más como a las mujeres que, enfrente en la otra orilla, lavan sus ropas y se bañan con la falda remangada hasta la cintura y los senos abiertos al sol y a nuestros ojos, sin que aparezca ningún recato, como los árboles que ofrecen sus frutos al caminante. Hay niñas que todavía no han madurado, jóvenes bellas, que tienen que agacharse para que el agua llegue a sus senos, y madres y abuelas que, en pie, sin encorvarse, reciben la bendición del agua en sus pechos ya maduros. Detrás de ellas, en la pradera, las hierbas verdes ocultas por un manto multicolor de las túnicas y los coloridos *bubús* de las mujeres, puestos al sol, que a mediodía comienza a sofocar.

Le comento al poeta es-Saheli que está a mi lado:

—Al-Ma'mir, que también las estará viendo refrenando su lascivia como nosotros, nos hará luego un discurso criticando estas costumbres ancestrales de la desnudez femenina que el emperador se niega a eliminar.

Comienzan a pasar en todas direcciones, río arriba y río abajo, pequeñas embarcaciones ligeras y estrechas, hechas de mitad de árboles robustos vaciados en su interior, que aquí llaman *pinazas*. Nos hacen imaginar un lago cubierto de aves acuáticas que se mueven a su antojo. El guía Kamal, que está también junto a nosotros, como siempre viene en nuestro auxilio.

—El río abraza todas las etnias de su entorno. Hay *soninkés*, *peuls*, dedicados a la ganadería de vacas, corderos y cabras, y campesinos *bambara*. También los *dogón* que en su lengua quiere decir *la hierba que nunca muere*. Y aquí en el río tenemos a los *bozo*, los amos o los señores del río, un pueblo *mandinga*. Se dedican exclusivamente a la pesca y nunca verás a un *bozo* manchándose las manos de barro. Tienen al toro como el tótem protector de la tribu. El cuerpo sería el río y los cuernos las *pinazas*.

Mansa Musa ha enviado por delante a Gao una escuadra de su guardia imperial para anunciar su llegada y ordenar que no se hagan celebraciones, pues se harán a su vuelta, después de llegar a Niani, la capital, y entrevistarse con el regente, su hijo Maghan y con el general Saghamandja, el jefe del ejército. También quiere entrevistarse con el sultán destronado de Gao.

La caravana ha recorrido la corta distancia entre Koukya y Gao, siguiendo el serpenteante camino paralelo al río, con un techo de las ramas de árboles que lo bordean y dan cobijo de sombra. Nos cruzamos con gentes que van y vienen, mujeres y hombres arrastrando sus enseres, sin ningún tipo de sorpresa de encontrarse con una serpiente de más de diez mil hombres y camellos, pues deben estar acostumbrados al paso de las caravanas. También patuleas de niños que, en sus juegos, se meten entre los camellos, provocando espantadas con peligro para ellos y los jinetes.

A la entrada de Gao está esperando el comandante del ejército imperial de Mali, como gobernador temporal de la tierra recuperada, acompañado de una guarnición de la guardia imperial a sus órdenes, que presenta sus respetos al emperador y nos acompaña hasta el área junto al río en donde se realizará la acampada.

Montado el campamento, el emperador se reúne con el general Sumangaru, el jefe de la caravana, y con el comandante gobernador temporal. Éste le da cuenta de las vicisitudes de la conquista y de las instrucciones recibidas para mantener el orden hasta la llegada de Mansa Musa.

—Señor, Gao es una encrucijada de caravanas que está atravesada por el río Níger. En la ribera oriental se encuentra Sarnat, dedicada exclusivamente al comercio y a las mercancías. También hay una mezquita. Enfrente está la ciudad habitada por el anterior soberano, sus soldados y las personas de su confianza. Cuenta con un castillo fortificado donde residen.

Todos son musulmanes, visten túnicas y turbantes y montan caballos sin silla y camellos. Los adornos son de oro y utilizan el izar, manto blanco. Las personas del pueblo cubren su desnudez con pieles de animales. Tienen un séquito numeroso, una corte importante, oficiales y soldados con equipamiento completo y vistosos uniformes de desfile. Son valientes y temibles para los que se enfrentan a ellos, pero nosotros los hemos vencido y ahora están bajo nuestro control.

—Eso está bien —contesta el emperador—. Habéis sido valientes y os felicito. Debemos trabajar, ahora, para que esos oficiales y soldados se integren en nuestro ejército.

—Señor —insiste el comandante—, conforme con la orden que disteis con vuestro mensajero, me he hecho acompañar por el cautivo rey de Gao que espera ser presentado ante vos.

—Hacedle venir —tercia Mansa Musa.

Un hombre imponente, vistiendo *galabiyya*, blanca y turbante del mismo color, lo que aumenta su estatura, de aspecto adusto, rodeado de una escuadra de la guardia imperial, que más que vigilantes del prisionero parecen sus milicias de protección, se presenta ante el emperador y evita hacer cualquier signo de sumisión.

El emperador se dirige a él:

—A partir de ahora eres un súbdito del imperio de Mali y eres libre. Tus soldados se unirán a nuestro ejército. Seguirás viviendo en tu palacio y el imperio cuidará de ti. Debes obediencia al emperador. Tus dos hijos menores vendrán conmigo para ser educados en la madrasa de Tombuctú. Me han informado que luchaste como un valiente y has aceptado la derrota con dignidad. Son cualidades que yo aprecio en mis súbditos.

El ahora ya ex prisionero ha escuchado la sentencia sin inmutarse y continúa erguido, sin ningún signo que demuestre sentimiento alguno. Mansa Musa termina su discurso dirigiéndose al comandante:

—Lo que habéis escuchado son mis órdenes y hay que cumplirlas de inmediato.

Al día siguiente, siguiendo la costumbre establecida por ser viernes, el emperador quiere asistir a la oración en la mezquita pero, en esta ocasión, ordena que todo el personal civil de la caravana, con sus mejores atavíos, le acompañe junto con los quinientos hombres de la guardia imperial en uniforme de gala comandados por el general Sumangaru. Al-Ma'mir aprovecha la ocasión para situarse, como cabeza visible de los eruditos reclutados, y propone al soberano ser él quien presida la oración de este viernes.

La mezquita está llena a rebosar, con gente que se ha quedado en la calle por no poder entrar. Los acompañantes de Mansa Musa tomamos los espacios dispuestos para nosotros en un lugar preferente. El exrey de Gao ha sido invitado y se le ha colocado detrás del emperador.

Se impone el silencio, aparece el imam al-Ma'mir, con chilaba negra, y comienza su discurso:

—En el nombre de Dios, el Clemente, el Misericordioso. Rogamos a Dios Único, Señor de los mundos y del Juicio Final, que perdone nuestros pecados y nos abra las puertas de Su misericordia.

Continúa con las jaculatorias preceptivas al Profeta, su familia y sus compañeros. A renglón seguido vuelve a usar versículos del Corán y los *hadices* en soporte de sus teorías de la obligación de aplicar la *sharía*, la Ley divina, y la *yihad* contra los infieles. Respecto a la *sharía* dice:

—Hombres y mujeres no deciden cómo vivir. Dios lo ha hecho antes. Ha enviado sus Leyes con el Corán, transmitidas por el Profeta. La *sharía* no puede ser corregida conforme a las tradiciones y principios humanos. Es la norma absoluta a la que toda conducta debe conformarse y la balanza en la que será pesada.

Finalmente ha llegado al tema que estábamos esperando desde la visión del baño de las mujeres en el rio:

—Entre las cosas malas más graves es la promiscuidad de hombres y mujeres o la desnudez de ellas. Es deber del soberano impedir todo eso en la medida de lo posible. Las jóvenes no ocultan su desnudez hasta el tiempo de su matrimonio y eso es una cosa abominable, absolutamente inaudita en un país musulmán, que incluso los judíos y los cristianos no toleran.

Y para terminar, un recuerdo a sus enemigos, los cristianos:

—¡Esos malditos cristianos nos critican porque dicen que maltratamos y encerramos a nuestras mujeres en nuestras casas y que no las respetamos! Pero no saben que su apóstol Pablo, en la epístola a los Efesios, dijo:

Mujeres: sed sumisas a vuestros maridos como al Señor. Porque el marido es el jefe de la mujer como Jesucristo es el jefe de la Iglesia, el Salvador de su cuerpo. Como la Iglesia es sumisa a Jesucristo, las mujeres sean sumisas en todo a sus maridos.

Después del discurso, ha continuado con las oraciones del viernes leyendo versículos del Corán. Terminado el culto, volvemos al campamento con el aviso de que el emperador requiere a toda la comitiva del personal civil, incluido el imam al-Ma'mir, concentrarse ante la jaima imperial, donde nos dirigirá un discurso. Y así lo hacemos.

Estamos en la parte exterior de la jaima, de pie en el suelo alfombrado, frente al *bembé* provisional que ha usado durante todo el recorrido. Aparece Mansa Musa, se reclina sobre los almohadones y nos invita a sentarnos. Nos relata la misma historia sobre el imperio de Mali que hemos oído muchas veces, aunque hoy va dirigida a los nuevos miembros de la comunidad, los eruditos contratados, incluidos es-Saheli y al-Ma'mir. Continúa, dirigiéndose a este último, señalándolo con la mano extendida:

—Imam, hemos recibido una vez más, y será la última, vuestras admoniciones respecto a la aplicación de la Ley islámica en nuestro país. Solo Dios y el Profeta están por encima de mí y tú estás bajo mi autoridad. Un hadiz, citado por Muslim, uno de los grandes tradicionalistas, dice que, según Thala, un día, un habitante del Najd en la región de Arabia, se encontró con el Enviado de Dios y se puso a interrogarle sobre el islam.

El Profeta respondió que consistía en cinco oraciones noche y día.

—¿Nada más? —preguntó el habitante.

—No —respondió el Profeta—. El resto es a tu discreción. Además, el ayuno del Ramadán.

—¿Nada más? —volvió a inquirir.

—No —respondió el Profeta—. El resto es a tu discreción.

Dicho esto, el hombre se alejó diciendo: *Por Dios, yo no añadiré ni quitaré nada.*

El Profeta comentó: *Se salvará si se atiene a lo que dice.*

Si Mahoma lo ha dicho, ¿por qué entonces complicarse la vida y volver insoportable la de los otros? Se puede creer en Dios sin amenazar a nadie, incluso en el islam.

—¿Estáis de acuerdo? —pregunta el emperador.

Uno de los eruditos, profesor en la universidad de El Cairo, con la mano alzada solicita permiso para hablar y Mansa Musa, con un gesto, le invita a hacerlo.

—En nuestra Universidad hemos enseñado la palabra del sabio musulmán andalusí del siglo pasado, Ibn Arabí, que escribe:

*Todos los hombres son llamados por Dios, no despre-
cies a los que buscándole creen encontrarle en algo
que no es Él. El islam reconoce a todos los profetas
como mensajeros del mismo Dios. Aprende a descubrir
en cada hombre el germen interno del deseo de Dios,
incluso si su creencia es aún confusa o idólatra, para
poder orientarle hacia la luz total.*

Y luego escribe en un poema de amor:

*Mi corazón se ha hecho capaz de revestir todas las formas,
es pradera para las gacelas y convento para el cristiano,
templo para los ídolos y peregrino hacia la Kaaba,
las tablas de la Torah y el libro del Corán.
Mi religión es la del amor.
Donde quiera se encamine la caravana del amor,
allí van mi corazón y mi fe.*

Ahora interviene es-Saheli:

—Señor, yo solo quería preguntar al imam al-Ma'mir:
¿desde cuándo se dedica a estudiar el Libro de los
cristianos?

El silencio ha sido la respuesta y la señal de que la asamblea ha terminado. Todos salen hacia sus destinos en el
campamento, excepto es-Saheli que solicita hablar a solas
con el emperador.

—Señor, como tenemos por costumbre a lo largo de
este viaje, el *griot*, el heraldo y yo nos hemos desplazado,
en nuestras horas de asueto, a visitar la ciudad y he de
deciros que la he encontrado pobre, con casas construidas con maderas, paja y barro y calles sin destino; carece
de monumentos, palacios, madrasas y mezquitas, siendo la
que hoy hemos visto indigna de acoger vuestra presencia.

Mali es el país más rico del mundo, está asentado sobre
un mar de oro y vos sois la persona más poderosa de la
tierra. Vuestro poder y vuestro oro deben forzar la trans-
formación de Mali en el faro de la religión y de la cultura,

pero un faro necesita sustentarse sobre un edificio para difundir su luz.

—Llevas razón, poeta —reconoce el emperador—. Prioritariamente, hemos debido reclutar al mejor arquitecto de El Cairo para construir nuestros palacios, madrasas, mezquitas y, por qué no, viviendas para la gente.

—Yo puedo ser vuestro arquitecto, señor —requiere es-Saheli—. En Granada, en El Cairo y en La Meca, he visto construir palacios y mezquitas, he estudiado los materiales y he aprendido los oficios.

—¡Pero tú eres poeta! —le espeta Mansa Musa mirándole fijamente sin expresión de credibilidad.

Esa mirada dura unos segundos que se hacen eternos. El emperador inicia su entrada en la jaima, mientras es-Saheli le grita:

—¡Os construiré palacios, madrasas y mezquitas con versos de piedra y de barro!

CAPÍTULO VII: EL FINAL

Ramas verdes de los árboles en las manos de la gente que se agolpa para ver al emperador. Ramas verdes que tremolan como el bosque al paso de una tormenta. La llegada de la caravana a Niani, la capital del imperio, ha sido multitudinaria con los habitantes arracimados en las calles cantando *Salve, Mansa Musa, emperador de Mali.*

Antes de entrar en la ciudad, se habían dispuesto los dos caballos enjaezados para que el soberano cambiase de montura y cabalgase en posición más adecuada a su dignidad que sobre el camello de toda la travesía. Ha elegido montar el caballo bayo para saludar a toda su gente.

La cabeza de la caravana, con sus quinientos caballeros de la guardia imperial abriendo paso, ha llegado a las proximidades del palacio y sin que el resto de acompañantes y tropas haya todavía entrado en la ciudad, pues tal es la longitud de la expedición que ha realizado el viaje.

Le reciben, en la puerta del palacio, el regente, su hijo Maghan, su esposa Irate y el general Saghamandja, el héroe de la reconquista de Gao y Tombuctú. También el visir del Palacio, encargado del protocolo.

Las tropas y los esclavos se dirigen a sus acuartelamientos, y al séquito, con los eruditos contratados, se les acomoda en una residencia oficial, contigua al palacio. Yo, el *griot*, desde antes de iniciar la peregrinación, tengo asignada mi ubicación también junto a la residencia imperial. Hicham, el heraldo, mi compañero durante todo el viaje, ha ido a reunirse con el heraldo mayor, que es el oficial del reino, y que, por su edad y salud, no pudo acompañarnos.

El emperador ha avisado al visir de Palacio que, al día siguiente, se celebrará una fiesta popular en donde se darán gracias a Dios por el feliz regreso y se impondrán condecoraciones por las últimas hazañas militares.

Ha sido preparada una gran carpa alfombrada, donde se sentarán los asistentes a la ceremonia, e instalado el *bembé*.

El emperador sale de palacio a caballo, rodeado de cantores con guitarrillos de oro y plata que le van salmodiando alabanzas, mientras el público se arremolina a su paso. Le protege la guardia imperial.

A su llegada le están esperando el regente Maghan, los generales Saghamandja y Sumangaru y el imam principal de la mezquita de la ciudad, que le acompañan al interior. En primera fila se han dispuesto almohadones para estos y, a continuación, en filas sucesivas, esperan, de pie, los gobernadores, comandantes y gentes principales del país. En un lateral, los eruditos, ulemas y profesores contratados en El Cairo para la Universidad de Tombuctú, incluidos al-Ma'mir y es-Saheli, que se encuentra a mi lado.

En el segundo escalón del estrado, cerca del soberano, se han dispuesto cojines donde se sienta el heredero regente Maghan. A un lado, en el tercer escalón del *bembé*, el heraldo mayor, acompañado de su ayudante, mi amigo y compañero.

El emperador impone, de nuevo, el protocolo de dirigirse a sus súbditos únicamente a través del heraldo. Entre la primera fila y la tarima del estrado hay un gran espacio libre para las ceremonias.

Mansa Musa camina lentamente, se detiene mirando a la gente y sube con parsimonia al *bembé*. En el momento de sentarse se baten tambores y suenan albogues y añafiles y se sientan, también sobre la alfombra del suelo, los invitados y el resto de público. El emperador viste una aljuba roja afelpada y en la cabeza lleva un bonete de oro sujeto por una banda del mismo metal, cuyas puntas están afiladas como cuchillos de más de un palmo de largas. Mantiene el arco en la mano y el carcaj en la espalda. Junto a él, espantándole las moscas, permanecen cuatro jefes que portan en las manos una joya de plata parecida al estribo de una silla de montar. Los escuderos rodean el estrado, portando armas lujosas, aljabas de oro y plata, espadas y vainas con damasquinados de oro, lanzas del mismo material y mazas de cristal.

A la derecha de la bancada del *bembé*, a la altura del segundo escalón, se ha dispuesto un elevado sitial a donde sube y se acomoda el *jatib*, predicador, que, dando frente al soberano, comienza la oración:

—¡No hay más dios que Dios! ¡Dios es Todopoderoso!

Le siguen todas las aleyas del Corán recurrentes para estas ceremonias. Después del rezo y del sermón, el *jatib* inicia un largo discurso en alabanza a Mansa Musa, recordando sus buenas acciones y su reciente viaje a La Meca para cumplimentar el *Hajj*, con los pocos detalles que todavía, a dos días de nuestra llegada, pudiera saber y exhortaciones a los súbditos de obedecerle y respetarle como es obligado.

A continuación, el visir de Palacio, encargado del protocolo, anuncia que se va a proceder a conceder las condecoraciones, advirtiendo que solo los oficiales militares están exentos de cumplir el protocolo de la ceniza. Es-Saheli, a mi lado con expresión de duda, reclama mi explicación. Y presto paso a dársela:

—Cuando el soberano llama a alguien, éste se quita las ropas y se pone otras usadas, arranca su turbante y se coloca un gorro sucio, luego entra alzándose ropaje y zaragüelles hasta media pantorrilla. Se adelanta, humilde y sometido, y golpea la tierra fuertemente con los codos, postrándose como si fuera a rezar. En tal postura le oye. Si alguno le habla y éste le responde, se quita la ropa de la espalda y vierte ceniza sobre su cabeza y hombros, igual que hace con agua quien cumple las abluciones. Es un signo de sometimiento y humillación hacia el soberano.

El visir llama al general Saghamandja, sentado en la primera fila, que se levanta y avanza hacia el *bembé* y se arrodilla frente al emperador. El visir rememora la hazaña del general al conquistar los reinos de Gao y Tombuctú. Un esclavo ricamente vestido acerca al visir un cofre de madera bellamente tallada, aterciopelado en su interior, que contiene una pepita de oro nativo, y éste se lo cede al general como señal de los diez mil miticales de oro que le serán entregados.

Otro esclavo acerca al visir y éste entrega al condecorado una pieza de tejido ricamente bordada. Igual ocurre con el general Sumangaru, por su éxito al comandar la caravana que ha llevado y traído de vuelta al soberano, y con cuatro comandantes del ejército, por su bravura en la pelea y ayuda al general Saghamandja. A estos comandantes se les dará un premio inferior de cinco mil *mitcales* de oro. El visir del Tesoro reza para que estas condecoraciones no se sucedan muy a menudo.

La mirada inquisitiva de es-Saheli me obliga de nuevo a explicar la ceremonia:

—Los caballeros más valientes portan brazaletes de oro. Aquellos que demuestran nuevas pruebas de su gallardía, llevan además collares de oro; después de otras proezas, llevan anillos de pie de oro; y cada vez que hacen nuevas hazañas el rey les inviste pantalones anchos y, a cada nueva proeza, aumenta su ancho.

Los pantalones son estrechos de pierna y anchos de hendidura. La vestimenta del emperador se distingue en que le pende, delante de él, un cabo de turbante y que sus pantalones son de veinte piezas. Nadie más que él se atrevería a llevarlos igual o más anchos.

Siguiendo la tradición, a continuación se celebra una fiesta con artistas, músicos y poetas. La misma de final del Ramadán que se celebró el último año antes de la caravana a La Meca.

El responsable de esta celebración, Duga, ocupa, ahora, el sitial que el *jatib* usó para la oración y el discurso. Se ha presentado con sus cuatro mujeres y sus esclavas, que son unas cien, vestidas con bellas ropas y ceñidas sus cabezas por diademas adornadas con manzanas, todo ello de oro y plata. Comienza a tocar un instrumento hecho de cañas con cascabeles por debajo, cantando poemas de panegírico al emperador, mencionando sus hazañas y expediciones guerreras. Sus mujeres y esclavas le acompañan en el canto y juegan con arcos. También participan treinta jóvenes esclavos de Duga, vestidos con túnicas de bandas rojas y tocados con bonetes blancos. Todos llevan, colgado al cuello, un tambor que golpean.

Después vienen los pequeños pupilos que hacen juegos y acrobacias en el aire, mostrando una gran elegancia y agilidad asombrosa. En la esgrima de la espada alcanzan suma belleza. Duga baja del sitial y maneja también el sable de un modo admirable.

En ese momento Mansa Musa ordena ofrecerle un buen regalo y traen una bolsa con doscientos *mitcales* de oro en polvo, cuyo contenido se proclama entre las gentes. También el visir del Tesoro piensa, como antes, que no se repitan estas celebraciones.

Hay un intermedio mientras Duga termina sus juegos y desaparece, momento en que mi amigo Hicham, el heraldo de la caravana, aprovecha para acercarse y avisarme:

—Tengo un asunto importante que comunicarte y esta noche te visitaré en tu casa para informarte.

Este aviso me produce un escalofrío que recorre todo mi cuerpo, pues las malas noticias se suelen dar por la noche, mientras que las buenas se dejan para cuando alumbra la luz del día. Mi cabeza comienza a analizar las situaciones posibles, sin que ninguna barrunte una tragedia, pero todo esto aparta mi atención del espectáculo que estamos viviendo.

Tras haber concluido Duga sus juegos, comparecen los poetas, que aquí llamamos *djeli*. Cada uno de ellos se presenta disfrazado en una figura hecha con plumas semejantes a las del gorrión y con una cabeza de madera provista de un pico rojo, a manera de ese mismo pájaro. Se plantan de esa guisa ante el emperador y recitan sus composiciones. Los poemas son una especie de exhorto en el cual le dicen:

—Este *bembé* en que te sientas antes tuvo encima a Mansa Sakoura, que también conquistó Gao, y a tu hermano el sultán Abubakar, que construyó mil barcos y se embarcó para conquistar el océano; por lo tanto, haz el bien para que se te recuerde en la posteridad.

A continuación, el principal de los *djeli* sube los escalones del *bembé* y coloca su cabeza en el regazo del soberano, rodeándolo más tarde y poniendo su cabeza en el hombro derecho y después en el izquierdo, hablándole en su lengua. No podemos captar lo que le dice. Finalmente, baja.

De nuevo, la mirada inquisidora de es-Saheli, me obliga a explicarle:

—Es una costumbre antigua entre nosotros, anterior a la adopción del islam, y mantenida posteriormente, siendo la única oportunidad de un súbdito de acercarse a su señor.

La fiesta termina por la noche con música y cantos y hogueras encendidas en la ciudad, sobre cuyas ascuas se asan cien camellos y trescientos corderos que han sido sacrificados para alegría del público.

Me recluyo en mi casa, despacho a mi servicio, y me quedo solo, esperando la visita de Hicham, para escuchar el asunto importante que tiene que comunicarme. La luz diurna se convierte en mi enemigo, pues quisiera que la noche llegara más deprisa que la puesta del sol.

Por fin aparecen la noche y el heraldo, con una expresión en su rostro que no anuncia noticias buenas. Yo le propongo y acepta:

—Subamos a la azotea y recordemos las noches del desierto.

Como ocurrió con es-Saheli en Gadamés, adivino en el heraldo lágrimas en sus ojos a punto de salir. Nos sentamos bajo la protección de un cielo claro estrellado y un silencio que se rompe con la llamada del muecín a la última oración.

—Cuéntame —abro el camino de su confesión.

—Ayer, a la llegada de la caravana, me encaminé a la casa del heraldo principal, mi protector, que me esperaba con impaciencia para comunicarme haber recibido un mensaje de mi familia con la orden de mi retorno inmediato a Fez. Sabiendo que estaba cerca mi aparición, se ha adelantado y ha contratado mi salida con una caravana que parte mañana hacia Tuat y, desde allí, será fácil la comunicación con Fez.

Así se lo ha comunicado al emperador y éste ha ordenado al visir del Tesoro que me sean entregados dos mil *mitcales* de oro, que recibiré antes de partir, para gastos del viaje y regalos para mi familia. Tú eres el primero y único a quien doy esta noticia que rompe mi corazón.

Mi silencio ha sido la respuesta, pues sus palabras han paralizado mi cuerpo y mi mente. Nos hablamos con la mirada, rememorando historias pasadas. Finalmente reacciono y entono un hadiz del Profeta, sobre la muerte de su hijo Ibrahim.

Fuimos con el Profeta a casa de Abu Sayf, el herrero, marido de la nodriza de Ibrahim. ¡El Profeta tomó a Ibrahim en sus brazos y le besó y olió! Otra vez volvimos a casa de Abu Sayf, El niño estaba agonizando y las lágrimas se derramaban de los ojos del Profeta. 'Abderrahman Ibn 'Awf le dijo:

—¡Hasta tú, enviado de Dios, lloras!

—Ibn 'Awf —dijo el Profeta—, es por compasión.

Luego pronunció las siguientes palabras al anunciarse su muerte, llorando:

—Los ojos vierten lágrimas, el corazón se aflige, pero sólo diremos que es la voluntad de Dios. ¡Estamos muy tristes, Ibrahim, por separarnos de ti!

Después de recitar el hadiz, añado:

—Mi querido heraldo, mi querido Hicham. Esta noche tú eres mi Ibrahim del hadiz. Rememoremos la primera noche en el desierto en la que se unieron nuestras manos, nuestros cuerpos y

nuestras almas, tendidos en la arena sobre las esteras. Mirando al firmamento descubrimos una estrella brillante que los astrónomos llaman Orión, en la esquina de un cuadrante acompañada, en el centro, por tres estrellas menores en línea y que bien pueden ser tres reyes que la guardan.

Nuestras miradas coincidieron en ella y decidimos que ese sería el punto de encuentro en caso de separarnos. Y te escribí una canción:

> *Una estrella nos une las miradas*
> *y un beso nos une el pensamiento.*
> *Con el solo temor que me olvidaras*
> *a lo lejos nos une el sufrimiento.*

Es ahora Hicham el que recita:

> *Por las noches me asomo a ver la estrella*
> *y en ella yo veo tu mirada*
> *reflejada con la canción aquella*
> *que en las noches de amor yo te cantaba.*

Ahora, los dos a coro:

> *Cuando estés lejos de mí*
> *y no halles a quien mirar,*
> *mira a esa estrella por mí*
> *que yo estaré en el confín*
> *contemplándola a la par.*

Las sonrisas y las lágrimas se mezclan en nuestros rostros, y prometemos que cada noche en la llamada a la última oración, nuestras miradas coincidirán en Orión y, acordándome de Dios, añado lo que una aleya del Sagrado Corán dice:

Es Quien ha hecho, para vosotros, las estrellas para que podáis dirigiros mediante ellas entre las tinieblas del mar y de la tierra.

Rebusco, entre mis ropas, una piedra de pedernal que tomé, como fetiche, la noche del desierto y le cuento mi sueño de entonces:

El fuego encerrado en el pedernal no sale afuera, a pesar de la fuerza que le impulsa a reunirse y a llamar, para ello, a todas sus partes, dondequiera que estén, sino después del golpe del otro eslabón, cuando ambos cuerpos se han unido con presión y fricción. Mientras tanto, el fuego está oculto en la piedra sin manifestarse ni aparecer.

Por sorpresa, Hicham también muestra su piedra de pedernal que guardó, igual que yo, en el desierto y, al chascar con la mía, salta la chispa del fuego que llevan dentro.

La noche eterna de nuestra despedida ha sido solamente un suspiro. Mañana la caravana de Tuat se llevará mi corazón.

Han pasado muchos días y muchas lágrimas desde la salida de la caravana. He recibido orden del soberano de avisar a es-Saheli que debe presentarse de inmediato en palacio para comunicarle un importante asunto de Estado. Me acerco a su residencia, se lo comunico y le acompaño, cumplimentando el mandato recibido. También han sido convocados el visir de Palacio, el del Tesoro y el comandante de la guardia imperial. Igualmente se ha presentado el heraldo mayor que, de acuerdo con el protocolo, transmitirá las palabras de Mansa Musa a los aquí presentes. excepto al poeta a quien, siguiendo la costumbre establecida desde La Meca, se dirigirá directamente.

Estamos en un salón del palacio que se usa para las entrevistas y comunicaciones que no requieren del boato de las audiencias reales. Hay un sillón, revestido de cojines y almohadones, en donde se asienta el emperador que directamente se dirige a es-Saheli:

—Abu Ishaq, la noche que pasamos en Gao te oí gritar que querías ser mi arquitecto y que construirías mis palacios, madrasas y mezquitas con versos de piedra y de barro.

—Así es, señor —contesta el poeta— Eso dije y eso es lo que quiero, si me lo concedéis.

El ceño adusto del soberano se va transformando, poco a poco, en sonrisa como la mañana que se abre a la madrugada.

—Ya te dije, durante el camino, que habíamos cometido un grave error al no enrolar un buen arquitecto en el equipo de eruditos que hemos traído desde El Cairo. No tenemos tiempo de corregir ese desacierto, pues ir ahora a buscarlo retrasaría más de un año su llegada. He pensado seriamente tu propuesta y pienso que mereces una oportunidad. La corte imperial necesita un salón de audiencias, junto al palacio, que debe ser contemplado como un monumento admirable por el pueblo de Mali y por los visitantes, que lo llevarán en la memoria de Niani, igual que nosotros tenemos en nuestro recuerdo los palacios y mezquitas de La Meca y El Cairo.

A partir de ahora eres el arquitecto de la corte y comenzarás la construcción del salón de audiencias. Tendrás todo lo necesario.

Es-Saheli me dirige su mirada con los ojos desmesuradamente abiertos y los labios con un grito silencioso de sorpresa, alegría y emoción.

Ahora el emperador habla a los demás presentes, a través del heraldo:

—Visir de Palacio, el poeta arquitecto tendrá entrada directa al palacio para cualquier asunto que requiera mi decisión. Visir del Tesoro, el poeta dispondrá de todos los medios necesarios para su labor.

Lógicamente, el visir del Tesoro ha encajado esta orden con rostro severo, como un golpe doloroso del enemigo a lo más querido de su vida, el tesoro. Sigue el emperador:

—Comandante de la guardia imperial, comunique a las fuerzas armadas que deben prestar apoyo y asistencia al arquitecto en lo que necesite de esclavos de servicio, soldados y animales de carga. La audiencia ha terminado.

A la salida, acompaño al poeta a su residencia, una villa vecina al palacio del soberano, compartida con el equipo de eruditos y con la vecindad molesta de al-Ma'mir. Aunque se ofreció como residencia provisional, siguen allí esperando ser trasladados a su destino final de Tombuctú. A nuestra llegada, se extiende la noticia a sus compañeros y todos expresan alegría y le felicitan, todos excepto el vecino molesto que ve alejarse, en favor del poeta, la oportunidad de ser el consejero principal del emperador. En una esquina del amplio salón comunitario de la residencia nos aislamos el ya nuevo arquitecto y yo, y le comento:

—Abu Ishaq, a partir de ahora te llamaré así en honor de nuestra amistad. En este lugar te será imposible realizar tu trabajo. El complejo residencial del emperador, además de su palacio, contiene otros palacetes y villas, circundado por un muro de protección. Voy a pedir al visir de Palacio que se te asigne uno de ellos como tu residencia y oficina, con completo equipamiento y servicio donde podrás desarrollar tu trabajo.

Abu Ishaq no contesta. Sus ojos se humedecen y su mente recorre toda su vida, desde la Granada de su infancia, el sufrimiento del destierro, el encuentro con el emperador en La Meca, la travesía del desierto, con un destino desconocido y, finalmente, con el encargo, el sueño de su vida.

Mi requerimiento al visir de Palacio ha tenido éxito y el arquitecto se instala en un palacete del complejo real. Pasado un tiempo, me decido a visitarle y se alegra de que rompa su soledad. Me acompaña a visitar su nuevo reino que pasa a describirme:

—Es un edificio espacioso de dos alturas. En la entrada hay una escalera de acceso a la planta primera y una puerta grande que se abre al salón donde se ha ubicado el área de trabajo, en un espacio amplio con mesas para los ayudantes que aún no han sido reclutados, y un despacho vasto desde donde dirigiré el proyecto. Hay otras habitaciones para la biblioteca y almacenes.

La planta superior está destinada a mi residencia. Tiene salón, dormitorios y cocina, conectada con la planta baja desde el exterior de la parte trasera, donde, también separados del edificio principal, se encuentran naves que albergan las estancias del servicio, cuadras y almacenes.

—Veo que todo el palacete —le comento— ha sido amueblado, vestido y decorado con el lujo limitado del país. Han colocado una cama grande en tu dormitorio y camas en los demás, quizás en previsión de que un día formes una familia. No debes estar solo y te buscaremos mujer.

—No por ahora —contesta—. Todos mis sentidos deben concentrarse en la realización de un salón de audiencias que satisfaga al emperador. En el frente, hay un amplio jardín, con árboles y plantas, y una fuente de piedra mojada por el agua que, proveniente del río, atraviesa el complejo imperial.

Nos dirigimos hacia el jardín y, aprovechando que en la tarde el sol no es agresivo, nos sentamos en un banco de piedra frente a la fuente. Me descubre su preocupación:

—Me inquieta la disponibilidad de los materiales necesarios para el edificio. He visto que Niani es una ciudad grande, con casas bajas de arcilla y techos de madera y palmas. Es una ciudad pobre sobre un suelo rico en oro.

—El mundo que hemos visitado en La Meca y El Cairo —intervengo— tiene miles de años de existencia, y nuestro país acaba de escapar de la selva. Necesitamos personas como tú, para que nos dirijan al mundo civilizado. Ese es el deseo y el propósito del emperador.

—El edificio necesitará la colaboración humana en obreros y capataces y especialistas de los distintos oficios de la construcción, especialmente carpinteros —opina el arquitecto.

—Tengo una idea —respondo—. Hace algunos años, el predecesor de Mansa Musa, su hermano mayor el sultán Abubakar, organizó una expedición marítima con la intención de descubrir los confines del océano. Organizó campos de trabajo en la playa con cientos de obreros, esclavos y especialistas, que vinieron de Egipto, al-Ándalus y Marruecos, y construyeron miles de barcos con las maderas de los bosques. Algunos de esos especialistas se quedaron en el país y podremos recuperarlos, así como los capataces. Con respecto a los materiales, necesitas maderas. Tienes bosques inmensos de los que se extrajeron para construir los barcos de Abubakar, así como todo el barro que necesites en las orillas del río Sankarini, que rodea la ciudad de Niani, y, si fuese necesario, no está lejos el Níger. Ambos arrastran las tierras de las montañas y las depositan en sus orillas. Tú mismo has visto, y has dicho, que las casas de Niani están hechas de barro.

—No he observado ninguna piedra en las construcciones y, para que tengan buenos cimientos y esplendor exterior, tienen que mostrar piedra. Los cimientos son la base fundamental. No solo soportan el peso de todo el edificio sino que, mediante esfuerzos de rozamiento y adherencia, llegan a soportar cargas horizontales y de tracción, anclándolo al terreno. Es como el esfuerzo que hace una persona abrazando a un ser querido que no quiere que se marche.

—Te entiendo perfectamente —es mi respuesta inmediata, pues ha tocado una fibra de mi corazón, y sigo—. Estamos sentados en el jardín sobre un banco de piedra y tienes enfrente una fuente de piedra. Ese material existe no lejos de aquí y no se ha usado antes por desconocimiento de su aplicación. Tú la impondrás como base de las futuras construcciones.

Entiendo que mi servicio inesperado de asesoramiento ha llegado a su final por el día de hoy. Continuamos nuestro paseo y me despido hasta la próxima visita.

Deliberadamente, he dejado transcurrir una treintena de días para volver a verle y comprobar los avances que ha conseguido en su proyecto. Me recibe con efusión y me explica:

—Tenías razón. He encontrado y establecido una cantera de piedra caliza en una montaña que hace desviarse el río, a una distancia de siete días. Es de buena calidad y, además, bella. El ejército me ha organizado el trabajo, con esclavos y un oficial al mando. También ha dispuesto los camellos necesarios para el transporte. Las piedras vendrán ya preparadas para su uso, pues traerlas en bloques y tallarlas a pie de obra duplicaría el esfuerzo y la necesidad de evacuar el sobrante.

Igualmente, he acordado el suministro de barro con la misma gente y desde el mismo lugar que abastece a la ciudad. El adobe, con barro y paja, lo haremos a pie de obra, pues tenemos espacio para ello. Hemos localizado a dos oficiales que construyeron los barcos de Abubakar y conocen, perfectamente, el origen del suministro y el tratamiento de la madera.

—Has avanzado bastante y ya estás en condiciones de empezar —le animo.

—Le he mostrado los planos al emperador —sigue con su discurso sin prestar atención a mis palabras de aliento— y me ha incitado a terminar pronto, pero me ha impuesto algunas condiciones. El salón de audiencias debe estar comunicado con el palacio real por una puerta interior, cubierto por un domo, una cúpula, así como adornado con arabescos de colores impactantes.

Aquí viene mi problema: la decoración. En el país solo hay artesanos del barro, pero ninguno de pintura para las construcciones.

—No es correcto —le interrumpo—. Los *peuls*, y otras tribus de Mali, pintan sus rostros y sus cuerpos para las ceremonias con colores y dibujos muy llamativos y podrías aprovechar ese arte para acoplarlo a tus edificios.

—Querido *griot* —me aclara—, el arabesco que quiere el emperador es el que ha visto en El Cairo. La imbricación y la combinación de motivos geométricos, como rombos y polígonos, configuran redes entrelazadas que recubren, por completo, las superficies, dando lugar a las formas llamadas arabescos.

La cultura del islam no se reduce únicamente a la religión, sino que adopta formas de vida diferentes de donde procede, como es el caso de la cultura de al-Ándalus, mi tierra, que ha generado el arte hispano-musulmán, especialmente en la Alhambra de mi Granada. El arte de la fe islámica ha unificado las fórmulas y los procesos de las diversas regiones, inspirándose en las tradiciones artísticas sasánidas, grecorromanas, bizantinas, visigóticas y bereberes.

La cultura del hombre blanco, el arquitecto de origen posiblemente bereber, me apabulla, pues sólo soy un pobre *griot* negro de la selva. Mi presencia le facilita hablar para sí mismo, que en realidad es lo que quiere y continúa:

—El arte figurativo, la visión de la figura humana y seres vivos no está permitida por el islam, pues sería como adjudicarse el artista el poder de la creación de la vida, que sólo corresponde a Dios. Si pudiera, usaría revestimientos de yeso tallado, paneles de madera esculpida y mosaicos de cerámica vitrificada y, lo que más me gusta, los frisos de mocárabes, pero me faltan los artesanos.

—Yo tengo la solución —le interrumpo, con una cerrada expresión interrogante en su rostro que luego se abre al escuchar mi propuesta—. Envía un mensajero a tu amigo Siray al-Din al-Kuwayk, el que nos dio el préstamo en El Cairo y que te procure los artesanos que necesitas. Hay muchas caravanas que van y vienen de Egipto y, posiblemente, esos oficiales lleguen antes de que finalices tu obra.

—Es una idea brillante, pero no gustaría al visir del Tesoro, pues reavivaría la deuda que por ahora duerme.

—Entonces hazlo con el amigo del emperador, el emir Hassan Ali, el hijo del gobernador —concluyo.

—Así lo haré, pero debo pedir permiso al emperador.

El arquitecto ha conseguido terminar su obra en un tiempo más corto de lo esperado. El salón de audiencias es ahora un sólido edificio, de planta cuadrada de cierta altura, encalado interior y exteriormente, y coronado por una cúpula artesonada de madera coloreada.

Es-Saheli ha construido con la piedra caliza un horno de cal y la ha aplicado por primera vez en el país, quedando los muros de una blancura luminosa, como las casas de Gadamés o como, según él dice, las del Albaicín de su Granada, protegidos exteriormente por un friso de piedra. El fondo blanco de la cal ha sido realzado con arabescos coloreados como quería el emperador. Los artesanos egipcios han llegado a tiempo, justo antes de terminar la obra y han dejado su arte en las paredes.

En la cabecera figura un *bembé* sólido de madera. El edificio se conecta con el interior del palacio. Tiene tres aberturas de madera, celadas por batientes de oro y, debajo, otras tres con planchas de plata. Por delante, hay cortinas de lana que, en los días de sesiones, se levantan y así se sabe que el emperador acudirá a despachar.

Las aberturas están resguardadas por arcos de piedra labrada. También se han abierto ventanas en las paredes laterales, enmarcadas en oro, con celosías de madera tallada, que permiten el paso de la ventilación, limitan la visión desde el exterior y ensalzan la belleza del muro.

Sin duda, el poeta ha terminado su obra como había prometido: con versos de piedra y de barro.

El salón de audiencias fue inaugurado ayer por el emperador, con el mismo protocolo, bullicio y fastuosidad que la celebración bajo la carpa de su vuelta de la caravana del peregrinaje. En este caso, el homenajeado ha sido el arquitecto es-Saheli, que ha recibido diez mil *mitcales* de oro y los más anchos pantalones que corresponden a un súbdito.

Por su parte, el imam al-Ma'mir recibió la orden de decir el discurso de exaltación del arquitecto, que cumplió, en su espíritu rebelde, con una prédica disimulada que se convirtió en diatriba contra un nuevo rico.

Es-Saheli se ha retirado a descansar y no sale de su residencia desde hace algún tiempo. Quizás esperando el nuevo encargo arquitectónico o contando, mentalmente, los *mitcales* de oro que tiene depositados por seguridad en las dependencias del tesoro. El visir de palacio y yo, con permiso del emperador, nos hemos confabulado para buscarle mujer, pues pensamos, y así piensa la sociedad de Mali, que la soledad no es buena para un hombre y la familia es el fin natural de la vida. Los dos nos hemos acercado a verle y hablarle del asunto.

Comienza el visir:

—Abu Ishaq, hemos venido a felicitarte por tu premio y, sobre todo, por la grande y bella obra que has conseguido realizar con medios muy limitados. El emperador está muy feliz con tu trabajo y seguro que tendrás más encargos suyos.

—Gracias, visir —contesta cortésmente—. En verdad ha sido un esfuerzo enorme, pero que tiene, al final, la satisfacción de ver tu obra acabada, como un padre que recibe al hijo que ha procreado.

Sin quererlo, es-Saheli nos ha dado la pauta para entrar en el asunto de nuestra visita. El visir inicia:

—Tú eres un hombre religioso y sabrás que la vida de los fieles se rige por el Sagrado Corán y los *hadices* del Profeta. Uno de ellos se refiere al matrimonio y dice:

> *Abdullah informó que el Mensajero de Alá nos dijo: Jóvenes, los que de vosotros puedan mantener a una esposa que se casen, pues el matrimonio contiene los ojos para que no lancen miradas impuras y preserva de la inmoralidad; pero quien no pueda permitírselo, que observe el ayuno, pues es una forma de controlar el deseo sexual.*

Tú estás, a partir de ahora, en condiciones de mantener una familia y por ello, siguiendo la tradición de nuestro país, te hemos buscado esposa.

El arquitecto no ha permitido terminar al visir:

—Yo quiero concentrarme en el trabajo y la esposa me distraería de mis obligaciones. Llevo bastante tiempo solo, sin peligro para mi vida, física y espiritual. Mis miradas van solamente a mi ocupación.

—Abu Ishaq —ahora soy yo quien interviene—. Debes recordar el hadiz, transmitido por Ibn Abi Najih, que dice:

Mahoma habría declarado: quien disponga de medios para casarse y no lo haga, no cuenta entre los nuestros.

El visir continúa sin hacer caso a las objeciones del arquitecto:

—El emperador tiene mucho interés en que emparientes con una familia rica de Djenné, de la etnia peul. Tienen una hija de quince años y quieren casarla. Se llama Keleya y, según nos han dicho, la muchacha es de piel color caoba claro, complexión espigada, nariz aguileña, ojos almendrados y pelo fino, no tan crespo como el de las otras tribus.

Te hará feliz y te dará hijos hermosos. Es una familia acaudalada ganadera y crían bueyes, vacas, cabras y ovejas, haciendo comercio con sus productos. Socialmente en nuestro país, pertenecer a una familia peul es sinónimo de distinción y de prestigio. También que la familia viva en Djenné, una ciudad distante en el camino de Tombuctú, es bueno para tu independencia.

En la sociedad africana, cuando un hombre se casa con una mujer, lo hace con toda la familia. Lo que es de uno es de todos, y lo que es de todos es también tuyo. La distancia evitará que perturben tu trabajo las continuas y reiteradas visitas de los familiares, especialmente los hermanos que tomarían tu casa como la suya propia.

Finalmente, es-Saheli entiende nuestros argumentos y acepta que el visir inicie los preparativos para estas nupcias.

Pasado un tiempo, el visir anuncia a es-Saheli que todo está listo para el casamiento y ambos deberán desplazarse a Djenné. Le ha preparado la expedición en la que ellos dos montarán caballos, signo de opulencia que deben presentar en su destino, y la carga también sobre caballos. Los esclavos, mozos de cuerda que dirigen las monturas, van a pie y, aunque los caminos del imperio son seguros, el ejército ha facilitado una escuadra de diez soldados a camello con un oficial al mando. La ruta llevará unos siete días y es frondosa con árboles y pastos, atravesando ríos y pozos en el camino.

Ya se han celebrado los esponsales. Marido y mujer están de vuelta en su casa de Niani y decido ir a su residencia a saludarles y felicitarles. Me reciben con alegría y, mientras ella se retira a la cocina, para prepararnos un refrigerio, Abu Ishaq y yo nos instalamos en el salón y comienza a contarme los eventos del viaje:

—El viaje de ida y el de vuelta han sido cómodos y sin ninguna incidencia que merezca contarse. Llegamos a Djenné y fuimos recibidos con cortesía y alojados en un palacete de visitas junto a la casa principal. Efectivamente, como había dicho el visir, se trata de una familia acaudalada, la más rica de la ciudad, dedicada a la agricultura y la ganadería. Poseen grandes fincas, donde crían bueyes, vacas, cabras y ovejas, con los que elaboran productos que son comercializados, especialmente carne y leche, que intercambian por especias y frutas.

En algunos momentos tuve oportunidad de hablar con el padre de la muchacha que me contó que, en realidad, ellos son *fulani*, pero que en Mali les llaman *peuls*. Los *fulani* consideran que son el pueblo nómada más grande del mundo, cuyo origen es desconocido. Fueron los primeros grupos africanos que han abrazado el islam.

Durante el primer tiempo, hasta el día de la ceremonia, no me fue permitido ver a mi futura esposa. A los siete días de nuestra llegada se iniciaron las formalidades de la boda con la preparación del contrato de matrimonio en el que se fijan los testigos, que, en nuestro caso, serían el visir, por mi parte, y el padre de la novia, por la suya.

Se produjo una discusión sobre la dote. Yo había llevado cinco mil *mitcales* de oro, que el padre consideró una ofensa, pues solo admitirían una dote simbólica. La familia no necesita dinero. Al final se aceptó una dote de mil.

El día de la ceremonia se concentraron en la finca cientos de familiares y miles de invitados, aparte de que la fiesta se extendió a toda la ciudad. Hubo música y cantos y banquetes, dentro y fuera del lugar, hasta bien entrada la noche. Ese día conocí a mi mujer y la encontré mucho más bella que como la había descrito el visir en vuestra visita.

Por parte de ella estaban sus padres y cinco hermanos, pues es la única hija de la familia. Es tradición, entre ellos, que el nuevo matrimonio pase la primera noche, y las siguientes, en una choza de madera y palmas, especialmente construida para la ocasión, en el extenso jardín de la finca, perfectamente acomodada con alfombras, cojines y almohadones.

Yo le dejaba hablar, pues era claro que estaba rememorando un tiempo feliz que será difícil de olvidar.

—Primero se fue ella a la choza y yo la seguí poco tiempo después. Cuando llegué, se había cambiado el vestido nupcial por otro más sutil y ligero y pude apreciar que podría amamantar a nuestro futuro hijo cuando venga. Su saludo fue una pregunta que me conmocionó y limitó mis palabras. Arrodillada sobre los cojines, aparecía con un halo de timidez y rubor. Me preguntó:

—¿Que tengo que hacer?

Sin hablar, contesté a su pregunta con abrazos y refrené mis ímpetus masculinos recordando la primera noche de mi casamiento en Granada, que fue como el ataque de un hambriento león sobre una dócil gacela del desierto. Esta noche ha sido como la abeja que liba la flor sin rozar los pétalos. Reprimí mis estertores para escuchar la música celestial de sus gemidos y desperté con el rojo amanecer del sol de la pureza.

Aparece la esposa, Keleya, con leche y fruta que calma mi hambre y emoción.

Cae la tarde sobre Tombuctú y estamos montando el campamento en las afueras de la ciudad, cerca del río. El día de la fiesta de las condecoraciones, el general Saghamandja, el jefe del ejército, el conquistador de Gao y Tombuctú durante la ausencia del emperador en el *Hajj*, le recordó que, desde su llegada al país, todavía no había ido a la ciudad tan querida por él, que llama la perla del collar del imperio. La respuesta del emperador fue inmediata, ordenando hacer los preparativos para su visita.

La organización de la expedición ha sido la misma que la de la caravana del *Hajj*, excepto la no presencia de las autoridades y personas importantes del país que han quedado en Niani y, en su lugar, se han incorporado los eruditos reclutados en El Cairo. El emperador ha decidido seguir usando, para su servicio, la jaima imperial de la caravana transportada a lomos de camellos, en lugar de los palacios, viejos e incómodos, que le ofrecerían las autoridades en los lugares de paso. Como en el desierto, las personas más cercanas al emperador somos ahora es-Saheli y yo.

Terminado el montaje del campamento y tras los clásicos asados, esta vez de cordero, se han producido las típicas reuniones alrededor de los fuegos para hablar de cosas nimias del viaje y para otros, transcendentes para el futuro de sus vidas en este nuevo destino. En un rescoldo aislado, aprovecho para contarle al arquitecto:

—Cuando yo era joven, mi padre me envió a estudiar a Tombuctú y estuve hasta tres años aquí, en la Universidad de Sankoré.

—¿Qué estudiabais?

—El conocimiento de las ciencias islámicas. El sistema educativo era el estudio de la Ley y la jurisprudencia. Teníamos una gran biblioteca donde podíamos consultar cualquier libro usado en el mundo islámico, al igual que manuscritos pertenecientes a esta Universidad.

—¿Cómo fue posible convertir este pueblo rural en medio de la nada en un centro de cultura y religiosidad?

—Este pueblo rural, como tú lo llamas, está justamente situado en la encrucijada del África sahariana árabo-bereber, suministradores de mercancías, y la sudanesa, la de los negros, productores de oro, lo que conlleva la creación de un mercado natural.

Según la tradición, desde hace dos siglos en este lugar había unos pozos de agua, tim en lengua targui, que administraba una vieja mujer *tuareg*, de nombre Buctu que, a cambio del agua, recibía regalos de cereales, sal y vestidos. Al cabo del tiempo, estos pozos se convirtieron en un importante centro comercial. Los comerciantes caravaneros quedaban citados en los pozos de Buctu, en Timbuctu o Tombuctú, como actualmente se dice.

Inicialmente, fue un campamento nómada en manos de los *tuareg* y, posteriormente, a finales del siglo pasado, en 1270, pasó a la obediencia del imperio de Mali, que estableció un centro espiritual y cultural islámico abierto a todos, inclusive a los que no profesan esa fe. Muchos judíos se establecieron aquí. Más tarde se independizó y ahora, el pasado año, ha sido anexionada de nuevo por las tropas de Mansa Musa.

—Entonces —es-Saheli se interesa—, ¿cuándo se fundó la Universidad, la madrasa de Sankoré?

—Aproximadamente en el año 1300, una mujer *tuareg* muy rica, comerciante de la ciudad, sufragó los gastos de su construcción. Se convirtió en un templo del saber en el África de occidente y atrajo a numerosos eruditos y ulemas.

—¿Recibíais algún título por los estudios?

—Sin saber el Corán de memoria no podías pasar a otra especialidad de las ciencias o de la cultura. Al acabar los estudios, nos entregaban turbantes para distinguirnos de los todavía estudiantes, que nos miraban con envidia y nos respetaban.

—Y ¿cómo es la ciudad?

—Es una mezcla de centro comercial y centro de enseñanza y ninguno prima sobre el otro. Las casas son de adobe y hay algunas mezquitas que, en realidad, son casas de oración. El único edificio grande es la madrasa. Rodeada por el río Níger y a una *parasanga* de distancia, las dunas del desierto la asedian y la arena va entrando subrepticiamente en tus pulmones. Hay lluvias, escasas pero torrenciales, que lamen las paredes exteriores de las viviendas, por lo que requieren reparaciones bianualmente cuanto menos.

Sus habitantes son muy religiosos y cumplen el requerimiento de los muecines cuando llaman a la oración.

A la mañana siguiente, acompañamos al emperador a la madrasa de Sankoré. El cortejo atraviesa la ciudad sin algaradas de la gente, pues no le conocen y ven a su tropa como los nuevos conquistadores. En definitiva, una periódica inundación castrense a la que ya están acostumbrados a lo largo de su historia.

En el patio de la madrasa, el retén militar, que ha gobernado la ciudad desde la conquista, se encuentra formado con su comandante al frente. Junto a ellos, los que han sido autoridad y que sueñan con volver a serlo por designación del emperador. También los profesores, eruditos y ulemas de la Universidad, con su rector al frente. Una carpa grande los protege de las caricias hirientes del sol de la mañana, pero no así a la tropa formada y a la guardia imperial que acompaña al soberano y que las soportarán estoicamente. Igualmente, siguiendo el protocolo, se ha instalado un *bembé*, desde donde se dirigirá a sus súbditos.

El comandante militar explica al emperador las vicisitudes de la conquista de la ciudad y la colaboración de sus habitantes, que esperaban ser liberados del yugo del reino Mossi, que les oprimía. Un representante de la sociedad civil le presenta sus respetos y promete obediencia y buena administración si se devuelve al pueblo la autoridad administrativa. El rector expone los éxitos académicos en la expansión de las ciencias y de las creencias religiosas islámicas, pero denuncia la falta de medios y de profesores para culminar ese cometido.

Oídos todos, Mansa Musa, siguiendo el protocolo de la corte, se dirige a ellos con el intermedio del heraldo que repetirá sus palabras:

—Tombuctú, a la que llamáis la perla del desierto, ha sido siempre, para mis antepasados y para mí, la perla del collar del imperio, que hemos sido capaces de engarzar de nuevo. Para que esta unión no se separe nunca, uniremos nuestras riquezas a las vuestras y haremos de Tombuctú el faro del mundo islámico de África, en sabiduría para los intelectuales y religiosos y en seguridad para los comerciantes que le dan vida.

La autoridad militar, que en un principio hemos impuesto, llega hoy a su fin y nombraremos un *farba*, como corresponde a los tiempos de paz en que vivimos.

Mientras el emperador sigue con su discurso y, ante el signo facial de interrogación de es-Saheli, me veo en la obligación de susurrarle la explicación de lo dicho:

—En el imperio de Mali las aldeas son dirigidas por un dongón-tigui, que es elegido por los *kun-tiguis*, sus gobernadores. La región está administrada por el kafatigui, todos pertenecientes a la sociedad civil de cada sitio y son hereditarios. Pero cuando hay duda de la sumisión a la administración central, el emperador nombra, de su entorno, un *farba*, que se encarga de la administración nativa y tiene la facultad y la obligación de informar, recaudar impuestos e, incluso, levantar un ejército para la defensa. Este cargo puede ser hereditario, pero también puede ser depuesto.

Seguimos el discurso del emperador:

—La madrasa de Sankoré no puede seguir soportando ser madrasa y, a la vez, mezquita y por ello he decidido construir en Tombuctú la más grande y la más bella mezquita que recoja las oraciones de todos los habitantes del África de occidente.

En este momento, dos corazones de los aquí presentes han aumentado sus latidos y han volcado signos de felicidad en sus rostros sonrientes. Es-Saheli se siente ya como el arquitecto que construirá la mezquita y al-Ma'mir sueña, también, con ser su imam.

Esto se confirma por el emperador que emplaza al arquitecto para presentarle un primer diseño en el plazo de treinta días, desde que lleguemos de vuelta a Niani.

La caravana se ha puesto en marcha para la vuelta a la capital. Delante va el escuadrón de quinientos caballeros de la guardia imperial y, a continuación, el emperador en su montura, con todo su servicio a pie. Detrás vamos es-Saheli y yo, acompañados de al-Ma'mir que, finalmente, ha conseguido integrarse en el grupo de consejeros, ya que el resto de eruditos de El Cairo se han ubicado definitivamente en Tombuctú. También vienen junto a nosotros los visires de Palacio y del Tesoro. Por último, el grupo de soldados de tropa y los esclavos del servicio.

El arquitecto y yo nos adelantamos para evitar interferencias en nuestras conversaciones, que solo nos interesan a nosotros, y de montura a montura nos hablamos:

—Abu Ishaq, te encuentro preocupado y, en este momento, deberías estar pletórico de alegría. Has conseguido lo que querías, tienes una mujer hermosa y el encargo de construir la más bella e importante mezquita del imperio.

—He aceptado un compromiso que me abruma. He de crear una mezquita única, esplendorosa de extraordinaria elegancia, faro que iluminará la religiosidad del imperio y marcará los atributos del emperador para el futuro. Una mezquita rica pero con materiales pobres, la piedra y el barro.

—Abu Ishaq, deja de soñar. El cuerpo humano es una perfección de carne y hueso. Ahí tienes las maderas de los bosques, el hueso y el barro, la carne que recubrirá tu creación.

Los pueblos del Sudán, los del África negra, construyen sus casas con barro y su interior es confortable. La temperatura es extrema, en frío y calor y, sin embargo, en su interior, el barro la regula para adaptarla a las necesidades de la persona humana.

Tenemos ciudades de adobe. Ya has construido así el salón de audiencias de Niani, que el emperador ha apreciado y te ha premiado por ello. Inspírate en la naturaleza. Imítala. Mira cómo los animales y aves construyen sus refugios. La cigüeña hace su nido con maderas caídas al suelo y las golondrinas con barro.

La tortuga se cubre con el caparazón para proteger su cuerpo. No importa el tamaño. Acuérdate de la historia de la tortuga gigante que el guía contó en el desierto. El mercader, para evitar las termitas, colocó su carga sobre la tortuga creyendo que era una piedra.

—¡Un momento! —es-Saheli ha tirado hacia atrás de las riendas del caballo obligándolo a parar en seco— ¿Has dicho termitas?

Ha sido una reacción instintiva como una maniobra programada con un resorte. A partir de ahí, la mente del arquitecto se ha evadido, la mirada lejos, sin requerir o aceptar cualquier conversación. La razón parece ser haber nombrado a estos insectos.

Ya en Niani, pasados unos días y preocupado por la salud del arquitecto, le he visitado en su residencia.

—¡Me diste la solución, *griot*! —ha sido su saludo inicial al verme—. Me indicaste las reglas a seguir en esta vida: imitar a la naturaleza. También me señalaste la dirección hacia donde tenía que mirar: ¡las termitas!

Aprovechan todo lo que la naturaleza les ofrece, el agua y la tierra, crean, con barro, castillos de hasta dos veces el cuerpo de un hombre de altura. Me han parecido bellos los termiteros, con muros curvados y elegantes agujas que se elevan al cielo. Resisten la furia del sol y de la lluvia, pero no así las propias termitas que, sin ellos, morirían con el frío o el calor, por lo que se refugian en su interior, donde la temperatura está limitada a sus necesidades.

Estos días he ido al bosque y he buscado campos de termiteros. He intentado mirar al interior de uno excavando con una madera, sin conseguirlo. Es un barro fuerte difícil de destruir. Después he vuelto con un machete y he logrado abrirlo. Las termitas han reaccionado contra el invasor y me han obligado a huir.

Griot, nuestra mezquita de Tombuctú será un bello castillo de barro en el exterior y, en el interior, un confortable refugio para la oración, lejos de los lujos de las de Egipto, Siria o al-Ándalus.

—Tienes treinta días para presentar tu proyecto al emperador —ha sido mi respuesta.

En ese tiempo, un hecho singular ha ocurrido en el país. El jefe de una caravana de Tuat se ha acercado al visir de Palacio para solicitar ver al emperador y entregarle un regalo muy especial que no ha querido descubrir. El visir se lo ha comunicado y éste ha aceptado recibirlo. Hemos sido convocados los visires de Palacio y del Tesoro, al-Ma'mir, es-Saheli y yo.

El hombre de la caravana se encuentra en el salón de audiencias acompañado por seis servidores que portan cada uno una tabla de madera de, aproximadamente tres palmos de ancho y cuatro de alto, cubierta con manta que oculta su contenido. Pide, y se le proporciona, soportes para presentar las tablas, unidas lateralmente como un panel, lo que lleva a calcular que el conjunto mide dieciocho palmos de base y cuatro de alto. Al quitar las coberturas, aparecen las tablas que, para sorpresa nuestra, muestran lo que podría ser un mapa del mundo, profusamente ilustrado con líneas, dibujos, pinturas y textos.

Aparece el emperador por la puerta lateral del salón, sube al *bembé* y, acomodándose en su manera habitual, se dispone a escuchar:

—Señor —inicia el caravanero—, soy el jefe de la caravana que recientemente ha llegado a Niani desde Mallorca a través de Argel y Tuat. El dueño es un rico comerciante de esa ciudad con intereses aquí, en el imperio de Mali, y en Egipto. Cambiamos mercancías por oro.

Hace algún tiempo, el rey de Aragón, cuya corona también abarca a Mallorca, requirió a un geógrafo judío de esa ciudad, llamado Abraham Cresques, que le preparase, para ofrecerlo como presente, un mapa del mundo conocido actual. Y así lo hizo, pero, cuando estaba a punto de terminar, conoció la noticia, que se había extendido por todo el orbe, de que un rey africano, el más rico del mundo, a su paso por El Cairo para cumplir el *Hajj*, había gastado una inmensa cantidad de oro que había afectado a su valor en el mercado.

El geógrafo, entonces, ha incluido en el mapa el imperio de Mali, con la figura de un rey negro que muestra una pepita de oro que no puede abarcar con su mano. El mapa muestra desde el mar océano, la línea de costa del Mediterráneo y llega hasta las fabulosas y enormes tierras de Catai. El comerciante de Mallorca, persona influyente y cercana al rey de Aragón, ha conseguido una copia de ese mapa para ofrecértelo como regalo. Ese es el motivo de mi visita, señor.

El emperador baja del *bembé* y se acerca al mapa, recorriéndolo con sus ojos de este a oeste, sin decir palabra, hasta que, en el sur, se detiene ante una figura humana, sentada en un trono que realza su figura, de piel negra, con cabeza, manos y pies descalzos, corona y cetro de oro terminado en flor, que, en su mano derecha, sostiene una pepita de oro inabarcable.

Mientras tanto el caravanero, orgulloso de su proximidad al emperador, inicia la exposición:

—Como podéis ver, señor, este atlas representa con detalle todo el litoral de África del norte y luego la parte situada al sur está separada por una línea de demarcación, debajo de la cual se ve a un hombre tocado con un turbante y montado en un camello, con la leyenda que paso a traduciros: *toda esta región está ocupada por los hombres velados, a quienes solo se les ven los ojos; viven en tiendas y hacen cabalgadas en camellos.*

El caravanero quizás no sepa que parte de esa región pertenece a la obediencia del emperador. Y sigue:

—Por último, al sur de esta línea, más en el interior del continente, se ve a un rey negro, con corona y cetro de oro, que lleva simbólicamente, una pepita del mismo metal en su mano.

Por fin ha llegado al punto del mapa donde el emperador, desde el principio sin importarle otras explicaciones, tenía fijada su mirada. Vuelve al *bembé*, con expresión sonriente de satisfacción, se acomoda de nuevo y habla, dirigiéndose al visir del Tesoro:

—Visir, pague a este hombre el valor del mapa y colóquenlo justo detrás del *bembé*, a la vista de todo el pueblo y de todos los visitantes.

El comerciante se adelanta:

—Señor, ya os he informado que el dueño en Mallorca os lo envía como un regalo.

—Tu señor tampoco rechazará un regalo del emperador de diez mil *mitcales* y dos mil para ti, por tu esfuerzo en llegar hasta aquí con la carga.

Como era de esperar, el visir del Tesoro acepta la orden aunque, en su interior, rechaza por excesiva la propina.

Cuando el emperador inicia su salida del salón, el imam al-Ma'mir le reconviene:

—Señor, no podéis aceptar ese regalo ni mucho menos exponerlo al público. Ese mapa contiene figuras humanas, incluida la representación de la vuestra, y el Sagrado Corán prohíbe la representación de cualquier ser animado, pues sería atribuirse la creación de la vida que corresponde solamente a Dios.

—Es cuestión de interpretación —dice es-Saheli.

—Está escrito en las *azoras* 15, 29, 38 y 72 de la Sagrada Escritura —contesta al-Ma'mir con autosuficiencia.

El emperador dirige su mirada inquisidora a todos los presentes, que tienen expresión de sorpresa, excepto al-Ma'mir con semblante de triunfo en esta batalla. Es-Saheli presenta sus argumentos en favor de retener el atlas:

—Señor, como sabéis, nací en Granada, una ciudad de al-Ándalus, que es la capital del reino nazarí independiente, y allí he pasado mi niñez y mi juventud. La residencia del rey y la chancillería del gobierno se encuentran en un conjunto de palacios, jardines y fortalezas que dominan la ciudad y que llamamos la Alhambra. En mi temprana madurez, trabajé en el servicio administrativo de la chancillería.

En el harén, existe un patio, rodeado de una galería de columnas de mármol blanco y, en su centro, una fuente con una taza rodeada por doce leones surtidores de agua. Todo de mármol blanco de Macael, un pueblo de Almería. Ningún ulema ni imam del reino ha rechazado la presencia de los leones en el harén del rey, estricto cumplidor de los preceptos islámicos.

La discusión termina con una nueva orden del emperador:

—Se me ha de proporcionar una pepita de oro que no pueda abarcar con mi mano y que será el nuevo símbolo del imperio.

Como es lógico, la orden no va dirigida al visir del Tesoro, sino a los oficiales de la corte. Se extiende a todos los lugares, pero las pepitas que llegan no son del tamaño requerido. Finalmente aparece, ¡pero en la propia cámara del tesoro donde el visir la tenía retenida como lo más preciado de sus riquezas!

Ha pasado el tiempo concedido y hoy es-Saheli debe presentar su proyecto de la mezquita de Tombuctú al emperador. Estamos en el salón de audiencias los mismos que la última vez, con el atlas del mallorquín, pero con la incorporación de los jefes militares, generales Saghamandja y Sumangaru. Como siempre, el soberano sale por la puerta lateral, sube al *bembé*, se acomoda y escucha.

—Señor —es el turno de es-Saheli—, cuando me hicisteis el encargo comencé a soñar con la cúpula de la roca de Jerusalén y la mezquita mayor de Damasco, que fue el modelo de las demás mezquitas. También, con las de Ibn Tulum y de al-Azhar, en El Cairo, o la mezquita mayor de Kairuán, en Ifriquiya, una de las más venerables del Magreb, cuyo *mihrab* está revestido con azulejos de Mesopotamia. Todas ellas desbordando riquezas y lujo en honor y orgullo de los sultanes. Todas decoradas con estucos, azulejos y arabescos que yo no puedo ofrecer. Todavía tengo, ante mis ojos y en mi corazón, las mezquitas de mi país, al-Ándalus, la mayor de Córdoba, con sus arcos superpuestos de colores y columnas de mármol, o la de Sevilla con su alminar, la Giralda, alineada en la distancia con el de la mezquita de Hassan en Rabat y la Kutubiya en Marrakech. En el interior de la Giralda se construyeron rampas de acceso para que el sultán pudiera subir a caballo a ver las vistas de sus posesiones.

Mientras que en el islam lo único monolítico e inmutable es el Corán, el arte y especialmente el de las mezquitas es diverso inspirándose en las tradiciones artísticas de cada época, pero aplicado a las necesidades de la religión y basado en normas simples adaptadas a la gente corriente que reza. También está al servicio de los soberanos, que establecen un arte dinástico, imponiendo sus nombres para la posteridad y creando el santuario artístico monumental de las mezquitas.

Pero todas tienen su base en la forma y material local: mármoles, cerámicas, metales, vidrios, madera y esmaltes, con variedad de técnicas de los artesanos del lugar. De todo ello, Mali solo dispone de la madera de sus bosques y del barro de sus ríos. Señor, como os prometí en el desierto, os construiré la más bella mezquita con versos de piedra y de barro, que será la referencia de otras muchas y crearemos un nuevo estilo arquitectónico, el sudanés, el de *bilad al-Sudán*, de construcción en barro que llevará vuestro nombre. Mi mezquita será como un termitero gigante, indestructible y fuerte en el exterior y acogedor dentro.

La expresión de los presentes es de sorpresa, excepto el emperador que permanece inmutable. al-Ma'mir ofrece su opinión:

—Señor, el arquitecto ofrece construir una mezquita como un termitero gigante. Quizás también coloque cortinas con telas de araña y, en la puerta, leones vigilantes. Él mismo ha mencionado las mezquitas de Egipto, de Ifriquiya, de Siria o de al-Ándalus, que deberían servir de ejemplo de la que queréis construir en Tombuctú, como corresponde a vuestra alcurnia e imperio. Para vuestro proyecto de hacer de esa ciudad y de esa mezquita un faro de la cultura y de la religión que extienda su luz a toda África, esa propuesta de una mezquita de barro sería como una candela en el desierto o una luciérnaga en el bosque.

Imperceptiblemente se van formando dos bandos entre los asistentes, con los militares en apoyo de al-Ma'mir, que muestran con risas a sus palabras de crítica, y otro, en el que yo me inscribo, en soporte del arquitecto que cuenta con el visir del Tesoro a quien, lógicamente, la mezquita de barro le parece la más favorable para las arcas del imperio. Es-Saheli contraataca:

—La primera mezquita del islam fue el patio de la casa del Profeta en Medina, desprovista de cualquier refinamiento arquitectónico. Las construidas inicialmente por los musulmanes, a medida que se expandía su imperio, eran de gran sencillez. Fueron después los sultanes y príncipes ambiciosos los que forzaron el arte y crearon grandes templos imperiales e impusieron sus nombres, o el de sus dinastías, a esas construcciones.

Señor, vuestro nombre y el de vuestro imperio se ha extendido ya por el mundo conocido, se valoran vuestras riquezas y vuestra magnanimidad. No es necesario construir una gran obra para mostrar algo que ya ha sido apreciado. Mi mezquita de barro acogerá a vuestros súbditos que recen como el velo prescrito por el Profeta para cubrir la cabeza y el cuerpo de sus esposas y, por extensión, a las mujeres del islam, como símbolo de protección.

Las risas se han acallado y el silencio se extiende por la sala esperando la sentencia del emperador que escudriña, con su mirada, a los dos bandos para tomar su decisión, que será inapelable. Finalmente decide:

—Diré mis oraciones en la mezquita de Tombuctú construida con versos de piedra y de barro.

Dos días después de la audiencia, me presento en la residencia del arquitecto para felicitarle por esta victoria personal y comunicarle las ordenes que he recibido del emperador:

—Abu Ishaq, te felicito por tu victoria contra la envidia que lleva, como bandera, la *yihad*.

—No cabe considerar una victoria contra quien será el imam de la mezquita que debo construir. El emperador me ha ordenado que, frente a la misma, debo construir su palacio de Tombuctú para sus visitas a esa ciudad. Quiere tenerla a la vista, constantemente y cercana para sus rezos.

—Yo también he recibido órdenes del emperador. Tu labor será ardua y necesitarás ayuda. Tengo que acompañarte durante el periodo inicial. Le he indicado que, como *griot* suyo, debo estar a su lado para memorizar sus actos y transmitirlos a la historia del imperio, pero me ha respondido que la historia de Mali se encuentra en la mezquita de Tombuctú.

—Terminaré pronto los planos para recibir la aprobación final del emperador y podremos iniciar la marcha. Mi esposa vendrá conmigo, pues es difícil calcular cuándo podré volver. El palacio lo construiremos al estilo del salón de audiencias, con terminaciones de encalado, interior y exterior, y adornado con arabescos.

La mezquita estará recubierta íntegramente por barro. Creo que no tendremos problemas para asegurar el suministro de los materiales. Los troncos para las pilastras y las vigas vendrán flotando por el río; encontraremos cerca una cantera para la piedra y el barro arcilloso junto a las orillas. Desplazaremos desde Niani a los artesanos, especialistas y alarifes que han participado en la construcción del salón de audiencias. Tú te encargarás de contratar y controlar a los obreros y obtener del ejército el soporte necesario de esclavos y animales de carga.

Llevamos varios meses en Tombuctú y hemos asegurado la organización, el suministro de los materiales y la presencia de los obreros, artesanos y alarifes, tal y como había previsto es-Saheli.

Primeramente, hemos fijado nuestra residencia en sendas viviendas desocupadas, que han sido rehabilitadas adecuadamente. La del arquitecto, con la doble función de doméstica familiar y oficina. Se ha realizado ya el trazado del edificio sobre el terreno, excavado los cimientos y rellenados con piedras y barro, según la técnica empleada en Niani para soportar todo el peso del edificio.

Ello permitirá, mediante esfuerzos de rozamiento y adherencia, aguantar las cargas horizontales, anclándolo al terreno como el esfuerzo de una persona abrazando a un ser querido que no quiere que se marche, en palabras de es-Saheli, lo cual me ha vuelto a recordar, dolorosamente, la ida de mi amigo Hicham, el heraldo de la caravana.

En una ocasión, el arquitecto me ha adelantado cómo piensa construir la mezquita:

—La construiremos en adobe y sostenida por una estructura de madera, similar a una pirámide truncada con techos de vigas de este material y cañas, también cubiertas de barro, como los pilares que serán de troncos de acacia. El alminar, desde donde la voz del muecín llegará a todos los habitantes de la ciudad, será su signo más prominente. En los muros se dispondrán tablas de madera, a modo de encofrado de dos tercios de codo de alto, relleno de adobe, asentado mediante pisadas de los obreros. Para el trabajo en altura, los troncos de acacia atravesarán los muros, sobresaliendo al exterior y sirviendo de andamiaje.

Un día recibo un recado del *farba*, el gobernador. Me avisa de la llegada de una caravana de Tuat, acampada en las afueras de la ciudad, en donde hay unos comerciantes egipcios que preguntan por es-Saheli. Le he informado y, juntos, hemos ido a conocerlos.

Al llegar, el jefe de la caravana nos recibe en su jaima con la hospitalidad habitual del desierto y, una vez conocido el objeto de nuestra visita, manda aviso para que se presenten los comerciantes. Una infusión de hierbas, dulce y extremadamente caliente, reduce la espera. Finalmente llega la sorpresa. Un hombre de aspecto rudo, ya entrado en años y envuelto en la túnica de los caravaneros con turbante, de mirada penetrante, acompañado de otro hombre joven, se presenta ante nosotros. Desde la alfombra elevamos nuestros cuerpos en señal de respeto. No han sido necesarias las presentaciones. Es-Saheli se adelanta al hombre mayor y besa sus manos con una inclinación de cabeza, mostrando respeto y sumisión. El hombre mayor y el arquitecto finalmente se funden en un abrazo e igualmente ocurre con el hombre joven, a quienes es-Saheli saluda:

—¡Bienvenido, señor! ¡Bienvenido, Abdulla! *Griot*, es Siray al-Din al-Kuwayk, el rico comerciante de El Cairo que hizo un préstamo al emperador para poder volver a Mali. Es amigo de mi familia y me ha dado hospitalidad en El Cairo por mucho tiempo. Abdullah es hijo suyo con quien he compartido muy buenos momentos en su residencia y en la ciudad. ¿Cómo sabíais que yo estaba en Tombuctú?

—Pensábamos preguntar por ti justo a partir de los confines de vuestro imperio —responde al-Kuwayk—, pero en el camino hemos conocido que Mansa Musa había reconquistado Tombuctú y comenzado tu búsqueda en esta ciudad con la buena suerte de haberte encontrado pronto.

—No necesito preguntar cuál es el motivo de vuestro viaje hasta aquí, que no puede ser otro que la recuperación del préstamo que hicisteis al emperador y que prometió devolverlo en Mali.

—Así es —continúa al-Kuwayk—. Nueve meses después del préstamo despachamos a un representante para el cobro, con una caravana que partió de El Cairo, pero este se ha afincado en Mali y nos hemos visto obligados, mi hijo y yo, a ponernos en camino para hacer efectiva la suma que es muy importante para nosotros en la actualidad.

—Os acompañaré a Niani para ayudaros en ese cobro —se ofrece es-Saheli— pero, mientras la caravana esté acampada aquí, vosotros vendréis a mi residencia y compartiréis mi hospitalidad, como yo disfruté de la vuestra.

Hemos conocido, por el jefe de la caravana, que su estancia en Tombuctú será de aproximadamente diez días, ya que algunos de los comerciantes tienen previsto realizar negocios en la ciudad.

Al-Kuwayk y su hijo Abdullah se hospedan en la residencia de es-Saheli, donde se ha vaciado el mobiliario de oficina de dos habitaciones de la planta baja e instalado dormitorios confortables.

Su esposa Keleya les da la bienvenida y les atiende con mimo, sabedora del trato cariñoso que ambos habían dispensado a su marido en Egipto, así como dirige al servicio para preparar un buen asado de cordero que les reconforte de las penurias de la travesía del desierto.

A media noche, unos gemidos de dolor del hombre mayor despiertan a su hijo y este avisa a es-Saheli, que envía recado a mi residencia a través de un esclavo. Acudo acompañado por un médico del hospital y, cuando llegamos, al-Kuwayk ya ha fallecido. Rápidamente, esa nueva se extiende por toda la ciudad, junto a la maliciosa noticia de que se trataba de un acreedor del emperador que venía a cobrar la deuda, posiblemente difundida por el jefe de la caravana que asistió al reencuentro de ambos, y el vulgo habla mucho de esto, con la sospecha de que haya sido envenenado. Pero Abdullah, el hijo, habla:

—Comí con él de la misma comida. Si hubiera estado envenenada nos habría matado a ambos. Más bien, el final de sus días estaba decretado.

Yo me aíslo mentalmente y pienso, como creo harán todos los demás, que *todos somos hijos de Dios y a Él hemos de volver.*

El día de la salida de la caravana hacia Niani, es-Saheli se dispone a acompañar a Abdullah, pero me ofrezco yo, pues la construcción de la mezquita y el palacio del emperador no pueden quedar sin la dirección del arquitecto durante todo el tiempo de su ausencia. Así lo aceptan ambos, es-Saheli y Abdullah.

Hemos llegado a Niani y acomodo a Abdullah en la residencia del arquitecto, como éste me ha ordenado, ya que se encuentra disponible de forma permanente y con el servicio adecuado. Al siguiente día, anuncio la llegada de esta persona al visir del Tesoro y éste al emperador que, de inmediato, concede una audiencia especial. El visir le propone el pago de la deuda:

—Señor, el tesoro tiene disponibilidad suficiente para pagar su importe. El islam no permite el pago de intereses y el padre de Abdullah rechazó, en El Cairo, esa posibilidad. Sin embargo, creo que merece algo más que la estricta aplicación de los números del préstamo.

Nuestra religión prohíbe los intereses pero no las donaciones. Las Leyes limitan el comercio al polvo de oro, obligando a entregar al tesoro todas las pepitas del metal que sean encontradas, lo que representa un valor de un diez por ciento superior al polvo. Si permitís el pago en pepitas, estaréis añadiendo este porcentaje al valor del préstamo.

El emperador entiende razonable la propuesta y se dispone a recibir a Abdullah, acompañado por mí y en presencia del visir.

—Abdullah, te presento mis condolencias por la muerte de tu padre, que debes aceptar como un decreto divino que puede llegar en cualquier momento. Siempre lo recordaré como la persona que confió en nosotros y nos ayudó en momentos difíciles. Para el resto de mis días guardaré su memoria en mi corazón. El visir del Tesoro te entregará la totalidad del valor de la deuda y tendrás todo lo necesario para tu vuelta segura a Egipto.

Abdullah, pleno de emociones por la muerte de su padre y la admiración por la presencia cercana del emperador, se atreve únicamente a contestar:

—Gracias, señor.

Se han recibido noticias de es-Saheli informando de la terminación de las obras de la mezquita y del palacio del emperador, con mucha anticipación al programa esperado. Este último ha ordenado el desplazamiento de toda la corte a Tombuctú, así como la organización de los eventos para la inauguración del templo. Estando cerca la celebración de la *Eid al-Adhà*, fiesta del sacrificio, el décimo día del mes *dhu al-Hijja*, mes de la peregrinación, el emperador lo señala para la ceremonia.

Estamos al final del año 1327 y toda la corte ha llegado a Tombuctú, acompañando al emperador, quedando acomodado en su nuevo palacio. Yo he recuperado mi residencia anterior y al resto de la corte se le han dispuesto habitaciones en los edificios de la Universidad. El escuadrón de la guardia imperial, con sus oficiales, es desplazado a las afueras de la ciudad, donde acampan las caravanas.

El emperador tiene, esta vez, un recibimiento apoteósico, con una multitud de gentes que le aclaman, con la presencia del *farba* y personas principales, dando muestras de respeto. También es-Saheli, a quien el emperador saluda con efusión; al-Mu'mir, que será el imam de la nueva mezquita; Tawfiq Mohammed, el ulema de la mezquita de El Cairo, ahora rector de la Universidad de Sankoré y el resto de los eruditos, integrados como profesores de distintas especialidades.

A los dos días de nuestra llegada se ha fijado la ceremonia de la inauguración de la mezquita. Es viernes y será a la hora de la *Yum'a*, la oración de los viernes del medio día. Muy de mañana, los residentes en la ciudad van llegando y, tras las abluciones preceptivas, ocupan los lugares interiores en tal cantidad que fuerzan a los últimos a seguir la ceremonia desde el patio exterior. Todos descalzos, con la vestimenta blanca y la cabeza descubierta, hacen de la perspectiva de la sala de la oración una cobertura de sábana inmaculada.

La corte y las autoridades esperamos la salida del emperador frente a la puerta de su palacio, justo enfrente de la mezquita. Es-Saheli le había propuesto construir, como en la mayoría de las mezquitas conocidas, un *sabat*, pasadizo, que uniese ambos edificios para entrar directamente en la *macsura*, el recinto acotado delante del *mihrab* y reservado al soberano, pero este rehusó. Mientras tanto, el arquitecto nos presenta su obra:

—Como veis, es de forma rectangular, similar a una pirámide truncada, y rematada por minaretes erizados de irregulares troncos de acacia, con estructura de madera, hecha de tierra y materiales orgánicos, como fibras y paja, en una mezcla que aquí llamamos *banco*. Tiene tres tribunas interiores, veinticinco hileras de pilares, alineados de este a oeste, con un espacio para la oración con cabida para dos mil personas, aproximadamente. Una pequeña parte de la fachada norte está hecha de piedra caliza. Las paredes son lisas y almenadas en forma cónica, soportadas, lateralmente, por minaretes de base cuadrada. Tiene ventanas, sin cerramiento para la aireación y conseguir una iluminación natural. En la fachada principal, justo frente a nosotros ahora, se aprecian tres minaretes, con uno central que supera a los otros e, igualmente, erizados de irregulares troncos de acacia.

En este momento se escucha un comentario, como un eructo de voz:

—Es una estructura fálica con esas horribles protuberancias.

No necesito mirar para identificar la voz del enemigo envidioso de es-Saheli y que no puede ser otro que al-

Ma'mir, que lucha por su preeminencia en la corte del emperador. Olvida la interrupción y sigue:

—Esas protuberancias, que solo una mente calenturienta puede ver como falos, son los andamiajes para la construcción de las paredes y torres que, posteriormente, servirán para el mantenimiento anual, pues no hay que olvidar que se trata de una cobertura de barro que se degrada con la lluvia y el sol. Además, rompen la monotonía de la pared lisa y producen belleza.

Frente a la fachada principal, se encuentra el *sahn*, patio, espacio a cielo abierto cercado por un muro en donde se han instalado dos fuentes unidas por un canal que servirán paras las abluciones de los fieles.

La fachada este corresponde a la *alquibla*, muro exterior orientado en dirección a La Meca, hacia el que los fieles tienen que dirigir sus oraciones. Como dije al emperador al presentar el proyecto, la perspectiva es la de un bosque de termiteros de color ocre, con sus montículos elevados y dispersos, de suaves líneas sin aristas, que transmiten paz y sosiego necesarios para la oración.

La salida del emperador para dirigirse a la mezquita corta y silencia la interesante presentación del arquitecto. Por lo reducido del camino, entre el palacio y la mezquita, el traslado se realiza a pie. La guardia imperial cubre la corta carrera en doble línea, con vestimenta de ceremonia y, ante la puerta del templo, dos escuadras de caballeros sobre monturas. Detrás de los soldados, la multitud, que no ha podido acceder al interior, le vitorea, mientras avanza parsimonioso, seguido de la corte y las autoridades locales.

Entra y se dirige a la *macsura*, donde ocupa su lugar, al igual que el resto de la comitiva. La *macsura*, por orden expresa del soberano, no ha sido protegida con celosías de madera y puertas, como es norma en las mezquitas imperiales, sino que se limita a un recinto acotado frente al *mihrab*.

Corresponde a al-Ma'mir, como imam principal de la mezquita, dirigir la oración y decir el discurso de los viernes, especialmente al ser la conmemoración de la *Eid al-Fitr*, fiesta del sacrificio.

Todos en pie, hasta que aparece el imam y sube al almimbar, el púlpito desde donde pronunciará el sermón, colocado a la derecha del *mihrab*. Tiene forma de una silla alta de madera con varios escalones. El imam, con chilaba negra, comienza la oración mientras los fieles, incluido el soberano y la corte, se postran sobre las alfombras que cubren la totalidad del suelo del recinto sagrado.

—En el nombre de Dios, el Clemente, el Misericordioso. Hoy vamos a hablar de la *Yanna*, Paraíso. Significa, simplemente, *jardín*, donde las almas residirán desde la resurrección tras el día del Juicio Final. El tratamiento que cada uno reciba corresponderá a sus hechos en la vida terrenal.

El Paraíso, según el Corán y la *Sunna*, tiene siete niveles. El más alto y mejor es el séptimo, donde viven los profetas, mártires y la gente más veraz y piadosa.

De inmediato ha entrado en su tema prioritario y repetitivo, señalando que los mártires de la *yihad* estarán en el nivel superior y serán recibidos por los ángeles con saludos de paz y de amor. Ahora nos explica:

—Los habitantes del Paraíso tendrán una vida imperecedera, feliz, sin daño, dolor, miedo o vergüenza, y cada uno de sus deseos será satisfecho. Su vida estará llena de aventuras, con trajes lujosos, joyas y perfumes. Participarán en banquetes exquisitos servidos en vajillas de oro por jóvenes inmortales. Habrá carnes y vinos aromáticos que no embriagan ni inclinan a las peleas.

Tendrán huríes vírgenes, jóvenes y bellas, con las que compartir las alegrías carnales, dándoles placer cientos de veces mayor que el terrenal.

Sigue el imam describiendo el Paraíso con viviendas maravillosas; amplios jardines; valles sombreados; fuentes perfumadas con alcanfor o jengibre; ríos de agua, leche, miel y vinos; así como frutas deliciosas sin espinas en todas las estaciones.

—La unión con Dios será mayor que en la vida terrenal. Según el Corán, Dios elegirá periodos en los que se estará cerca de su trono, por lo que *algunas caras brillaran al contemplar a su Señor.* La visión de Dios será la mayor de todas las recompensas, sobrepasando al resto de los placeres. Vuestra salvación vendrá si creéis en un solo Dios, en el Juicio Final, en las Escrituras, en todos los mensajeros de Dios y que Mahoma es su Profeta.

Además, habéis de cumplir las acciones buenas aquí en la tierra, de lo contrario, recibiréis el castigo eterno pues, para el Corán: *Los culpables vivirán eternamente en el tormento del Infierno, que no se les aligerará; ellos permanecerán en él desesperados.*

Continúa describiendo detalladamente todos los sufrimientos de los condenados que se mencionan en las *azoras,* del Corán, y termina, ¡cómo no!, con la siguiente invitación: *Sacrificaos por Dios y por el Profeta hasta la muerte y seréis mártires.*

Terminado el discurso, comienza la oración. Todos nos ponemos en pie y el imam agarra un bastón alto que está preparado en el *almimbar* y recita la *azora* primera:

—En el nombre de Dios, el Clemente, el Misericordioso.

Continúa con otras *azora*s relacionadas con la festividad de hoy, la fiesta del sacrificio en honor del Profeta Abraham, rememorando así cuando intentó sacrificar a su hijo Ismael como prueba de su lealtad a Dios. Le seguimos, en absoluto silencio, en las posturas que nos señala con las suyas, bien arrodillados o postrados.

Terminada la ceremonia nos dirigimos a la Universidad—Madrasa de Sankoré, donde se va a celebrar un acto académico. El rector presentará las actividades del año y se premiará al arquitecto por la construcción de la mezquita y el palacio. En la puerta de la mezquita se han dispuesto el caballo del emperador, debidamente enjaezado, y las demás monturas para la corte, el *farba* y las autoridades civiles y universitarias.

Como en la anterior visita del soberano, se ha preparado en el patio central una gran carpa protectora de los hirientes rayos solares de esta hora posterior al mediodía, y el *bembé*, desde donde dirigirá el acto que, además de la corte y autoridades, será seguido por la multitud de alumnos de la Universidad.

Acomodados los asistentes y el emperador, el rector de la Universidad, el ulema Tawfiq Mohammed, inicia su discurso:

—Señor, bienvenido a vuestra Universidad, la Universidad de Sankoré de Tombuctú. Digo vuestra porque, aunque creada en el año 1270 durante el reinado del Mansa Wali I, vos sois quien la ha engrandecido y equipado con nuevo personal, añadiendo profesores juristas, astrónomos y matemáticos, además de ilustres ulemas para la enseñanza de la fe islámica.

El rector se extiende en explicaciones de los programas de estudio y trabajo de las distintas especialidades y, para finalizar, se centra en la enseñanza de la Ley islámica:

—La Universidad enseña a sus alumnos la justicia y la equidad como directrices del Sagrado Corán. Valga de ejemplo la *azora* al-Maeda, versículo 32 que dice:

> *Por esta razón, prescribimos a los hijos de Israel que quien matara a una persona que no hubiera matado a nadie ni corrompido en la tierra, fuera como si hubiera matado a toda la Humanidad. Y que quien salvara una vida, fuera como si hubiera salvado las vidas de toda la Humanidad. Nuestros enviados vinieron a ellos con las pruebas claras pero, a pesar de ellas, muchos cometieron excesos en la tierra.*

Igualmente, para el recto proceder, inscribimos en el corazón y la mente de nuestros alumnos el siguiente hadiz:

> *Según Abdallah Ibn 'Amr al-'As, un hombre se dirigió al Mensajero de Alá y le pidió permiso para partir a la Yihad. El Profeta le dijo: ¿Tus padres viven? El hombre dijo: Sí. El Profeta dijo: Cumple tu Yihad junto a ellos.*

En este momento, todas las miradas de los miembros de la corte, los eruditos que integraron la caravana y el propio emperador, que están al tanto del interés de al-Ma'mir por la línea belicosa de la *yihad*, lo miran como preguntando si ha entendido las palabras del rector que, ciertamente, se habían dirigido a él. El rector finaliza su discurso:

—Señor, gracias a vos el islam se ha diseminado, haciendo de Tombuctú una nueva zona de predicación y estudio de la religión y convirtiendo la Universidad en un centro de aprendizaje y de cultura que atrae a académicos y estudiosos musulmanes de toda África y del Magreb y Egipto. ¡Gracias señor!

A continuación, el soberano hace entrega a es-Saheli de un premio de cuarenta mil *mitcales* de oro y unos pantalones anchos, con la misma parafernalia que la empleada en Niani en la entrega de premios a los generales, lo que habrá producido un aumento considerable de la envidia y el odio de al-Ma'mir contra el poeta.

Antes de volver a Niani con el emperador, visito a es-Saheli en su residencia y me recibe, junto con su esposa Keleya, con cordialidad y alegría.

—He venido a despedirme y a felicitarte por el nuevo premio recibido, que ciertamente te mereces.

—No es un premio, *griot*, sino tres —me contesta—. El premio por la mezquita de Tombuctú, el encargo que me ha confiado el emperador de comenzar la construcción de la mezquita de Gao con la misma arquitectura de la de Tombuctú y el hijo que me va a dar mi esposa Keleya, según me acaba de comunicar.

Mi abrazo ha sido inmediato para felicitarle y despedirme.

Han pasado diez años desde la inauguración de la mezquita de Tombuctú. Estamos al final del año de 1337 y Mansa Musa ya se encuentra aquí para cumplir su costumbre y deseo de visitar el templo al menos una vez al año, y orar, calladamente, en su penumbra acogedora. Sin embargo, esta vez su quebradiza salud, que viene arrastrando desde hace tiempo, así como su avanzada edad, de cincuenta y siete años, ha limitado sus movimientos hasta el punto de necesitar ayuda en sus desplazamientos, para lo que le han sido asignados dos hercúleos asistentes, en quienes se apoya para cualquier movimiento de su cuerpo.

Malas noticias, pues los miembros de la corte presentes en la ciudad hemos sido llamados con urgencia al palacio. El emperador se ha desvanecido cuando rezaba en la mezquita. Sus asistentes lo han trasladado a su residencia donde, después de recuperar el conocimiento, ha reclamado la presencia de su hijo Maghan, que se ha presentado de inmediato.

Los visires de Palacio y del Tesoro, el general Sumangaru y yo, hemos esperado un largo rato la salida del heredero, que nos ha parecido eterno. Con el rostro compungido nos comunica:

—¡Todos somos de Dios y a Él hemos de volver! Ha fallecido en mis brazos encomendándose a Dios.

Pronto se ha extendido la noticia por toda la ciudad y el palacio ha sido rodeado por una multitud que derramaba lágrimas y oraciones. Han acudido las autoridades de la ciudad, el imam al-Ma'mir, el rector de la Universidad, Tawfiq Mohammed, y todo el claustro de profesores. También es-Saheli, que este día llegaba de viaje, precisamente para entrevistarse con el emperador.

Por todos lados se ha extendido la tristeza, exenta de ira y furia, pues todos reconocemos que es una decisión divina.

Enseguida se organizan los preparativos para el entierro. Los dos ayudantes que últimamente le acompañaban serán los encargados de preparar el cuerpo para el viaje final. Cada uno de ellos, previamente, hará sus propias abluciones, como para la oración, y uno subirá la mandíbula del fallecido y luego pasará la mano sobre sus ojos, de arriba hacia abajo, para cerrar sus párpados y cubrirlo con tela blanca de algodón para despojarle de sus ropas.

A continuación, se realizará el baño del difunto, pero antes el imam recuerda a los encargados de realizarlo lo que el Profeta Muhammad dijo: *Quien bañe a un difunto y guarde sus secretos, Dios le perdonará y bendecirá.*

Se comienza el baño recitando: *En el nombre de Dios, y acorde a las enseñanzas de Su Mensajero.* Para cumplir con la tradición profética, la mortaja se hace con tres paños blancos de algodón, ajustada al cuerpo con trozos de tela en forma de cuerda que serán soltados al depositar el cuerpo en la tumba.

El heredero Maghan ha avanzado alguna de las últimas voluntades del emperador. La primera, ser enterrado con la pepita de oro, símbolo del imperio, empuñada por su mano derecha. Se ha requerido al visir del Tesoro, que siempre viaja con ella por orden del soberano, para que la presente y, junto al visir de Palacio, atestigüen que así ha sido realizado. Finalmente, se perfuman los sudarios.

Mientras esto ocurre, los presentes hemos seguido al imam en la recitación del Sagrado Corán. Aparece el cuerpo del difunto, envuelto en el sudario, y se coloca en el suelo, en sentido perpendicular a la *alquibla,* el muro de la mezquita que marca la dirección hacia La Meca. Todos recitamos, susurrando junto al imam, la *azora* al-Fatiha, la que abre: *En el nombre de Dios, Clemente, Misericordioso...*

De nuevo, el heredero Maghan se dirige a todos nosotros:

—Otro deseo del emperador es evitar cualquier acto conmemorativo exponiendo su cuerpo con sudario a la vista del pueblo. El islam nos obliga a continuar los actos de nuestra vida, sin que la memoria del fallecido interfiera en modo alguno. Por ello y de acuerdo con nuestra tradición, el entierro se realizará inmediatamente. Recordad el hadiz de Abdulá Ibn 'Omar, que relató que el Profeta dijo:

Cuando alguien muere, no tengáis el cuerpo esperando, más bien llévenlo rápidamente a su tumba.

Cuando lo hayan enterrado, recitad la primera de Sura la Vaca en su cabecera y la parte final a sus pies.

La última voluntad del emperador ha sido la de ser inhumado en el desierto y que nadie recuerde el lugar de su sepultura. Para ello he ordenado al general Sumangaru que seleccione una escuadra de diez voluntarios con un oficial al mando que se adentrará en el desierto, en dirección desconocida, durante diez días, y procedan a sepultarlo. Todos nosotros esperaremos aquí la vuelta de esta comitiva para confirmar el cumplimiento de la misión.

De inmediato interviene el imam al- Ma'mir:

—El traslado de los restos de un fallecido de una ciudad a otra es un hecho reprobable. Igualmente es condenable enterrarlo con la pepita de oro pues, como bien del pueblo, debe quedar en el Tesoro.

—Imam —contesta el heredero—, los recursos de la tierra deben ser destinados a los vivos que los necesitan para su supervivencia. Cada palmo de tierra en la ciudad, dedicado innecesariamente a un muerto, perjudica a los vivos. El desierto es un cementerio inmenso que puede acoger a toda la humanidad.

La pepita de oro, símbolo del imperio, quedaría guardada permanentemente en el Tesoro, pero con riesgo de desaparecer. Está más segura en la mano de Mansa Musa, bajo la arena en el desierto. Se la encontró en el arrastre de las arenas del río y allí volverá.

—Acompañaré a la comitiva hasta el lugar de enterramiento —decide el imam—. Quiero estar seguro que la inhumación se haga conforme a la tradición de nuestra religión; sin ataúd, soltados los cabos de las cintas que atan el sudario y orientado hacia La Meca, y después diré mis oraciones.

—¡Tú no irás, imam! —es la orden imperativa de Maghan.

—¡No sois mi emperador y no me lo podéis prohibir!

—No soy tu emperador, pero tengo el poder y la fuerza —contesta más calmado Maghan y, dirigiéndose al general Sumangaru, le ordena—: Detenedle y no lo soltéis hasta que la escuadra haya salido.

Así termina este enojoso enfrentamiento entre el heredero Maghan y el imam al-Ma'mir.

Han pasado justo veinte días desde la salida del cortejo hacia el desierto y hemos sido convocados en el palacio ante el heredero Maghan. Asistimos los mismos que estuvimos presentes el día del fallecimiento del emperador, excepto el claustro de profesores de la Universidad, pues únicamente el rector ha sido requerido. Estamos en el salón de audiencias y aparece el heredero, ricamente vestido con aljuba roja y cubierto con bonete de oro con puntas afiladas. Sube al *bembé*, se acomoda y dice:

—Mansa Musa yace ya bajo las arenas del desierto. El viento *simún* borrará cualquier traza de su tumba. Yo soy ahora vuestro mansa, vuestro sultán, vuestro rey y vuestro emperador. Las celebraciones de mi coronación se realizarán la semana siguiente a nuestra llegada a Niani de vuelta de Tombuctú.

Procuraré mantener el espíritu de Mansa Musa, defenderé el imperio de todos sus enemigos y amaré a mi pueblo como lo hizo él. El general Saghamandja tendrá un retiro merecido por su edad y se le considerará un héroe del imperio y el general Sumangaru será el nuevo jefe del ejército. El arquitecto es-Saheli seguirá construyendo mezquitas y palacios por todas las ciudades del reino con versos de madera y de barro.

Imam al-Ma'mir, me debes no sólo obediencia, sino tu vida. Todos los voluntarios de la escuadra desplazados para el sepelio han sido pasados a cuchillo a su vuelta, pues la última voluntad de Mansa Musa fue ser enterrado en el desierto y que no quedase nadie con vida de quienes hubieran conocido el lugar de la inhumación. Si yo te hubiese permitido acompañar a la comitiva, hoy no estarías aquí. Te ordeno, al-Ma'mir, que tomes el oro que honradamente has ganado con nosotros y marches a tu país a organizar ese ejército con el que sueñas, como el de tus antepasados los almohades, y cruces el Estrecho y reconquistes, con la bandera de la *yihad*, las tierras perdidas de al-Ándalus. El imperio de Mali es un país de paz.

Terminado este discurso hemos comprobado la determinación de Mansa Maghan de seguir la política de su padre asegurando la paz, la prosperidad y la seguridad de su pueblo y pedimos a Dios que lo guíe.

Con la desaparición de mi señor Mansa Musa, me acoge la palabra del retiro. Mansa Maghan nombrará otro *griot* que, como la tradición obliga, ha de pertenecer a un miembro de mi familia. Pero un *griot* nunca muere y seguiré al servicio del recuerdo de mi señor. Desde su coronación, todos sus actos han quedado guardados en mi memoria para la historia de Mali y tengo la obligación de transmitirlos a las generaciones venideras. Por mi palabra se recordarán sus acciones, que servirán de ejemplo para actuaciones futuras, y se conocerá la leyenda de mi pueblo. Pasarán años, décadas y centurias y la humanidad no habrá olvidado a Mansa Musa.

Continuaré mi vida diaria, dando limosna al necesitado, ayudando a quien lo precise, asistiendo a la mezquita y diciendo mis oraciones. Cada noche, en la llamada del muecín a la caída del sol, me asomaré para buscar en el firmamento la estrella Orión y cruzar las miradas con mi amigo Hicham, el heraldo, que desde Fez estará cumpliendo, como yo, la promesa de la cita en las estrellas.

Procuraré ser un buen musulmán para que, al final de mi vida, Dios me acoja en el paraíso, donde, como dice nuestro Sagrado Corán, *circularán donceles inmortales: cuando los veas creerás que son perlas desgranadas y, también, entre ellos jóvenes criados de eterna juventud con cálices, jarros y una copa*

de agua viva, que no les dará dolor de cabeza ni embriagará, con fruta que ellos escogerán, con la carne de ave que les apetezca.

Han pasado siete días desde nuestra llegada a Niani, de vuelta de Tombuctú, y el pueblo festeja la coronación de Mansa Maghan. Todos con ramas verdes que tremolan, como el bosque al paso de una tormenta. Los habitantes se arraciman en las calles gritando: ¡Salve Mansa Maghan, emperador de Mali!

EPÍLOGO

El que esto escribe, en el año 2018, el autor, nacido en Dalias, un pueblo de la Alpujarra baja de Almería en Andalucía, España, viajero por la rosa de los vientos, residente en múltiples culturas, vendedor de todo, buscador de petróleo en el fondo de los mares y explorador de oro en las entrañas de la tierra africana, en sus últimos años ha dado reposo a su cuerpo y espíritu en la ciudad de Tánger, Marruecos, a un tiro de piedra de la tumba de Ibn Battuta, en la kasbah, viajero islámico que pasó veintiocho años de su vida recorriendo África y Asia hasta la India, Indonesia y China.

Al leer la obra de este trotamundos del siglo XIV, la *Rihla*, escrita por su amanuense Ibn Juzayy, que transcribió su dictado, descubrimos la historia de un emperador africano, Mansa Musa de Mali (1280-1337). Éste consiguió, sin quererlo, devaluar el valor del oro en El Cairo por el exceso del preciado metal que colocó en el mercado, donde hizo escala en su peregrinaje a La Meca en 1324, acompañado de una caravana de diez mil hombres y camellos, cien de estos últimos con una carga de ciento cincuenta kilos de oro cada uno.

Al seguir investigando sobre Mansa Musa, encontramos un libro de Ibn Fadl Allah al-'Omarí, contemporáneo de Mansa Musa, escrito en 1342, titulado *Masalik al-Absar Fi Mamalik al-Amsar*, traducido por Gaudefroy-Demombynes, Librairie Orientaliste, Paul Geuthner, Paris, 1927, donde, en el tomo II, capítulo décimo, *El reino de Mali y sus dependencias*, escribe la historia de ese imperio y la biografía de su emperador, relatando, tanto su peregrinación a La Meca, como su paso por Egipto.

Mansa Musa llegó a gobernar en aquella época gran parte de los actuales sur de Mauritania, Senegal, Gambia, Guinea, Burkina Faso, Níger, sur de Argelia y Chad.

Curioseando en internet tuvimos conocimiento de que Mansa Musa ha sido considerado como la persona más rica del mundo en todos los tiempos con una fortuna que hoy sería estimada en cuatrocientos billones de dólares, cuatrocientos mil millones si consideramos que el billion americano corresponde a mil millones en español.

Brian Warner, el 14 de abril de 2014, publicó en el *website Celebrity Net Worth*, un artículo, titulado *The Richest People Who Ever Lived -Inflation Adjusted*, en el que, después de analizar la posible fortuna de cincuenta personas y reducirlas a veinticinco, aplicándole la inflación desde el tiempo de su existencia, llega a la conclusión de que el más rico de todos los tiempos, *the richest*, es Mansa Musa, seguido por Rothschild Family, trescientos cincuenta billones, y John D. Rockfeller, trescientos cuarenta billones.

En la lista aparecen, en el número ocho, Muammar Gaddafi, doscientos billones; en el doce, Bill Gates, ciento treinta y seis billones; en el veintidós, Carlos Slim, sesenta y ocho billones, y Warren Buffet, en el veinticinco, sesenta y cuatro billones.

Todo ello despertó nuestro interés por escribir y presentar la vida de Mansa Musa en forma de novela histórica.

En el capítulo I, El Océano, se cuenta la historia del emperador Abubakar II de Mali, hermano mayor de Mansa Musa, que vivía con la obsesión de expandir su imperio por lo que los árabes llamaban el verde mar de las tinieblas. Mali limitaba, al norte y al este, por las arenas ardientes del desierto del Sahara; por el sur, la selva tropical, habitada por los negros como él, pero salvajes, con la creencia de que, al igual que hacia el norte de la tierra el frío aumentaba hasta el lugar de los hielos permanentes, hacia el sur, el calor aumentaría, progresivamente, hasta el fuego eterno. Quedaba, por tanto, la única oportunidad de expansión hacia el oeste, pero ahí estaba el océano.

Al-'Omari relata que Abubakar II fletó una expedición de doscientas canoas para el personal y otras tantas para víveres, y la envió a descubrir los confines del océano. Solo una retornó, y su capitán relató: *hemos navegado mucho hasta que encontramos en pleno mar como un río con corriente violenta.* A esto hoy se le llamaría huracán.

Abubakar se embarcó, en una nueva expedición, con el doble de barcos y de hombres, dejando a Mansa Musa como regente, pero nunca más volvió. Un año después, en 1312, Mansa Musa se proclamó emperador.

Este mismo relato de al-'Omari aparece en 1976, en la publicación de Ivan Van Sertima, *They came before Columbus. The African presence in ancient America*, llegaron antes que Colón. La presencia de África en la antigua América, Random House Trade Paperbacks, New York, 1976. En su capítulo tercero, el citado profesor relata la aventura de Abubakar II en el océano, con el título de El Príncipe marinero de Mali y, en el resto de la publicación, aporta múltiples evidencias de que los negros de África llegaron al nuevo continente antes que Colón. Entre otras encontramos las siguientes:

1.—La expedición del portugués Pedro Álvarez Cabral que, el 9 de marzo de 1500, inició con 13 barcos la travesía de Lisboa a Calcuta. Navegando por la costa africana, una tormenta los desvió inexplicablemente hacia las costas de Brasil a un lugar que llamó Terra de Santa Cruz, retornando a Lisboa a finales de julio de 1501.

2.—El conquistador español Vasco Núñez de Balboa partió, el 1 de septiembre de 1513, desde Santa María de la Antigua del Darién, a orillas del mar Caribe, en la actual Colombia, la primera ciudad de la América continental que había fundado dos años antes, con una expedición de ciento noventa españoles y mil indios. Cruzó, con grandes dificultades, el istmo panameño en busca del gran mar del que le habían hablado los indígenas. El 25 de septiembre de 1513, se encaramó a la cima de la Sierra de Quareque y contempló, por vez primera, el océano pacífico, el más extenso del planeta.

Estaban en las tierras del cacique Careta, con el que hicieron amistad y allí fueron sorprendidos al observar que éste tenía prisioneros de raza negra, inequívocamente africanos. El cacique le informó que en las proximidades del área del Darién había muchos asentamientos de personas de esta raza con los que regularmente hacían la guerra.

Además de las evidencias del profesor Van Sertina podemos aportar la existencia, en la actualidad, de la regata *Rames Guyane* de la travesía del atlántico a remo, en solitario y sin asistencia, en una embarcación de 8 metros de eslora, largo, y 1'60 metros de manga, ancho, en una distancia de cuatro mil setecientos kilómetros entre Dakar en Senegal y Kourou en la Guayana Francesa. La regata es llamada el Everest de las rutas transoceánicas, por los temporales y el fuerte oleaje. En el año 2014, dieciocho participantes iniciaron la travesía, entre ellos dos mujeres. Sólo quince llegaron y el ganador fue el español Antonio de la Rosa que realizó la travesía en sesenta y cuatro días, tres horas y treinta minutos. La salida tuvo lugar el 18 de octubre de 2014. En 2012, de veintitrés participantes llegaron quince y en 2009, de veintidós que lo intentaron llegaron trece.

En este capítulo, la definición de *griot* pertenece a D.T. Niane, *Soundjata, ou l'Epopée Mandingue*. Présence

Africaine. Igualmente, la canción de los *griots* del creador del imperio, Sundiata, que aparece en el capítulo II, *si quieres oro, ve a Niani, si quieres...*, también aparece en este texto de D.T. Niane.

En el capítulo II, El imperio, hemos intentado presentar el imperio de Mali en tiempos del emperador Mansa Musa, en todos sus aspectos: extensión, economía, política interior y exterior, religión y costumbres. La información de al-'Omari ha sido fundamental por su contemporaneidad, complementada con la de Ibn Battuta y su *Rihla*.

Ibn Battuta, tangerino, de nombre Abu 'Abd-Allah Muhammad ben 'Abd-Allah ben Muhammad ben Ibrahim al-Lawati at-Tanji y, también conocido, como Shams ad-Din, sol de la religión, llamado, en Oriente, el Marco Polo del islam, inició un audaz viaje, de veintiocho años, saliendo de Marruecos en 1304 y con la sola intención de cumplir con el obligatorio peregrinaje de todo musulmán a La Meca, por lo menos una vez en la vida.

Tras residir en esta ciudad cinco años, visita Iraq, Irán, Egipto, Siria, Turquía, Rusia meridional, India y Asia central. Estuvo ocho años en la corte del sultán de Delhi, para después trasladarse a China, Maldivas, Ceylán y Sumatra, volviendo a Marruecos en 1349.

Un año más tarde, toma parte en la guerra santa de al-Ándalus y, finalmente, visita Mali, volviendo a Fez en 1355, donde recibe la orden de dictar sus recuerdos a Ibn Juzayy al-Kalbi, secretario andaluz del soberano merinida Abu 'Inan Al Marini.

Ibn Juzayy los transcribe en una narración llamada *Regalo a los que les gusta pensar en las curiosidades de las ciudades y las maravillas de los viajes*, finalmente conocida como *Rihla*, terminando su redacción en 1356. Por nuestra parte, hemos trabajado sobre la versión francesa Voyages d'Ibn Battuta, de C. Defremery y B.R. Sanguinetti, Paris, 1853-1859.

No obstante, el lector en castellano cuenta, en el mercado, con la titulada Ibn Battuta. A través del islam, traducción del árabe, introducción y notas de S. Fanjul y F. Arbós, Alianza Editorial, Madrid.

Además de al-'Omari e Ibn Battuta, otras fuentes de información han sido los escritos de académicos y viajeros islámicos. La doctora María Jesús Viguera Molins abrió al autor las puertas de la historia de la Edad Media al recomendar, como lectura primitiva, *Recueil des Sources Arabes concernant l'Afrique Occidentale du VIII au XVI siècle, Bilad al Sudan, Sources d'Histoire Médiévale.* Institut de Recherche et d'Histoire des Textes. Éditions du Centre National de la Recherche Scientifique. Traduction et notes de Joseph M. Cuoq.

Este recueil, selección de textos, contiene las obras de Ibn Jaldún y Abu salid Uthman ad-Dukkali. Otras aportaciones vienen de Abu Bakr Ahmed Ibn al Famih, de principios del siglo X, que escribió sobre el oro del Sudán. También Abu-I-Hasan Alí al Masudi, a mediados de ese siglo, informó del tráfico del preciado metal en esta región africana. No pueden olvidarse, además de muchas más, las aportaciones de Abu Usaid Abel Allah al-Bakri,1028-1094, en su *Libro de los itinerarios y de los reinos,* y de Zakariya Ibn Muhammad al-Kazwini,1203—1287, con información de Taghaza y sus minas de sal.

Es, realmente, la llave de entrada a la Edad Media, en donde cada autor tiene su referencia, su sitio y su texto, con muy fácil circulación por los vericuetos de ese tiempo.

En la época novelada, al *país de los negros,* los árabes lo denominan *Bilad al-Sudan,* que comprendía tanto las orientales Abisinia y Sudán actuales como los países subsaharianos del África occidental presente.

Cuando Ibn Battuta pidió permiso al sultán de Fez para dirigirse al Sudán, se estaba refiriendo a Mali, en aquel momento el imperio más importante del África del oeste.

En este mismo capítulo aparece una pepita de oro puro *que no ha sido nunca labrado ni purificado por el fuego,* de veinte *quintales,* novecientos veinte kilogramos, colocada a la entrada del palacio, que había pertenecido al rey de

Ghana y de donde pasó al Tesoro de Mali, cuando ese país se incorporó a la disciplina del imperio.

El imperio de Ghana surgió en el siglo IV y se derrumbó en 1076, bajo los ataques de los almorávides para, posteriormente, ser uno de los catorce reinos del imperio de Mali. Abarcaba la región saheliana de los actuales Senegal, Mauritania y parte de Mali. Nada tiene que ver con la Ghana de ahora, excepto el nombre.

Ibn Hawqal escribió: *El rey de Ghana es el más rico de la tierra a causa de las riquezas y de las provisiones de oro que posee junto a sí, adquiridas desde los tiempos antiguos por sus antecesores y por el mismo.*

En los autores árabes que trataron del Sudán, hay referencias a un *bloque de oro* que pertenecía al rey de Ghana. al-Bakri cuenta que tenía un *pedazo de oro como una gran piedra y al-Idrisí lo convierte en bloque de oro de 30 libras de una sola pieza de producción natural... en el que horadaron un agujero al que ataban el caballo del rey.*

En la bibliografía utilizada no aparece este bloque de oro en los reinados de Abubakar II y Mansa Musa, pero sí en la de uno de sus sucesores, Mari-Jata II,1359-1374, y, por ello, nos hemos tomado la licencia de incluirlo en esta novela.

Ibn Jaldún cuenta que Mari-Jata II lo vendió, ya que este *príncipe llevó tan lejos sus derroches que vendió la pepita de oro del tesoro real, heredada de su padre. Esta pepita pesaba veinte quintales; estaba tal y como se la había encontrado en la mina, en estado bruto. Se la consideraba el más precioso de los tesoros, como una maravilla sin precio a causa de su rareza. Jata, rey dilapidador, la ofreció a unos mercaderes de Egipto que frecuentaban su país. Se la vendió a un precio vil, pues gastaba las riquezas del reino en derroches para sus desenfrenos y caprichos.*

La pepita, según el texto, pesaba veinte *quintales*, pero no de *quintales* métricos sino antiguos. En Egipto, un *quintal* equivalía a 44'90 kilos. Se trataría de un peso prodigioso de casi novecientos kilos. Los historiadores no cuentan cómo se las arreglaron los mercaderes para llevarla a Egipto. En cualquier caso, en las medidas antiguas no había un estándar único. El *quintal* podría tener otro peso en otros sitios.

La visión que Mansa Musa ofrece al embajador de Marruecos sobre la islamización de su imperio, por medio de los comerciantes *yula*, la hemos obtenido de Roland Olivier y Anthony Atmore, Medieval África 1250—1800, Cambridge University.

La presentación sobre el Ramadán que el ulema de la madrasa de Niani realiza ante el emperador, aparece en la revista mensual marroquí *Din Wa Dunia*, junio, 2017, y las contestaciones de los alumnos a la pregunta: *¿Qué os aporta el mes del Ramadán?*, corresponden a la sección Cartas al director, de la también publicación mensual marroquí, *Plurielle*, núm. 112, junio, 2017, y son contestaciones reales del público lector de dicha revista.

Las referencias a las *azoras* del Corán de este capítulo y del resto de la novela las hemos asegurado en el libro El Corán, de Juan Vernet, Maison des Sciences Religieuses. Paris.

En el capítulo III, El desierto, hemos seleccionado la ruta que refiere la bibliografía de Mansa Musa. Respecto a los componentes de la caravana hay discrepancias. Las referencias históricas afirman *que tomaron parte 60.000 hombres y 12.000 mujeres, cada uno de los cuales portaban barras de oro de 4 libras de peso, heraldos vestidos de seda que portaban cetros de oro, caballos y bolsas de mano. También formaron parte de la comitiva 80 camellos que portaban 300 libras de polvo de oro cada uno.*

Es más creíble la información de Ibn Kathir,1358, que fija la caravana en veinte mil personas y, más aún, la de Ibn Jaldún, con doce mil. Se ha descartado la cifra de sesenta mil, pues eso sería considerado por el país acogedor como una invasión de un ejército extraño y la logística de movimiento y alimentación de personas y animales sería imposible de conseguir en la época. Finalmente, nos hemos decidido por diez mil.

El Azalai era una ruta semianual de caravana de sal de los comerciantes *tuareg* en el Sahara. Partía desde Tombuctú y la mina de sal de Taoudenni, en Mali, hasta alcanzar Taghaza, otro centro de extracción de sal, siguiendo hacia el norte, en el Sahara, para alcanzar el Mediterráneo. La componían hasta diez mil camellos portando oro y esclavos hacia el norte, trayendo bienes manufacturados y sal de Taghaza y Taoudeni.

El Azalai se ha mantenido hasta fechas recientes, cuando los camellos han sido reemplazados por camiones sobre vías sin pavimentar. Podía manejar hasta diez mil camellos, en una fila de veinticinco kilómetros y, consecuentemente, hombres.

En la bibliografía manejada aparece la esposa de Mansa Musa: *Viajó con su primera esposa Inari Kuyaté, que llevó consigo quinientas camareras y esclavas de servicio. La primera esposa era respetada y temida, y los gobernadores de diferentes ciudades ponían tributos a sus pies.* Sin embargo, Ibn Battuta refirió que, en su corte, la *Sharia* era practicada de manera bastante informal en materia de matrimonio.

Es la única referencia que hemos encontrado y ninguna más aparece, tanto en el desplazamiento a La Meca como en la vida diaria en Mali. Por ello, no se incorpora en el relato. Además, desvirtuaría el argumento, las escenas y los diálogos frente al lector. No obstante, queremos expresar nuestro más absoluto respeto por Inari Kuyaté, como figura de mujer y madre del heredero de Mansa Musa, su hijo Maghan.

La geografía, las ciudades y la ambientación del desierto han sido extraídas de libros y revistas de viajes, así como la experiencia directa del autor, itinerante en sus vivencias africanas.

Las referencias que soportan la escena de la homosexualidad en el desierto proceden del reportaje *L'histoire insoupçonné de l'érotisme en terre d'islam,* de Abdellah Tourabi, en la revista semanal de Marruecos, Telquel, número 445, 30 de octubre a 5 de noviembre de 2010. En el mismo se incorpora una escena lésbica tomada de la *Description de l'Afrique,* de Hassan al-Wazzan, León el Africano.

Algunos otros comentarios sobre la homosexualidad y el último poema de esta escena, donde el *griot* sueña... *y yo soñé: El fuego encerrado en el pedernal no sale a fuera.... sino después del golpe del eslabón,* figuran en el texto de *El collar de la paloma,* de Ibn Hazm de Córdoba, 994-1063, versión e introducción de E. García Gómez, Alianza Editorial, Madrid, Este *Tratado sobre el amor y los amantes* es, en palabras de Ortega y Gasset, entusiasmado prologuista de la obra, el libro más ilustre sobre el tema del amor en la civilización musulmana.

El encuentro con la familia *tuareg* y la parada y violación en el oasis son, igualmente, argumentos ficticios, necesarios para la ambientación de la novela. También todas las escenas subsiguientes ocurridas tanto en el desierto del Sahara como en el libio, hasta la llegada a El Cairo.

El capítulo IV, El Cairo, cubre la realidad de la estancia de Mansa Musa y su expedición en esta ciudad y en tránsito hacia La Meca para el cumplimiento de la peregrinación, el *Hajj,* obligatorio para todo musulmán por lo menos una vez en la vida, si cuenta con medios para ello.

Los personajes principales de este capítulo, el sultán *mameluco* de Egipto, Malik en- Nasir ben Qalawun, el *Mehmendar* del palacio, el gobernador de El Cairo y de Qarafa y su hijo, que obtiene y mantiene una relación de amistad con Mansa Musa, y el rico prestamista, son reales y documentados en la bibliografía referente a esta historia. Los demás personajes son ficticios, pero necesarios para dar continuidad al argumento.

El libro *El arte mameluco, esplendor y magia de los sultanes,* realización de la Exposición Museo Sin Fronteras, cofinanciada por la Unión Europea en el marco del Programa MEDA—Euromed Heritage, con el apoyo de las instituciones egipcias e internacionales, ha sido la base donde nos hemos apoyado para la descripción de la arquitectura y la imagen del Egipto en el tiempo de la visita de Mansa Musa. Esta publicación nos ha sido de suma utilidad para conocer la historia de los *mamelucos,* su organización, medios de vida y la de los habitantes de El Cairo, vestimenta y deportes practicados. Un libro interesante y necesario para cualquier visitante a El Cairo con espíritu de cultura y aventura.

La idea y concepción general del Programa Museo Sin Fronteras es de Eva Schubert y la directora del proyecto, Enaam Selim. Publicado en 2001 por Electa, Grijalbo Mondadori, S.A. & OING Museo Sin Fronteras, Viena, Austria. Según se manifiesta, *los catálogos de las Exposiciones Museo Sin Fronteras constituyen a la vez obras científicas de consulta y verdaderas guías de viajes temáticos.*

Igualmente, ideas, palabras y algunos párrafos, están tomados de otro libro magnífico, *El Cairo, la ciudad victoriosa*, de Max Rodenbeck, traducción de I. Morán, Editorial Almed, Granada, 2010. *Una ciudad —El Cairo— maravillosa y caótica; un libro espléndido y lleno de anécdotas,* según *The Baltimore Sun.*

Las referencias al interior de la Ciudadela, la residencia del sultán *mameluco*, en-Nasir ben Qalawun, y el protocolo del recibimiento a embajadores y personajes principales, proceden de *Una Embajada de los Reyes Católicos a Egipto*, según la *Legatio Babylonica* y el *Opus Epistolarum*, de Pedro Mártir de Anglería, con traducción, prólogo y notas de L. García y García, publicación de la Sección de Historia Moderna Simancas, Consejo Superior de Investigaciones Científicas, Instituto Jerónimo Zurita, Valladolid, 1947.

Aunque la embajada de Pedro Mártir de Anglería se realizó en 1501, muchos años después de que se presentara Mansa Musa en 1324, esta diferencia de tiempo no desacredita las descripciones, excepto la figura de Qalawun que, posiblemente, no sería tan repelente como la del sultán que describe el embajador de los Reyes Católicos. También hemos tomado de esta publicación las reseñas del río Nilo y la caza del cocodrilo, así como la descripción de las *galeazas*.

En el Capítulo V, El peregrino, tanto el emir Seif ed-Din Itmis, jefe de la caravana del *Hajj*, al que llaman emir al-*Hajj* o emir ar-Racks, al que el sultán da la orden de velar por la seguridad de Mansa Musa como el guía de la expedición, son también personajes históricos bien documentados. La procesión del *Mahmal* y la caravana del *Hajj* igualmente existían en la época.

Ibn Jaldún, nacido en Túnez el 27 de mayo de 1332 y muerto el 17 de marzo de 1406, es uno de los historiadores de la época medieval islámica que más aporta a la crónica de Mansa Musa. En su *Muqaddima*, prolegómenos, escritos entre 1375 y 1382, escribe:

Mansa Musa, hijo de Abubakar, reinó entonces. Fue un hombre lleno de virtudes, un rey prestigioso. Su espíritu de justicia aún sigue vivo. Hizo el peregrinaje en 1324. Encontró durante su estancia en La Meca al poeta andalusí Abu Ishaq Ibrahim al-Sahili, conocido por el nombre de Tuwydjin. Hizo de él su compañero de regreso a su país. Abu Ishaq disfrutó, junto al Sultán, de un favor y de una consideración muy particulares.

Aquí aparece por primera vez el poeta-arquitecto al-Sahili (es-Saheli en la grafía por la que hemos optado) que, junto con el imam al-Ma'mir, que se muestra en el capítulo VI, son los coprotagonistas de la historia de Mansa Musa y que, por tanto, hay que considerarlos como una verdad histórica. El encuentro entre el emperador y es-Saheli en La Meca se cuenta en este capítulo V. La pérdida en el desierto a la vuelta, el ataque de los bandidos y la posterior protección por las tropas del sultán está también documentada en la bibliografía de la época.

La escena final de este capítulo, en la que el amigo y consejero de Mansa Musa, el emir Abu-l-Hassan 'Ali, hijo del gobernador de El Cairo, le obliga a contraer matrimonio temporal, no está documentada, pero bien podría haber sido real. El islam chiita ha adoptado esta institución preislámica que permite a un hombre que parte de viaje contratar nupcias de duración determinada para no estar tentado de frecuentar las prostitutas. Esta práctica está estrictamente prohibida en todas las escuelas jurídicas de la *Sunna*, pero subsiste en la actualidad bajo la forma de costumbre en algunos países del mundo sunnita en África del oeste.

Tahar ben Jelloun usa este argumento para su novela *Le mariage de plaisir, el matrimonio de placer,* Gallimard, Paris, 2016, que cuenta la historia de Amir, un rico mercader de Fez que se casa temporalmente con Nabou, una bella mujer fula, en Dakar, Senegal, pero, finalmente, se enamora de ella y le propone viajar juntos a la ciudad marroquí, donde sufrirán actos de hipocresía y racismo de sus conciudadanos.

La revista marroquí *Din Wa Dunia,* abril de 2017, publica un artículo de Sanaa el-Aji, titulado *Lui, c'est différent... C'est un homme!, Él es diferente... Es un hombre,* donde se afirma:

En su libro Espaldas de mujeres, dorsos de mula, Hicham Houdaifa aborda, en una de sus investigaciones, unas más dolorosas que otras, pero siempre conmovedoras, los matrimonios consuetudinarios, contraídos por la sola lectura de la Fatiha, en ciertas regiones de Marruecos; se ven a veces matrimonios por contrato de préstamo de muchachas jóvenes en la región de Kal'at Sraghna. Se trata de contratos de préstamo firmados y legalizados que permiten al prestatario vivir con la hija del beneficiario durante algunos meses o algunos años, en contrapartida de una suma de dinero que varía entre 20.000 y 60.000 Dirhams, 2.000 y 6.000 euros aproximadamente.

En ambos casos, las jóvenes, con frecuencia menores, regresan a casa de sus padres, divorciadas sin realmente estarlo, pues jamás se casaron legalmente, a veces encinta, sin protección y sin derechos ni para ellas ni para los eventuales niños nacidos de esa relación.

En el capítulo VI, El retorno, la necesidad del préstamo a la expedición de Mansa Musa y la negociación con sus personajes están ampliamente acreditados en la bibliografía.

En este capítulo, el gobernador de El Cairo ofrece a Mansa Musa, una recepción de despedida que incluye *una cena especial de cocina palaciega de Abderramán III, un califa de Córdoba en al-Ándalus del siglo X.* El menú está extraído del catálogo del restaurante Noor, luz, en árabe, abierto en Córdoba en 2016 y que en su presentación explica:

Cuatro siglos antes del descubrimiento de América, Córdoba, bajo el califato de Abderramán III, era la capital occidental del mundo. Y, como tal, debía y podía presumir de una gastronomía de lujo. De lujo, pero precolombina, de tal suerte que en ella no tenían cabida productos tales como el tomate, la patata, el pimiento o el chocolate, que fueron traídos de América a Europa solamente después del descubrimiento de Colón y que por tanto no se ofrecen en los platos de la carta del restaurante.

Con la colaboración de la historiadora e investigadora Rosa Tovar, el chef treintañero cordobés Paco Morales ha decidido sumergirse en el legado andalusí y, en un arriesgado ejercicio de arqueología culinaria, recuperar la cocina palaciega de ese siglo X en su nuevo restaurante Noor.

El lector que visite Córdoba podrá degustar ese menú, como lo hicieron Mansa Musa y los otros invitados en la recepción de El Cairo en 1325.

Las referencias al poeta es-Saheli son extensas y han sido exprimidas por Manuel Pimentel en su excelente, amplia, bella y bien documentada novela histórica, *El arquitecto de Tombuctú. Es-Saheli, el granadino*, Umbriel Editores/Ediciones Urano, Barcelona, 2008. La vida de es-Saheli, antes de su encuentro con Mansa Musa, está resumida en nuestro caso en pocas pero intensas líneas, en la confesión del poeta al *griot* y al heraldo después de la visita de Gadamés. Posteriormente, las referencias a ese personaje coinciden, tanto en la presente novela como en la de Pimentel, aunque en la de este último es el protagonista mientras que, en la nuestra, es Mansa Musa.

Es-Saheli confiesa que la causa de su condena a muerte en Granada y posterior destierro se debe a que una noche *rocié con vino mi cuerpo y mi alma, perdí la conciencia y amanecieron mis delirios. En la taberna, llena de trasnochadores, me subí a una mesa y comencé a predicar: ¡Yo soy el Mahdi! ¡El que ha de venir antes de Jesucristo para el juicio final!*

El *Mahdi*, el Guiado, el Prometido, para la parte mayoritaria del islam, los sunníes, en un hadiz atribuido al Profeta, será un descendiente de su familia que vendrá en el futuro, inmediatamente antes del regreso de Jesucristo para presidir el Juicio Final *y llenar el mundo de justicia y equidad tal y como fue llenado de injusticia y opresión, antes del día de la Resurrección.*

Para los chiíes, el *Mahdi* vive en la actualidad oculto, para volver en forma de redentor. Hoy día y en cualquier país musulmán, esta acción sería suficiente para ser acusado de apóstata y blasfemo, como lo fue es-Saheli, lo que conlleva la pena de muerte.

Volvamos a Ibn Khaldún, quien, en su *Mukaddima*, prolegómenos, nos reporta:

Mansa Musa se encontró, en el camino de regreso de La Meca, con uno de nuestros amigos, Abu 'Abd Allah al-Ma'mir ben Jadiya al-Kumi, un descendiente de 'Abd al-Mu'min. al-Ma'mir militaba en el Zab, en favor del fatimí esperado. Incluso había reclutado cuadrillas de árabes para un complot. En Ouargla, fue capturado con un ardid. Lo encerraron y, después, lo liberaron pasado un tiempo. al-Ma'mir se adentró entonces en el desierto para ir a pedir tropas a Mansa Musa. Habiéndose enterado de que este último estaba de peregrinación se decidió a esperar su regreso en Gadamés. Tenía esperanzas de recibir socorro contra sus enemigos y un apoyo para su proyecto. Mansa Musa representaba una buena baza por la extensión de su reino, en el Sahara, hasta los alrededores del país de Ouargla, y por el poderío de su imperio. El sultán acogió a al-Ma'mir amablemente y le prometió asistencia y ayuda para tomarse su venganza. Le pidió a continuación, que le acompañara y lo llevó a su país.

Aquí aparece el tercer personaje de nuestra historia, bien documentada su existencia, y que se enfrenta a es-Saheli por la primacía de la proximidad a Mansa Musa.

En este capítulo, el guía Kamal refiere la existencia del árbol del Teneré. Saliendo hoy del hotel Gaweye, a la orilla del río Níger, en Niamey, capital de la Republica de Níger y ascendiendo penosamente a una colina frente al hotel, con una carga de cuarenta grados de calor, se llega al Museo Nacional, en donde se encuentra, de entrada, un pequeño palacete donde se ha instalado un tronco con una rama y otra desgajada, que es el esqueleto del árbol mítico, una acacia solitaria considerada el árbol más aislado de la tierra en el centro de un círculo de cuatrocientos kilómetros de diámetro en pleno desierto. Era el resto único de un bosque exuberante y poblado hace miles de años y que guiaba a las caravanas de las rutas del Sahara.

Tenía un tronco robusto del que salían dos ramas, con verde permanente, que saciaban su sed con raíces de treinta metros, hasta llegar a la *tabla de agua* o nivel freático. En 1939, mientras se estudiaba la profundidad de sus raíces, una falsa maniobra desgajó una de las ramas, pero siguió vivo hasta que, desgraciadamente, el 8 de noviembre de 1973, un camionero borracho lo golpeó y lo tumbó para siempre. El árbol muerto fue trasladado al Museo Nacional y, en su lugar, se ha instalado una simple escultura de metal.

En el Capítulo VII, El final, el decorado y el protocolo de los actos de la llegada de la caravana a la capital, Niani, están bien relatados por el contemporáneo al-'Omari y por otros historiadores posteriores. Igual ocurre con el encargo a es-Sahelii de la construcción del salón de audiencias.

El hallazgo de la idea de los termiteros, como fuente de inspiración para la construcción en barro de la mezquita de Tombuctú, aparece en el libro mencionado de Manuel Pimentel, El arquitecto de Tombuctú. Debido a que es brillante, excepcional y admirable, se ha incorporado al texto, al no encontrar otra metáfora digna que la pueda superar.

La muerte del prestamista y la recuperación de la deuda de El Cairo, durante la peregrinación al *Hajj*, igualmente están acreditados históricamente.

El Atlas catalán, también llamado el Mapamundi de los Cresques, que se ofrece a Mansa Musa como regalo de un comerciante mallorquín que visita Mali en viaje de comercio caravanero, es la obra cartográfica más importante de la Edad Media. Al título de atlas se le añade catalán, posiblemente porque las inscripciones y textos se realizan en catalán mallorquín.

No está firmado ni datado, aunque se sabe que la fecha aproximada de su producción fue el año 1375, por el registro que figura en el calendario que lo acompaña. Se atribuye su autoría al judío balear Abraham Cresques y es una de las joyas de la colección de la Biblioteca Nacional de Francia en París. El rey Pedro IV de Aragón lo ofrecía como presente y uno de los destinatarios fue el nuevo rey de Francia, el joven Carlos VI, en 1381.

Es el primer atlas que incorpora una rosa de los vientos y se compone de seis hojas dobladas por la mitad, cada una pegada sobre tablas de madera. Cada hoja tiene unas dimensiones de sesenta y cinco por cincuenta centímetros y una envergadura total de sesenta y cinco por trescientos centímetros. Comprende todo el mundo conocido en esa época y está representado con detalle todo el litoral de África del norte.

La parte situada al sur de la cordillera del Atlas marroquí está separada por una línea de demarcación, debajo de la cual se ve a un hombre tocado con un turbante y montado en un camello, con la leyenda:

Toda esta región está ocupada por los hombres velados, a quienes solo se les ven los ojos, viven en tiendas y hacen cabalgadas en camello.

Y, por último, asimismo al sur de esta línea, más en el interior del continente, se ve a un rey negro con corona y cetro de oro que lleva, simbólicamente, una pepita del mismo metal en la mano.

Siendo un hecho fundamental el conocimiento mundial del imperio de Mali, nos hemos tomado la licencia de incorporar este hecho, como ocurrido en tiempos del emperador, aunque exista una diferencia de 38 años entre la producción del Atlas, 1375, y la muerte de Mansa Musa, en 1337.

Anteriormente, dos años después de la muerte de Mansa Musa en 1337, Mali apareció por primera vez en 1339, en el Mappa Mundi de Angelino Dulcert, mucho antes que el Atlas de Cresques.

La fecha de su muerte ha sido objeto de debate entre los historiadores modernos y los académicos árabes que se han ocupado de la historia de Mali. Se ha fijado entre 1332 y 1336, Sin embargo, hay referencias creíbles que indican sus relaciones amistosas con el sultán de Fez, Abu-l-Hasan, 1331-1348, que pertenecía a la dinastía bereber de los merinidas. De acuerdo con un relato de Ibn Jaldún, en 1337, Mansa Musa *envió representantes a Argelia para felicitar al sultán por la conquista de Tlemcem.* Ante la ausencia de más referencias, hemos decidido dar sepultura a nuestro protagonista en este último año, en un escenario ficticio creado por la imaginación del autor.

Al comenzar a pensar cómo escribir este libro y una vez localizada la bibliografía sobre Mansa Musa, hemos encontrado ciertos escollos en el camino a seguir. El primero fue saber si era lícito el uso de aquélla bibliografía para incorporarla al texto. La respuesta nos la dio el texto de la historia de Ibn Battuta. Su amanuense Ibn Juzayy, que transcribió sus memorias, escribe al final de la *Rihla*: *Esta obra ha sido terminada en el mes de safar del año 757 H. Que Dios premie a quien la copie.* El autor cree haberse hecho acreedor a este premio.

En diciembre de 2016, se ha publicado en la prensa española un posible plagio de un rector que ha sido inmediata y unánimemente condenado por los demás rectores diciendo: *el trabajo académico se basa en un escrupuloso respeto y reconocimiento de la autoría intelectual, principio que debe en todo momento momentos inquebrantables y de aplicación a cualquier miembro de la comunidad académica.* Más adelante, los rectores fijan las pautas para el uso de esa información: *La ciencia y el conocimiento avanzan gracias a la socialización y puesta en común de las ideas y trabajo, para que puedan ser utilizados por otros, pero su uso debe ser adecuadamente citado y reconocido.*

A este respecto, el catedrático y miembro de la Real Academia Española, Pedro Álvarez de Miranda, en enero de 2016 nos dice *que para que haya plagio el trasvase en cuestión ha de producirse, naturalmente, con ocultación dolosa de la fuente es decir prescindiendo del uso de comillas y sin indicar procedencia alguna.*

Otro de los escollos fue si está permitido adecuar las referencias históricas de la bibliografía acomodándolas al texto de la novela en sus escenarios y temporalidad. A este respecto, la catedrática María Jesús Viguera Molins, en su trabajo *Los Banu Qasi, novelados,* dilucida:

La Historia describe y analiza el pasado sobre fuentes textuales, documentales y materiales, tantas veces incompletas y contradictorias, y el historiador profesional, para ello formado, resalta lo que a través de ellas no llega a conocer, planteando teorías interpretativas; pero en la novela todo son certezas, y por tanto el lector puede simpatizar clara y totalmente con sus contenidos. Y tomar partido a base de argumentos sin lagunas. Esta alternativa es uno de los motivos del éxito de la novela histórica, pues su público busca conocer los acontecimientos enteros con todos los aspectos rellenos, incluso el de la psicología de los personajes, además de las dimensiones privadas de sus vidas, con datos que las fuentes históricas nada o casi nada documentan.

Y, más adelante:

La novela tiene sus propias reglas y, por ejemplo, bien claro es lo que decía Flaubert, que los acontecimientos históricos no son más que un accesorio de la novela, incluso aconsejando a otro novelista: la historia verdadera no significa nada. ¡Cambia, acorta, alarga! Y no te preocupes de reproducir exactamente los hechos o los caracteres, actuando así en varios casos, que sus analistas valoran como verdad literaria, aparte de la verdad histórica.

Más aún, el profesor Serafín Fanjul, de la Real Academia de la Historia, nos instruía, en ABC de Madrid, el 13 de noviembre de 2015, de la siguiente forma:

Es deseable que de la historia se construyan ficciones a fin de acercarla al gran público, que no llega a los estudios históricos mismos y a sus fuentes. Esta corriente de utilización de la historia en novelas, películas o series de televisión es positiva si se hace bien, con las necesarias concesiones a la ficción y con unos mínimos de seriedad y respeto a los hechos conocidos.

Más explícito, Milan Kundera, *el País*, Cultura. Jesús Ruiz Mantilla, 2 de mayo de 2017, nos dice:

Los novelistas solo debemos responder ante Cervantes. Y la primera regla que nos dio él fue esta: hagan ustedes lo que les dé la gana. Es decir, la primera regla de la novela es que no tiene reglas, o, si se prefiere, que no tiene otras reglas que las que el propio novelista impone a sus novelas.

Paul Auster lo confirma:

…el artista puede hacer lo que quiera, no hay reglas…

ABC, Madrid 05/09/17. Inés Martín Rodrigo.

Todas ellas sabias palabras que hemos intentado seguir al pie de la letra. En resumen, este libro, que el lector tiene en sus manos, es una novela, en el sentido que el Diccionario de la Real Academia de la Lengua Española otorga al término, según hemos mencionado en El Proemio.

El autor no ha tenido la intención de competir o emular a historiadores, escritores y académicos, a quienes expresa su absoluto respeto, sino, tan solo, crear una novela en el sentido antes indicado y, en cualquier caso, se siente absuelto de cualquier crítica de haber violentado el rigor histórico al conocer que el escritor francés Alejandro Dumas, autor de *El Conde de Montecristo* y de *Los Tres Mosqueteros*, respondió a sus detractores que *está permitido violar la Historia, siempre que se le haga un hermoso hijo.*

Por último, en todo el texto de este Epílogo, se ha utilizado la primera persona del plural de los verbos de las oraciones, nosotros, hemos, etc. Ello no se corresponde con un carácter egocéntrico de su autor, sino a un espíritu de agradecimiento y reconocimiento a las personas que, desinteresadamente, han colaborado en la creación de este libro. De aquí que se cierre con un capítulo de agradecimientos.

MAPA

Alejandría   Gaza •••• Al-Karak
Sloua • — — • • Suez
•ujila   El Cairo •   • Tabuk

R. Nilo   • Al'ula

1   • Medina
                         • La Meca

BESTI

| • • • • • • • • • • • |
| ITINERARIO DE IDA |

| ▬ ▬ ▬ ▬ ▬ |
| ITINERARIO DE VUELTA |

AGRADECIMIENTOS

Javier Martín Fernández, catedrático de Derecho Financiero y Tributario de la Universidad Complutense de Madrid y abogado, me enseñó los ritos y secuencias que debe tener una novela histórica, ha leído estas páginas y me ha brindado sus opiniones, siempre certeras. Este conocido tributarista es, además, autor, junto a su hermana María Amor, de El Embajador de Medina Azahara, Almuzara, Córdoba, 2011, que narra un episodio diplomático entre 'Abd al-Rahmán III y Otón I de Alemania.

María Jesús Viguera Molins, catedrática de Árabe de la Universidad Complutense de Madrid y miembro de la Real Academia de la Historia, supo guiarme por los caminos de la historia medieval islámica.

Su alumno predilecto, César Lasso, licenciado en Lengua Árabe, ha colaborado conmigo en las traducciones de la bibliografía en árabe, inglés, francés y portugués, así como vigilado para que se respeten escrupulosamente las reglas gramaticales de la lengua española.

Leopoldo Álvarez ha sido mi buceador en internet y bibliotecas y Jamour Mohammed, desde Tánger, ha seguido, paso a paso, la creación de esta novela, comprobando que las referencias a los ritos, *azoras* del Sagrado Corán y los *Hadices* del Profeta respetan la ortodoxia islámica.

A todos ellos mi más sincero agradecimiento. Sólo me queda expresar mi deseo de que el lector haya disfrutado con la lectura de estas páginas tanto como yo he gozado al escribirlas.

OTROS TÍTULOS DE LA COLECCIÓN

LUIS MOLLÁ

La FLOTA
de las ESPECIAS

Magallanes y Elcano
La epopeya de la primera vuelta al mundo

*Una historia de valor y obstinación en la que un grupo de valientes
se enfrentarán en los océanos más tenebrosos y hostiles a los peores
elementos y calamidades, hasta completar una de las hazañas más
importantes de la historia de la humanidad*

ALMUZARA

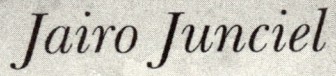

Jairo Junciel

EL GUARDÉS
del
TABACO

Una espléndida novela histórica
de capa y espada, inspirada
en clásicos del género como
Alejandro Dumas, Rafael Sabatini
o nuestro Arturo Pérez-Reverte

III
Premio de
Novela Albert
Jovell

ALMUZARA

ÓSCAR EIMIL

REINOS
de SANGRE

La Forja de España

*La mejor novela histórica sobre
la épica gestación de los reinos de
León, Castilla, Navarra y Aragón*

ALMUZARA

Mansa Musa. El rey de Tombuctú se terminó de imprimir por encargo de la editorial Almuzara el 11 de mayo del 2018. Tal día del año 868 en China, Wang Jie imprime el *Sutra del diamante* (texto budista), traducido del idioma sánscrito. Se considera el primer libro impreso que ha llegado a la actualidad.